MW01104899

Dondog Ybürs.
  Yoïsha (~~Frère~~)
          ~~soeur~~
Gabriella Bruna (Gr. mère)
Gabriella Buna (mère: Schlumm)
                ~~Eliane Schust~~)

John Marconi (ami de JessieLoo)

DONDOG

« La mort n'est qu'un passage, disent les chamanes. Après le décès, l'existence se poursuit comme avant. Simplement, le monde paraît plus crépusculaire. Les gestes ralentissent, l'intelligence décroît, la mémoire devient confuse. L'humour noircit. Ensuite, on s'éteint. Les plus combatifs réussissent à repousser longtemps l'échéance. Mais, lorsque, comme Dondog, on est très médiocrement doué en chamanisme, la survie dure peu.

Dondog marche dans une cité noire. Il vient de quitter les camps, après y avoir passé plus de trente ans. Un seul désir l'habite encore : se venger, punir les responsables du malheur. Il aimerait mener à bien de terribles représailles avant que l'obscurité le rattrape. Des noms lui trottent par la tête, des cibles qu'il faudrait frapper : Gulmuz Korsakov, Tonny Bronx, Éliane Hotchkiss. Toutefois, quand il interroge ses souvenirs, il ne comprend plus ce qu'il doit leur reprocher, à ces trois-là.

Alors, pour que sa vengeance ait un sens, il s'invente une biographie tragique et des raisons de haïr. »

A. V.

Antoine Volodine est l'auteur de treize livres, dont Des anges mineurs *(Seuil, 1999) qui lui a valu le Prix Wepler et le Prix du Livre Inter.*

Antoine Volodine

DONDOG

ROMAN

Éditions du Seuil

TEXTE INTEGRAL

ISBN 2-02-061710-2
(ISBN 2-02-054471-7, 1re publication)

© Éditions du Seuil, septembre 2002

www.seuil.com

PREMIÈRE PARTIE

ENFANTS

I. BLACK CORRIDOR

La boîte de conserve roulait sur le carrelage sale du couloir. Dondog l'avait à peine effleurée, du pied gauche, je crois, et pourtant elle roulait. La pénombre très dense empêchait de savoir s'il s'agissait d'une boîte de bière ou de Coke. Vide, léger, le cylindre d'aluminium poursuivit sa course bruyante puis s'arrêta, sans doute parce qu'il s'était collé à des ordures plus lourdes que lui, plus poisseuses.

Le sol était en pente. Comme partout dans la Cité, lorsque les maçons avaient ajouté des blocs d'habitation sur ceux qui existaient déjà, ils avaient négligé l'horizontalité, persuadés que le ciment travaillerait et que les murs, de toute façon, s'affaisseraient et annuleraient leurs tentatives de bien faire. Le couloir avait donc l'aspect d'un boyau sordide et très mal construit. Il empestait l'ail frit, les entrailles de poisson, l'humidité crasseuse, il sentait les taudis où survivent gueux et Untermenschen, il sentait la pisse de rat, la décomposition, la vieillesse infâme de presque toute chose. Au bout de trente pas, derrière une grille entrebâillée, un escalier montait à l'étage supérieur : au cinquième. Peut-être au cinquième. À force d'emprunter des passages étroits qui le contraignaient à redescendre de quelques mètres, ou des demi-niveaux obliques qui menaient d'un immeuble à l'autre, Dondog avait perdu ses repères. Il n'était plus capable de dire où il se trouvait dans la Cité, à quelle distance de l'extérieur, à quelle hauteur, et il avançait, pour l'instant, dans une allée qu'il situait aux alentours d'un quatrième étage. Au-delà des losanges de la grille articulée, les marches répercutaient une faible lumière verdâtre. Il devait y avoir plus loin un tube fluorescent qui essayait d'éclairer l'espace.

Quand le bruit du métal eut épuisé tous ses échos, Dondog fit encore deux pas prudents puis il s'immobilisa.

Ne sachant pas, tout d'abord, sur quoi concentrer sa pensée, il imagina la boîte échouée contre un bréchet de poulet ou un reste de riz, avec les cafards qui examinaient cet objet étranger, sur le qui-vive, les antennes en émoi, immobiles, eux aussi.

Tout était relativement calme.

Après les cafards, quatre noms se présentèrent à l'esprit de Dondog.

Jessie Loo.

Tonny Bronx.

Gulmuz Korsakov.

Éliane Hotchkiss.

Il les murmura tout bas, car sa mémoire avait besoin de sa bouche pour fonctionner. Ensuite il poussa un soupir.

Dans les profondeurs de la bâtisse, on entendait les moteurs des pompes qui tiraient, vers les réservoirs du toit, l'eau venue des puits. C'était une vibration régulière. Là-dessus se greffaient la criaillerie d'un feuilleton télévisé, et les musiques et les voix de quelques radios. Les habitants de la Cité n'appartenaient pas à une seule ethnie, évidemment. Dondog tendait l'oreille, son oreille habituée depuis des décennies au sabir internationaliste des camps, et il reconnaissait ce mélange des idiomes qui ne s'épanouit véritablement que derrière les barbelés, et qu'il avait eu toute la vie pour apprendre. Pour autant, il n'arrivait pas à identifier avec certitude la moindre phrase. Tout était très déformé, comme cela se produit au cœur d'un mauvais rêve, ou encore quand on cherche à comprendre, par exemple, du mongol lentement ânonné par un Américain, ou du chiu-chow mutilé par un Allemand, ou pire encore.

À l'étage du dessous, quelqu'un enfonça deux clous dans une planche et se tint de nouveau tranquille.

De la sueur en abondance coulait sous les vêtements de Dondog. Il ne s'était pas changé depuis sa sortie du camp et sa veste de chantier était trop chaude. Il sentait des gouttes courir le long de ses joues, le long de ses

cuisses, autour de ses yeux, sous ses bras. Dans l'obscurité nauséabonde, il ne bougeait pas. Il était comme
n'ayant plus envie de bouger jusqu'à la mort.

Les noms avaient resurgi sur sa langue, mais il ne
les prononçait pas. Éliane Hotchkiss. Pour elle, pour
celle-là, il faudra vérifier, pensa-t-il.

Un cafard partiellement écrasé se débattait alors
sous un talon de Dondog, le droit, il me semble. Il se
débattait pour la forme. Nul ne l'avait remarqué et, au
fond, il était comme nous, il commençait à se désinté-
resser de son avenir.

Au bout d'un moment, une porte s'ouvrit derrière
Dondog, mais pas la grille de fer qui protégeait le logement contre les assassins et les voleurs. Le logement se
réduisait à une pièce sans fenêtre, éclairée par un néon
central. Dans la lumière soudaine, Dondog apparaissait comme un animal nocturne, pas très agressif mais
très désagréable à regarder. Sa veste de chantier donnait à penser qu'il avait raté sa vie, ou du moins qu'il
n'avait pas suffisamment progressé dans la hiérarchie
des camps pour mériter d'en sortir avec les honneurs
et un paquetage propre. Une femme le dévisagea et lui
demanda quelles étaient ses intentions, ce qu'il faisait
ainsi, figé dans la ténèbre, et s'il préparait un mauvais
coup. La grille était entre eux, avec ses losanges noirs
sur lesquels pendaient des barbes de poussière noire.
Un cadenas la maintenait en place.

– Je cherche quelqu'un qui habite Lo Yan Street, expliqua Dondog. Un couloir dans Lo Yan Street. On m'a dit que c'était au sixième étage.

La femme observa Dondog sans se gêner, avec un mépris ouvert et un regard inquisiteur. Elle devait avoir une centaine d'années depuis assez longtemps pour déjà ne plus compter les dizaines qui avaient suivi. Elle était alerte encore, avec une physionomie autoritaire que le grand âge avait rétrécie, à défaut de la détruire complètement. Sa tenue de coton gris sombre, dépourvue de toute fioriture, rappelait celle des adeptes du kung-fu. Socialement, elle se rattachait à cet état de détresse ordinaire qui n'empêche pas de dormir les heureux du monde, car ils la classent dans la catégorie de la pauvreté digne. Son pantalon était décousu sur le mollet droit, et il découvrait une chair d'un jaune lignifié.

– Quelqu'un au sixième étage, vous dites ? répéta la vieille femme derrière la grille.

Elle avait récemment appliqué sur ses cheveux une teinture approximative, et il y avait dans ses mèches des reflets d'argent mauve, de suie mauve. Au-delà de ces irisations, Dondog huma une odeur de légumes à la sauce d'huîtres qui stagnait là depuis des jours. Un bol en céramique bleue était posé sur la table, à côté d'un couteau de cuisine chinois qui aurait pu servir de hache de défense, en cas d'agression. En cas de nettoyage ethnique ou autre. Les murs ruisselaient.

Des journaux avaient été punaisés pour éponger l'humidité. L'actualité était locale, consacrée aux faits divers, peu parlante pour Dondog. De toute façon, depuis un siècle au moins, les nouvelles n'étaient pas bonnes. Un petit ventilateur suspendu dans un recoin les faisait frémir.

— Oui, confirma Dondog. Au sixième étage, dans un couloir appelé Black Corridor.

— Plus personne n'habite dans ce coin-là, dit la vieille femme.

— Ah ? dit Dondog.

— Un incendie a ravagé Black Corridor l'année dernière, raconta la vieille femme.

Elle leva la main vers le cadenas, tâtonna pour vérifier qu'il était fermé, mais on voyait bien qu'elle n'avait pas peur de son interlocuteur.

— L'installation électrique ne vaut rien, ici, se plaignit-elle. Les gens bricolent des dérivations sauvages, ils installent des fils dans tous les sens.

— Oui, j'ai vu, dit Dondog. J'ai vu ça en venant.

— Là-haut, ça a démarré avec un court-circuit, et puis ça s'est déchaîné. Presque tout le monde a brûlé.

— Ah, commenta Dondog.

— Le feu ne s'est pas étendu à l'immeuble, heureusement.

— Oui, heureusement, convint Dondog.

Et, après un temps, il ajouta :

— Et est-ce que vous savez si une certaine Jessie Loo

a brûlé avec les autres ? C'était la personne que je cherchais.

— Jessie Loo ?

— Oui, dit Dondog.

La vieille femme laissa passer plusieurs secondes. Son visage s'était paralysé sur un sourire de circonstance, pas très aimable, destiné surtout à gagner du temps.

— Vous la connaissiez ? finit-elle par lâcher.

— Non, dit Dondog.

En dépit de l'éclairage défectueux, il se rendit compte que sa réponse n'avait satisfait personne. La vieille femme attendait plus qu'un monosyllabe.

— Moi, je ne la connaissais pas, mais ma grand-mère, oui, dit-il. Il y a très longtemps. Dans les années trente. Elles ont été amies, elles luttaient ensemble pour l'élimination du malheur. Elles interrogeaient les ennemis du peuple et elles chamanisaient ensemble. Toutes ces choses. Elles faisaient partie de la même unité. La vie et les camps les ont séparées, mais un jour ma grand-mère m'a dit qu'elle avait revu Jessie Loo en rêve, et qu'elle m'avait vu, moi aussi, tel que je serais à la fin de mon existence, au sortir des camps. Dans son rêve, Jessie Loo habitait dans la Cité et elle avait toujours ses pouvoirs de chamane. Et elle m'aidait à retrouver la mémoire et à…

Dondog essuya ses joues trempées de sueur. À quoi bon poursuivre, pensa-t-il. Le rêve de sa grand-mère, sur lequel il avait bâti ses dernières espérances, ne coïnciderait jamais avec le réel. Jessie Loo avait été carbonisée dans les tanières de Black Corridor, et là se terminait toute l'histoire, sur ces cendres. Jessie Loo n'entrerait pas en transe pour se substituer à sa mémoire défaillante, elle ne l'aiderait pas à traquer les responsables du malheur, ou plutôt de son propre malheur, à lui Dondog : jamais il ne pourrait se laisser guider par elle pour les atteindre enfin et les exécuter, après tant d'années inutiles car sans vengeance.

Pendant une demi-minute, il écouta avec lassitude le chuchotis des pales du ventilateur qui rafraîchissaient le taudis, les pompes qui cliquetaient en bas de l'immeuble, et un lointain fragment de dialogue, sur un poste de télévision, dans la bâtisse qui s'adossait à Lo Yan Street. Aussitôt après qu'il se fut épongé le visage, les gouttes se remirent à sourdre sur ses paupières et sur ses tempes.

– Ma grand-mère disait aussi que Jessie Loo avait promis de ne jamais mourir, quoi qu'il arrive, dit Dondog.

La vieille rota. En sus de la sauce d'huîtres, sa nourriture comportait beaucoup d'ail.

– C'est vrai que le jour de l'incendie, commença-t-elle, puis elle rota de nouveau.

Dondog reprit espoir.

– Elle est vivante ? demanda-t-il.

– Vivante, je ne sais pas. En tout cas, elle a échappé à la mort, ça, c'est sûr.

La sueur jaillissait sans répit sur le corps de Dondog,

partout. La sueur l'aveuglait. Il mit sa tête dans son bras replié afin de l'essuyer.

— Et vous ? demanda-t-il.

— Quoi, moi ? grogna la vieille.

— Oh, rien, dit Dondog.

Un homme en short s'approchait. Il avait sur l'épaule une palanche qui le forçait à se courber, car à chaque extrémité du morceau de bois était accroché un bidon, rempli à ras bord d'une eau clapoteuse. Dondog s'effaça pour le laisser passer. Il se plaqua dans l'ombre contre une boîte aux lettres, juste à côté de la grille. Le cafard qu'il emprisonnait sous son talon en profita pour se dégager. Il continuait à gigoter, tandis que ses jumeaux le surveillaient, guettant le moment où il se transformerait en nourriture.

Devant les pieds du porteur d'eau, dans la lumière qui se répandait depuis le taudis de la vieille, un rat trottina puis s'éclipsa.

— C'est Tonny Moon, dit la vieille, quand l'homme se fut enfilé dans un couloir que Dondog n'avait pas remarqué, qui s'ouvrait à angle droit juste avant les escaliers.

— Moon, répéta Dondog. Dommage. C'est un autre Tonny que je cherche.

— Je ne lui achète pas son eau, dit la vieille. Il la vend trop cher. Un dollar le seau, pour une cochonnerie qui pue le pétrole !

– Vous n'avez pas l'eau courante ?

La vieille haussa les épaules.

– Il y avait un tuyau en caoutchouc qui arrivait chez moi, dit-elle d'une voix dépitée. Mais la mafia l'a coupé. J'avais des dettes. C'était soit leur donner de l'argent, soit se retrouver sans eau.

– Oui, dit Dondog. Parfois, on n'a pas le choix.

– Alors, si j'ai bien compris, en dehors de Jessie Loo, vous cherchez un type nommé Tonny ?

La vieille se passa la main dans les cheveux. Sous ses doigts, le mauve argenté adoptait des nuances noires.

Brusquement, Dondog se décida à avoir avec elle la conversation qu'il aurait pu avoir avec Jessie Loo.

– Je sors de camp, dit Dondog. Je peux vous dire ça à vous, parce que vous… Je peux bien vous dire ça, hein ?

– Oui, confirma la vieille.

– Je n'en ai plus pour longtemps, quelques jours au maximum, mais, avant de mourir complètement, j'aimerais bien régler des comptes avec deux ou trois personnes. Tuer deux ou trois personnes, et ensuite m'éteindre.

– C'est un programme minimum comme un autre, approuva la vieille.

– Avant les camps, j'ai appartenu à une formation qui voulait en finir avec les heureux du monde, s'épancha Dondog, mais nous nous sommes presque tous fait fusiller. Ensuite, j'ai vécu en zone spéciale. Et puis, on a beau les tuer, les responsables du malheur se reproduisent à une vitesse qui nous dépasse. En venant ici, je pensais que je pourrais au moins assassiner les deux ou trois dont j'ai encore le nom en mémoire.

– Des proches ? demanda la vieille.

– Pas vraiment, dit Dondog. En fait, je ne me rappelle pas. Je souffre d'amnésie depuis l'enfance. Ça m'a aidé à survivre à l'enfance, mais, aujourd'hui, ça me handicape.

– C'est toujours difficile d'assassiner des proches, dit la vieille sentencieusement.

Dondog se lança une minute dans une théorisation politique sur l'inaccessibilité des autres, des non-proches, des mafieux qui gouvernaient le malheur, que ce fût depuis le plein jour ou depuis l'ombre, et sur leur punition nécessaire mais irréalisable. Il abordait ainsi l'idée qu'il fallait bien réviser sa vengeance à la baisse. Mais bien vite il se tut. Son discours n'avait aucun sens, prononcé ainsi, dans la pestilence et l'étouffement, devant des cafards et devant une vieille pauvresse et au-dessus d'une boîte de bière vide, ou de Coke. Son discours n'avait aucun sens, aucune base idéologique, il n'était inspiré par aucune valeur morale, il ne servait qu'à justifier très maladroitement un désir de vengeance personnelle, un besoin de vengeance ruminé cinquante ans, mâché et remâché à partir de souvenirs improbables, le temps d'une vie pendant les camps.

– Ceux que je cherche, ils ont peut-être abouti dans la Cité, eux aussi ?… Comme Jessie Loo ? espéra-t-il, après un silence.

La vieille tendit vers lui son visage raviné et elle lui demanda leurs noms. Elle était tout ouïe.

– Tonny Bronx, dit Dondog. Éliane Hotchkiss. Gulmuz Korsakov.

– Gulmuz Korsakov… répéta la vieille avec difficulté, comme pour le mémoriser, comme si c'était important pour elle, alors que, manifestement, ça ne l'était pas.

– Celui-là, c'est plutôt pour venger la mémoire de ma grand-mère, dit Dondog.

– Ah, dit la vieille, circonspecte.

– Et pour Éliane Hotchkiss, je ne suis pas sûr, ajouta Dondog.

– Ils ont habité tous les trois dans la Cité, se rappela la vieille. Tonny Bronx, dans Reservoir Road. Les autres, je ne m'en souviens plus. Ils ont habité ici un moment, et puis ils se sont mis à vieillir. Et puis ils sont morts.

– Oh… ils sont morts, fit Dondog, avec un accablement qu'il ne pouvait déguiser.

Si l'information était exacte, elle saccageait une fois pour toutes ses projets de vengeance.

– Oui, dit la vieille. C'est des choses qui arrivent.

Quelque chose grésilla derrière elle, à l'intérieur de la pièce. Le ventilateur ronfla d'une manière bizarre, la lumière du néon se mit à papilloter et, au bout du couloir, l'autre tube baissa d'intensité et s'éteignit. Une odeur de plastique en feu perçait depuis on ne sait quelle bifurcation délirante de câbles.

– Il faudrait quand même que je les tue, s'obstina Dondog. Ils ont une dette à payer. Ce n'est pas possible qu'ils s'en tirent comme ça.

– Ah, une coupure, dit la vieille.

La nuit venait de tout envahir autour d'eux. Comme aucune ouverture ne donnait sur l'extérieur, c'était une nuit épaisse.

Dondog posa sa main sur la grille. Il ne voulait pas toucher le mur, s'électrocuter dans l'enchevêtrement des fils et des canalisations. Sa main atteignit le cadenas de la vieille et s'y raccrocha.

– Qu'est-ce que vous faites ? s'inquiéta la vieille.

– Rien, dit Dondog. J'essaie de me tenir droit dans l'obscurité.

Il essayait de se tenir droit dans l'obscurité. Celle-ci était d'autant plus irrespirable qu'on l'imaginait déjà gonflée de fumées toxiques. Les pompes ne vibraient plus dans les caves, la radio ne criait plus nulle part, que ce fût en mongol, en américain ou en blatnoï des camps. Maintenant on entendait enfin la nuit brute, les craquements des ténèbres miséreuses, les bêtes qui grignotaient au bout du couloir, et, tout près, les cafards qui se chevauchaient ou s'achevaient les uns les autres. Partout, de l'eau gouttait.

Ils restèrent un moment sans parler, de part et d'autre de la grille de fer aspirant et rejetant l'air humide, l'air chaud, fétide et moisi jusqu'à la moelle. Ils reniflaient avec soin les bouffées de vinyle fondu, afin de savoir si, à proximité ou non, le feu menaçait. Parfois l'angoisse qu'ils partageaient était très forte, et parfois non.

— Donc, Jessie Loo, c'était une de vos voisines ? dit Dondog, pendant une période où la perspective de finir torréfié se faisait moins nette.

— Je ne lui parlais guère, dit la vieille.

— Vous pourriez peut-être me donner sa nouvelle adresse, suggéra Dondog.

— Ne comptez pas là-dessus, dit la vieille. Je ne sais pas qui vous êtes, après tout.

Dondog avait l'impression d'avoir déjà tout exposé sur lui-même, et même d'en avoir beaucoup trop révélé. Mais il savait que sa mémoire de l'immédiat fonctionnait mal, elle aussi, et que souvent il confondait ce qu'il avait pensé et ce qu'il avait dit. C'est pourquoi il reprit la parole. Sans impatience, il expliqua une nouvelle fois à la vieille qui il était et d'où il venait.

— Je suis le petit-fils de Gabriella Bruna, une complice de Jessie Loo pendant les années trente, une sœur de sang de Jessie Loo, dit-il. Mon nom est Dondog Balbaïan. Je vais mourir. Voilà qui je suis.

Après dix ou vingt minutes de silence, aucune fumée n'avait envahi l'étage. L'idée de l'incendie se dissipa. La vieille lui promit de faire la commission à Jessie Loo dès que possible, et elle lui fixa un rendez-vous auquel elle lui assura que Jessie Loo se rendrait. Elle était complètement invisible derrière la grille, au milieu des puanteurs de rouille, de câbles surchauffés, de gaz, de cuisine, de rongeurs. Dondog ne bougeait pas et, en fait, ils paraissaient tous les deux assez à leur aise dans ce décor noir, comme s'ils appartenaient aux ténèbres depuis des années, depuis toujours.

— L'essentiel pour moi est que je puisse lui demander son aide avant ma mort, dit Dondog.

— Rendez-vous à Parkview Lane, dit la vieille. Bâtiment 2, au 4A. C'est un appartement très agréable. Il donne sur l'extérieur.

— Parkview Lane. D'accord. À quelle heure?

— Disons cinq heures de l'après-midi, lança la vieille.

— Et si elle ne vient pas? demanda Dondog.

La vieille haussa les épaules. Dondog l'entendit hausser les épaules.

— Si elle ne vient pas, eh bien, tant pis. Vous n'aurez qu'à vous installer là-bas en réfléchissant à la suite des choses.

Maintenant il avançait pas à pas, en laissant sa main droite explorer le chemin. Les nids de poussière humide se succédaient sous la pulpe de ses doigts, les ruisselets et les tuyaux visqueux, les aspérités friables, les pointes. Entre une progression sans lampe dans une mine de charbon et l'actuelle promenade, la différence d'ambiance était mince.

Il avait en tête l'itinéraire que la vieille lui avait conseillé d'emprunter. Tourner à angle droit avant les escaliers, là où Tonny Moon s'était engagé, vous vous rappelez, oui, je me rappelle, prendre Reservoir Back Street, descendre la déclivité bétonnée, descendre de cinq marches dans la galerie qui traversait le premier groupe d'immeubles, dépasser la porte de fer de Pekfoo Back Lane, s'introduire dans le deuxième couloir transversal qui faisait partie du réseau de Pekfoo Back Lane. À la fin du couloir, il tomberait sur Harbour Street. Il serait alors tout proche de l'extérieur et, même si le courant électrique n'avait pas été rétabli dans l'intervalle, il commencerait à voir la lumière du jour. La Cité n'était pas un dédale dans lequel on errait sans espoir, avec effroi, jusqu'à l'agonie ou la folie, insistait la vieille. C'était un endroit comme il en existait partout ailleurs, avec des constructions anarchiques qui s'étaient peu à peu empilées et encastrées, ce qui avait rendu l'ensemble dense, inextricable et insalubre. Mais, une fois qu'on avait débouché sur Harbour Street, prétendait la vieille, on n'avait plus de souci à se faire pour sortir, et, après ça, on n'avait aucun mal à accéder à Parkview Lane.

De temps en temps, Dondog se trompait de chemin et essayait d'ouvrir la grille d'un appartement, croyant qu'il s'agissait de la porte de fer qui marquait l'entrée de Pekfoo Back Lane. Parfois des voix l'interpellaient avec colère depuis les profondeurs de la nuit. Craignant de se retrouver blessé par des coups de hachoir, il retirait les mains qu'il avait cramponnées au fer, et il s'excusait. Il demandait sa route et attendait une réponse qui ne venait pas, puis il repartait.

Plus tard il perçut devant lui une lueur qui semblait naturelle, et très vite, après avoir escaladé un palier de ciment, il fut dans la lumière du jour. Il avait rejoint une allée banale, une longue galerie carrelée et vétuste. De son extrémité arrivait la lumière. Dondog alla dans cette direction sans penser à quoi que ce fût de précis. Il savait bien que cet endroit ne s'appelait pas Harbour Street, et il était fatigué d'errer et de se perdre.

Sur des feuilles de carton gisait une panière pleine de gravats. Il la dépassa. On voyait aussi traîner un quart de lavabo et un tas de ferraille. Il marcha plus loin. En fait, l'allée ne menait nulle part. Elle se terminait sur un petit parapet, et, au-delà, il y avait un puits formé par l'agglomération de quatre immeubles. Comme ils avaient été construits à plusieurs années d'intervalle, les étages étaient décalés d'un immeuble à l'autre.

Dondog s'approcha de l'ouverture. Le gouffre était étroit, profond et gris. Tout en bas, le ciment de la cour disparaissait sous les immondices. La protection contre les plongeons accidentels se limitait à deux parpaings. Elle était dérisoire. Un zigzag suffisait pour aboutir dans le vide. Après un moment, Dondog s'assit sur le parapet ridicule. Il laissait ses jambes baller du côté de la chute. Il n'avait jamais souffert de vertige.

Il était là, au bord du rien.

Il réfléchissait à ce qui allait suivre.

Gulmuz Korsakov, pensa-t-il. Tonny Bronx. Ceux-là, les éliminer en priorité.

Éliane Hotchkiss.

Pour l'instant, classons-la un peu à part, cette fille, pensa-t-il.

La silhouette d'Éliane Hotchkiss trois secondes flotta derrière ou devant ses yeux, sans chair ni étoffe, sans apparence précise. Le nom était là, lié à son désir impérieux de vengeance avant la mort, mais, en dehors du nom, l'image était illisible. C'était comme s'il avait mentionné une figure secondaire d'un rêve de son enfance, ou comme s'il avait évoqué une maîtresse furtive du temps des camps, lorsque la nuit on l'enfermait au pavillon des grands blessés et des fous, ou encore comme si elle avait appartenu aux courtes années de clandestinité totale, quand jour après jour se perdait la guerre pour l'égalitarisme et le châtiment des pogromistes, des mafieux et des milliardaires. Le flou entourait Éliane Hotchkiss. Comme Tonny Bronx ou Gulmuz Korsakov, elle se cachait au fond d'un des abîmes décevants de sa mémoire, dont une grande quantité était à jamais clos et inexplorables. Mais elle était moins distincte encore que les deux autres.

Peut-être une ennemie très lointaine, pensa-t-il. Ou très récente. Peut-être une ennemie de toujours, ou peut-être pas.

Il faudrait que je la retrouve pour savoir.

Il faudrait sans doute que j'aille jusqu'à mon enfance pour savoir.

L'idée de ruminer sur son enfance, de descendre jusque-là, seul, ne lui plaisait pas, car avant de toucher au but il devrait revivre la deuxième extermination des Ybürs, domaine du souvenir qu'il avait évité de remuer durant toute son adolescence et plus tard, afin de ne pas immédiatement être foudroyé de chagrin ou de dégoût.

Et si j'en finissais tout de suite, pensa-t-il, au lieu de tout ça.

Il était au bord du basculement, et il n'aurait eu qu'à tortiller un peu des cuisses et des fesses pour que, dans l'instant, s'estompent toute lassitude, toute incertitude sur l'avenir, sur l'exercice de la violence, sur ce qu'il y avait eu dans son enfance ou après, pendant la deuxième extermination des Ybürs et après.

Il hésitait à sauter. Il pouvait renoncer brutalement à sa vengeance. Il ne se décidait pas.

C'est vrai que, parfois, on n'a pas le choix, pensa-t-il. Maintenant qu'on a fixé pour moi un rendez-vous avec la chamane, je ne peux pas lui faire faux bond, à cette femme.

Je vais te dire, Dondog Balbaïan, pensa-t-il encore. Si tu veux les surprendre là où ils se cachent et les tuer, si tu le veux vraiment, il faudra que tu les traques à l'intérieur de ta propre tête, chamane ou pas. C'est leur seul abri, désormais. C'est là seulement que tu pourras régler l'affaire. Et pour Éliane Hotchkiss, puisque tu ne sais toujours pas ce qu'elle mérite, tu verras bien. Le moment venu, tu verras bien.

II. LA MAÎTRESSE

Maintenant la maîtresse de Dondog repose sous une pierre tombale, maintenant elle gît, maintenant la maîtresse repose et se décompose, on pourrait imaginer sa sépulture par exemple dans un petit cimetière de campagne, à la lisière d'une forêt de sapins, près des champs en friche et près d'une grange délabrée, les os de la maîtresse bientôt auront perdu toute la viscosité de la vie, son corps de maîtresse deviendra humus puis descendra plus bas encore dans l'échelle de la non-vie et perdra la viscosité, l'élasticité, le droit à la fermentation ralentie ou grouillante de la vie, maintenant la maîtresse de Dondog va cesser de fermenter et elle va entamer sa descente et devenir un ensemble filamenteux et friable que nul ne pourra nommer ni écouter ni voir. Voilà à quoi bientôt elle sera réduite, dit Dondog.

Tout son être se sera décharné jusqu'à la poussière et se sera effacé. Tout aura rejoint les magmas non vivants de la terre. Et quand je dis tout, je pense en priorité aux mains qui, dans les marges des cahiers de Dondog, si souvent inscrivaient des annotations malveillantes, et aux yeux qui ont relu le texte de la dénonciation accusant injustement Dondog, ou encore à la langue de la maîtresse qui a léché le bord de l'enveloppe pour la cacheter ; tout cela se dispersera au milieu de la terre non vivante. Les nombreux constituants nobles et ignobles de la maîtresse alors ne constitueront plus rien.

Il y a longtemps déjà que la maîtresse de Dondog n'est plus en mesure de formuler des accusations contre quiconque, elle n'est plus capable de parler ni de se taire, la question pour elle ne se pose plus en pareils termes, les morts ne balancent pas entre se taire et ne pas se taire, entre attendre et agir, les morts et les mortes sont une composante négligeable du silence en deçà du silence et ils ne choisissent pas, les morts et les mortes n'ont plus le choix entre pourrir et avoir pourri.

La maîtresse de Dondog est un morceau de néant hideux sans réalité et sans temps, et même sans hideur, au bout du compte ; elle gît maintenant sans être, elle est étalée en fragments de fragments parmi le compost. À supposer qu'elle occupe une place, la maîtresse de Dondog occupe une place désormais en dessous de tout, elle n'est rien sous l'envers non poli de la pierre tombale, elle est indécelable sous la terre.

La maîtresse de Dondog n'est plus rien qu'un tas dépourvu de sens, elle est insignifiante sous les crottes

que lâchent les merles et les merlettes, toujours très
sales au décollage, quand ils quittent les buissons tout
proches où ils nichent. Maintenant la maîtresse de
Dondog passivement s'émiette sous les crottes violettes
et acides, sous les graminées folâtres et les mousses,
sous les cris incessants des insectes qui hantent
et arpentent les herbes et en grand désordre éclosent et
sautillent, mangent et muent, copulent et pondent
et s'entre-tuent. La maîtresse existe de moins en moins
sous les chants nuptiaux des sauterelles, sous les
soupirs nocturnes des arbres, sous les murmures du
vent et sous les crépitements de la pluie, maintenant
elle gît sans voir se succéder au-dessus d'elle les pleines
et les jeunes lunes et les orages magnétiques, la maîtresse de Dondog n'est rien sous les nuages qui passent
et sous les aurores, et elle n'est rien sous la vibration
énervée de la lune quand arrivent les nuits magiques
du 24 juin, du 27 juin, du 10 juillet et du 9 décembre,
maintenant la maîtresse gît sous les moisissures qui
aident la vie à s'épanouir et qui ne font plus l'effort de
migrer vers elle, car, même s'il reste encore quelque
chose d'elle, cette improbable substance n'entre plus en
résonance avec la vie et avec les moisissures de la vie.
Elle gît sous le moisi de la terre et sous les champignons, elle gît sous les champignons qui portent
des noms admirables, sous les pholiotes et les agarics,
sous les russules fétides, les russules noircissantes, les
russules de fiel, les russules charbonnières, elle est

néant sous les cortinaires à odeur de prune et sous les cortinaires resplendissants, sous les lentins tigrés et les panelles ; la maîtresse de Dondog a fini de pourrir et de disparaître, une poussière nue et annulée s'est substituée à elle, infiniment non existante, et cette poussière n'est rien sous les champignons, que ceux-ci soient en pleine santé ou déjà à l'agonie, gâtés et ramollis, cette poussière de maîtresse n'est plus rien sous les limacelles tachées et pourries, sous les amanites dorées et pourries, sous les omphales pourries.

Et peut-être maintenant, sur l'échelle de ses désirs si elle pouvait prétendre encore à des désirs et à une échelle, placerait-elle au sommet de ses espérances le fait de réussir à pourrir encore du côté vivant de l'univers, au lieu de ne plus pourrir du côté mort de l'univers ; peut-être recevrait-elle maintenant comme une grâce le droit de se glisser pendant quelques minutes, ou fût-ce seulement pendant une demi-minute ou un quart de minute, dans l'apparence d'une morille gangrenée, puante et rongée des vers, simplement parce qu'elle serait ainsi recensée dans autre chose que dans le rien. Que ne donnerait-elle pas aujourd'hui pour survivre encore un instant sous forme d'un vieux champignon pourri, même déjà privé d'identité, sans couleur ni nom dicibles !... Que ne donnerait-elle pas, elle qui n'a plus rien et qui n'a même plus conscience de sa chute dans le rien et le pire que rien, que ne donnerait-elle pas pour gésir putréfiée un peu ailleurs et un peu autrement, dans le monde des lumières herbues et des crottes violettes, et pour que les carabes et les bousiers l'émiettent avec dédain, pour que les escargots la mâchouillent, les escargots gris, les limaçons !... Comme elle aimerait exister encore ainsi, en voie de décomposition, certes, mais pas décomposée totalement encore, comme il lui plairait d'être en voie de disparition sous la lune magique du 24 juin ou sous toute autre lune de toute autre nuit, magique ou non !... Pas disparue totalement encore !...

Mais, maintenant, elle gît sans espoir d'être, la maîtresse de Dondog, elle gît dans l'absence, elle ne peut accéder à la beauté rabougrie de ceux et de celles qui abordent leur fin à la lumière, sur le sol, elle ne peut accéder à la flétrissure, l'honneur d'être fétide lui est refusé, elle n'est même pas fétide et insignifiante dans un carré de cimetière, dans le brouhaha du vent et des pucerons, au ras des pâquerettes et sous la menace du bombardement fécal des merles et des merlettes. Entre cet état d'insignifiance au sol et sa propre situation actuelle, la distance est incalculable. C'est comme si elle s'était dissoute au-delà de l'espace noir et de la mort. Nulle parole désormais ne l'atteindra, nul appel ne viendra la consoler ou l'attirer chamaniquement hors du rien ; nul vivant, fût-il immature comme Dondog dans son enfance, ou fût-il mûr comme Dondog avant de s'éteindre, ne mettra en branle ses organes de phonation pour chuchoter que la maîtresse de Dondog est un vieux champignon pourri, nul ne s'avancera ici ou ailleurs pour le clamer : et Dondog moins que les autres.

Et, puisque nous en sommes là, signalons que Dondog aime les champignons, mais sans plus. À aucune période de sa vie, qu'il se soit ou non occupé d'écrire ou de murmurer des romans, les champignons de forêt n'ont figuré dans ses domaines poétiques de référence. Tout crûment dit, les champignons n'ont pas leur place dans l'univers lexical de Dondog. Jamais je n'ai prétendu à haute voix que la maîtresse était un vieux champignon pourri, prétend-il. Cela ne fait pas partie des injures que j'ai coutume de. Ces mots jamais n'ont franchi mes lèvres.

On ne verra donc pas, aujourd'hui non plus, Dondog s'avancer vers la maîtresse pour articuler une formule pareille.

Et pourtant, une plainte a été déposée contre Dondog, une accusation vicieuse, on y affirme qu'il y a eu outrage de la part de Dondog, on y spécifie que, dans les vestiaires du Cours Élémentaire Deuxième Année, vers onze heures trente, Dondog a ouvert la bouche pour dire : « La maîtresse est un vieux champignon pourri. » Un vieux champignon pourri !...

La plainte a abouti, une lourde procédure judiciaire s'est mise en branle, l'interrogatoire a été couronné de succès, des aveux ont été extorqués, les pseudo-aveux ont été consignés, le mensonge brûle encore à l'intérieur de Dondog. Un demi-siècle s'est écoulé depuis lors. Bien que le délai de prescription pour les crimes soit dépassé, le mensonge brûle encore à l'intérieur de moi, il brûle comme, dit Dondog. Il dit cela très violemment, avec effort, tandis que son regard cherche en vain un endroit où se calmer.

Il est au bord du rien, à l'extrémité d'un couloir sordide, dans les parages de Pekfoo Back Lane. Ses jambes surplombent le vide, et, au fond de la cour, quinze mètres plus bas, le sol est jonché de sacs en plastique et de détritus. Il suffirait d'une minime contorsion des reins pour que le corps de Dondog les rejoigne, et que tout récit, toute vengeance et toute haine prennent fin. J'ai dit cela déjà, dit Dondog. Peu de fenêtres donnent sur ce puits. Il suffirait de se soulever comme si on désirait ne plus s'asseoir.

Le mensonge brûle en moi sans que ses flammes s'apaisent, reprend Dondog.

J'avais sept ans à l'époque, et Yoïsha, mon petit frère, six. La dénonciation avait été glissée dans le casier de la mère de Dondog, qui enseignait la musique à l'École Normale. Sans soupçonner l'existence de cette missive scélérate, nous nous étions rejoints, Yoïsha et moi, devant le portail des petits. Il était quatre heures. Depuis mon entrée au Cours Élémentaire, nous pouvions revenir seuls à la maison, mais, chaque matin au moment de partir, nous devions promettre de rester à l'écart du canal.

Ce jour-là, on avait annoncé un orage magnétique.

– Tu sais quand ça va éclater ? demanda Yoïsha.

– Non, dis-je.

Nous levions le nez vers le ciel. Rien de spécial ne se produisait encore parmi les nuages.

Dans les rues, la circulation n'avait pas été affectée par la menace venue de l'espace. Les prolétaires en bleu de chauffe pédalaient avec nonchalance, la cigarette au bec, sans se soucier des camions qui les dépassaient en klaxonnant, militaires ou non. Ils avaient l'esprit ailleurs. Les grèves insurrectionnelles de l'après-guerre avaient été écrasées, mais le rêve des fraternités ouvrières frémissait encore et, dans les usines, les hommes de la fraction Werschwell maintenaient un profil bas. Partout, en vue de la révolution mondiale, des îlots clandestins subsistaient.

De loin, car nous n'avions pas oublié notre promesse, nous regardions flotter les péniches remplies de charbon, de ferraille, de sable, et, à un moment, trichant sans fierté avec la parole donnée, estimant que celle-ci ne s'appliquait qu'à un itinéraire défini, nous prolongions de cinquante mètres notre trajet de retour et nous poussions jusqu'à l'écluse. La différence de hauteur des eaux nous fascinait. En dépit de l'énormité des portes, le dispositif nous paraissait fragile. Nous étions persuadés qu'un jour, sous nos yeux, les formidables volets ne pourraient plus résister à la pression et éclateraient. C'était cela que nous guettions en vain cet après-midi-là encore, penchés vers le grondement de la cascade, muets et fautifs.

Comme nulle catastrophe n'advenait, nous nous écartâmes de la zone interdite. À présent nous marchions sous une rangée de platanes. L'automne venu, les balayeurs rassemblaient les feuilles mortes en montagnes élastiques, jaunes, brunes, odorantes, bruissantes. Nous nous enfonçâmes là-dedans avec délice. Nous faisions la course. Il s'agissait d'avancer en traînant sur le trottoir nos pieds invisibles, emprisonnés dans cette masse ni vraiment liquide ni vraiment morte. Je me rappelle l'humidité froide qui croulait autour de nos jambes nues. Yoïsha criait comme un gamin incontrôlable. Je ne sais comment il se débrouillait, mais il allait plus vite que moi.

Un employé municipal se manifesta alors de l'autre côté de la rue. Sa fureur mit aussitôt un terme à notre compétition. Comme souvent, l'idée d'avoir commis une grosse bêtise nous transportait de façon instantanée du pur bonheur à la peur honteuse. L'homme gesticulait. Il avait une voix de leader syndical. Il tenait un discours sur la complexité décourageante du balayage, sur la sale engeance qui méprisait les valeurs du travail, sur les enfants de fainéants, sur l'école et le dressage, sur la classe laborieuse, sur les camps.

Nous prîmes la fuite sans un regard en arrière et sans un mot, filant comme de petits animaux hystériques devant la boulangerie, la crémerie, le bureau de tabac. Nous supportions mal d'avoir été rejetés dans la catégorie des ennemis des travailleurs, car, bien que n'ayant pas quatorze ans à tous les deux, nous possédions déjà un début de conscience de classe.

Nous habitions au cinquième étage, quai Tafargo. Ce jour-là, l'ascenseur était hors service. C'était l'époque des premiers grands orages magnétiques de l'entre-deux-guerres et, comme je l'ai déjà dit, explique Dondog, des bulletins radiodiffusés avaient annoncé qu'une tempête de ce genre évoluait au large des côtes et risquait de s'abattre à tout moment sur l'intérieur des terres. L'unique conséquence prévisible étant une avarie brutale des moteurs électriques, les autorités avaient conseillé de les disjoncter à l'avance ou de ne pas s'en servir. Nous escaladâmes en silence l'escalier de ciment : dans la pénombre, raconte Dondog, car la minuterie avait été coupée, elle aussi.

Le seuil de l'appartement à peine franchi, Yoïsha et Dondog furent séparés. La mère de Dondog conduisit Dondog dans la salle à manger, lieu inhabituel pour ce moment de la journée.

– Tu n'as rien à dire ? demanda la mère de Dondog, sur un ton hostile, intransigeant, où aucune douceur maternelle ne vibrait.

Dondog avait dû s'asseoir à la grande table, en face de la porte-fenêtre du balcon ; il ne voyait que la cheminée des arsenaux où on forgeait des tanks pour la prochaine guerre, et les nuages qui glissaient d'une manière fantasque. Le ciel donnait l'impression d'aveugler, comme toujours avant une tempête électrique, avec des couleurs qui se modifiaient sans prévenir. Le soleil avait disparu. La pièce fut soudain noyée sous des reflets ocre jaune, et aussitôt les volumes changèrent. Les surfaces devinrent bizarres, pelucheuses. Elles avaient l'air recouvertes d'une couche de velours transparent.

Au loin, la cheminée des arsenaux était terriblement nette et brillante.

— Tu n'as rien à te reprocher? insista la mère de Dondog.

L'image des feuilles mortes aussitôt écrasa Dondog. Le prolétaire victime du sabotage avait eu le temps de se plaindre, ou un témoin du méfait, le crémier, par exemple, avait téléphoné au cinquième étage pour dénoncer les criminels.

Dondog rougit, les larmes lui vinrent aux yeux.

— Tu n'as rien à te reprocher? répéta la mère de Dondog.

Elle avait cette attitude qu'adoptent les adultes quand ils savent tout.

— Non, dit Dondog éperdu.

Il ne songeait soudain qu'à sa honte et craignait affreusement d'afficher celle-ci sur son visage.

— Cherche bien, Dondog Balbaïan, dit la mère de Dondog.

Elle tenait une enveloppe déchirée. La lettre avait

été repliée à l'intérieur. Les mains étaient énervées, auréolées par le jaune sombre de l'orage magnétique. Elles ne tremblaient pas. Dondog se tut pendant dix secondes, terrassé sur la chaise dont le paillage croisé lui talait les fesses. Il sentait s'embraser ses joues, ses oreilles. De l'autre côté de la table, face à lui, sa mère à son tour s'assit. L'ocre du ciel se salissait de noir à grande vitesse. Il y eut encore dix ou douze secondes de lourde accalmie, d'anxiété, puis l'interrogatoire proprement dit débuta.

— Je n'ai jamais été autant humiliée de ma vie, commença la mère de Dondog.

Dondog pensait à ses oreilles, aux larmes qui lui picotaient le nez et le coin des yeux, mais qui ne coulaient pas encore, et il passait en revue tout ce qu'il avait à se reprocher depuis le matin, outre le fameux saccage très relatif des tas de feuilles mortes. Rien ne pouvait justifier une telle mise en scène tragique, une telle entrée en matière qui, au crime, ajoutait la dimension de la douleur maternelle, et donc retirait toute circonstance atténuante. Ses notes de dictée ou de calcul étaient bonnes, il n'avait écopé d'aucune punition ; il n'avait pas conduit Yoïsha jusqu'au bord du canal, ils s'étaient tenus à distance de l'eau, la visite à l'écluse n'avait même pas duré une minute. La mère de Dondog laissa s'instaurer un silence, puis elle le rompit.

— Tu sais très bien, dit-elle, que Mme Axenwood nous déteste parce que nous sommes Ybürs, et qu'elle est jalouse de moi parce que j'enseigne à l'École Normale. Tu sais qu'elle est à l'affût du moindre prétexte pour me mettre dans une position désagréable. Eh bien, elle l'a, son prétexte. Elle exige des excuses, elle exige une lettre d'excuses où j'exprimerai mon repentir personnel, en tant que mère, en tant que pédagogue et en tant qu'Ybüre.

Derrière la mère de Dondog, les nuages étaient maintenant noirs sur un fond jaune paille, et ils brillaient, selon ce que raconte Dondog. C'était magnifique. Ils scintillaient, comme gonflés de cristaux en agitation. Parfois, avec une rapidité déconcertante et pendant un temps très court, les couleurs s'inversaient, le ciel devenait entièrement noir, les nuages entièrement jaunes, puis, sans transition, tout se rétablissait.

Dondog aurait aimé observer cela depuis le balcon, plutôt que dans un contre-jour dont sa mère occupait le centre. La mère de Dondog était une silhouette au milieu de ces taches capricieuses. Elle se découpait plus ou moins distinctement selon les états de la lumière. Elle tournait le dos au ciel étrange. Elle restait indifférente aux vacillations chromatiques du ciel étrange.

— Je n'ai jamais été autant humiliée de ma vie, tu m'entends, Dondog Balbaïan ? Chaque famille hérite d'un enfant dénaturé, même les Ybürs n'y échappent pas !… Eh bien, dans notre famille, il s'appelle Dondog Balbaïan !

Cette association du nom et du prénom sonnait comme dans le préau, lors du premier appel de la rentrée scolaire. Cela terrorisait Dondog. Depuis qu'il avait franchi la porte de l'appartement, tout était instable, rien n'était compréhensible, l'éclairage, les couleurs, les formes qu'on utilisait pour s'adresser à Dondog, les intentions des adultes envers Dondog.

— Je regrette vraiment de t'avoir mis au monde, continua la mère de Dondog.

Elle secoua la tête. Ses cheveux voletaient en tous sens bien qu'il n'y eût ni vent ni courant d'air. Derrière elle, l'espace chuintait. Le ciel crépita pendant cinq ou six secondes, puis il se couvrit d'une buée gris plomb, puis il retrouva ses teintes noir et ocre. Grosse comme une montgolfière, translucide, grisâtre, non éblouissante, une boule de foudre dérivait en direction de la cheminée des arsenaux.

— Et maintenant, Dondog Balbaïan, cria la mère de Dondog, explique-moi pourquoi tu as eu l'idiotie de dire que Mme Axenwood était un vieux champignon pourri. Tu vas me l'expliquer, hein, tu vas me l'expliquer !…

Dondog respira. Une ou deux larmes lui brouillèrent la vue, il se frotta les paupières. Quel soulagement dans la poitrine, quelle délivrance ! Il avait cru qu'on allait le punir pour les feuilles de platane, alors que c'était une histoire de champignon pourri, histoire inconnue dans laquelle il n'avait joué aucun rôle. Il ouvrit la bouche et il bégaya que non, il n'avait jamais traité la maîtresse de vieux champignon pourri.

— Et en plus, ce n'est pas une expression à moi, remarqua-t-il.

— Tu l'as dit ce matin, dans les vestiaires, quand vous enfiliez vos manteaux pour aller à la cantine, précisa la mère de Dondog.

À cet instant, raconte Dondog, le ciel crépita très fort, comme s'il y avait eu sur la ville une avalanche de parasites électriques ou de gravillons. La cheminée de l'arsenal avait été avalée par la boule de foudre. Le balcon, les portes-fenêtres et tout l'espace de la salle à manger devinrent livides, puis une coloration jaune sable combattit la lividité et l'emporta. L'air dansait jaune, flottait jaune, raconte Dondog. L'air circulait et rebondissait d'un mur à l'autre, avec des mouvements saccadés et une traîne sonore qui ressemblait à la chute convulsive de milliers d'épingles. Il n'y avait aucun vent, et, sur la peau, bien que l'on fût frôlé, on ne sentait rien.

Les cheveux de la mère de Dondog se rassemblaient en mèches rigides. Ils lui donnaient une apparence de sorcière folle. Ceux de Dondog étaient coupés trop courts pour avoir des réactions spectaculaires.

— Que ce soit bien clair, reprit la mère de Dondog, ignorant les bégaiements de Dondog. Que ce soit bien clair, Dondog Balbaïan. Je ne supporterai pas que tu me mentes.

Puisqu'il avait énoncé la vérité, Dondog pensait que le malentendu s'était dissipé, et qu'il allait pouvoir retourner jouer avec Yoïsha. Ils iraient s'activer devant le minuscule balcon de la cuisine, interpeller les nuages, les boules de foudre, les vents noirs, les vents jaunes comme des guêpes, chahuter ensemble avec les décharges magnétiques et les ombres. Or ce que venait de dire la mère de Dondog indiquait que l'affaire s'engageait mal, qu'elle s'engageait dans une impasse. L'affolement et la honte, qui s'étaient à peine retirés des poumons de Dondog, revinrent l'étouffer. Il renouvela ses dénégations, mais il se sentait inefficace. La mère de Dondog avait l'air de disposer d'informations extrêmement sûres.

L'image des vestiaires se reconstitua devant lui, avec les portemanteaux supportant les habits de nains, les bonnets et les casquettes de nains, et avec le bavardage des petites filles qui couvait et soudain flambait comme un feu de broussailles impossible à contenir, en dépit des protestations de la maîtresse. Dondog échangeait quelques considérations sur l'orage magnétique avec un petit garçon de son âge, Mathyl Golovko, un autre Ybür. À trois mètres de Dondog, au milieu des odeurs de vêtements et de cheveux malpropres d'enfants, il y avait eu, peut-être, à un moment qu'il avait à peine mémorisé, quelque chose de bizarre, une demi-phrase bizarre que Dondog n'avait sur l'instant pas enregistrée, mais qui, c'est exact, avait eu rapport avec de la pourriture, ou des champignons, ou la maîtresse. Dans la bousculade du rhabillage, il y avait eu cette minuscule concrétion subversive, comploteuse, suivie d'une très courte seconde d'immobilité collective, puis tout avait repris comme avant : le boutonnage, les écharpes, les solitudes l'une à l'autre additionnées qui finissaient par constituer une rumeur, les chuchotements incoercibles des petites filles, les « Chut! Taisez-vous! » de Mme Axenwood. Ensuite, les rangs avaient été formés devant la maîtresse. Et ensuite, dans le silence médiocre, dans le fumet de jeune animalité et de jeune étable des vestiaires, devant la maîtresse, quelque chose d'autre s'était produit, une prise de parole également bizarre mais sans conséquence, puisque la seule réaction de la maîtresse avait été de hausser les épaules. Quelque chose de si insignifiant que Dondog l'avait oublié. Il avait fallu les violences de la salle à manger pour qu'il s'en souvînt. Une petite fille avait levé le doigt, et, quand Mme Axenwood l'avait autorisée à parler, elle avait dit : « Dondog Balbaïan a dit que la maîtresse était un vieux champignon pourri. » Dondog s'en souvenait, maintenant.

— Tu as compris, Dondog Balbaïan? demanda la mère de Dondog avec plusieurs sanglots rauques. Les Ybürs ne mentent pas. Je n'accepterai pas que tu mentes.

Dondog jura qu'il ne mentait pas.

Les larmes coulaient sur ses joues, les croisillons de paille lui meurtrissaient les cuisses.

– Ne jure pas! hurla la mère de Dondog. Si tu as un tout petit peu d'affection pour ta mère et un tant soit peu de fierté ybüre, ne jure pas et arrête de mentir!…

Dondog se ratatina sous le cri, mais il bafouilla qu'il avait été dénoncé par erreur. Si quelqu'un avait émis la phrase fatidique, ce n'était pas lui. Il n'avait même pas entendu prononcer cela dans les vestiaires. C'est une petite fille qui m'a dénoncé à la maîtresse, pleurait Dondog, je ne me rappelle plus qui, peut-être Éliane Hotchkiss ou Éliane Schust.

– Tu vas reconnaître que tu l'as dit, oui ou non? l'interrompit alors la mère de Dondog. Je ne veux rien savoir d'Éliane Hotchkiss ou d'Éliane Schust. Je veux entendre la vérité sortir de la bouche de mon fils. Tu ne bougeras pas de cette chaise tant que tu n'auras pas reconnu avoir proféré des saletés sur Mme Axenwood.

Dondog renifla et cligna des yeux. Au-delà de sa mère, le firmament quelques secondes prit une teinte boueuse de fleuve asiate, puis évolua vers un gris d'argent teinté de bleu. À l'intérieur de la salle à manger, les meubles avaient des contours flous et bleutés, et, l'instant d'après, la rétine recevait d'eux une image si précise qu'on avait tout à coup l'impression d'avoir une acuité visuelle multipliée par dix. Des surfaces entières de murs semblaient bruire pendant un quart de seconde, puis s'apaisaient. Au plafond, la lampe éteinte grésillait. Les interrupteurs près des portes émettaient des bruits de friture.

– Jamais je n'ai autant regretté de t'avoir mis au monde, jamais, jamais, jamais, Dondog Balbaïan! se lamentait la mère de Dondog.

Ainsi commença l'interrogatoire de Dondog. Il se prolongea pendant un temps infini, il dura, il se divisa en vagues successives qui régulièrement se brisaient sur le même obstacle, sur l'obstination de Dondog à affirmer qu'il n'avait pas comparé Mme Axenwood à un quelconque champignon vivant ou mort ou en passe de l'être.

En ce temps-là, le vocabulaire mycologique de Dondog ne comptait guère que trois ou quatre unités, rumine Dondog. L'interrogatoire avait donc des côtés fastidieusement répétitifs, car les dénégations nevariaient pas. Aujourd'hui, l'accusé pourrait se consoler en parcourant des sentiers sémantiques riches et baroques, Dondog pourrait procéder à des énumérations comme il les aime, comme toujours il les a aimées dans l'adversité et dans ses récits d'inquisition et de naufrage. Tout en persistant à clamer son innocence, il pourrait parler tantôt de chanterelle pourrie, tantôt de clavaire pourrie, tantôt de coprin pourri, et il pourrait plus tard citer la clavaire en chou-fleur pourrie, la clavaire crépue pourrie, la chanterelle sinueuse pourrie, la chanterelle jaunissante pourrie, la calocère visqueuse pourrie, le dacrymyce en forme de goutte pourri, la morille commune pourrie, le coprin chevelu pourri, le coprin pied-de-lièvre pourri, le coprin blanc de neige pourri, le coprin noir d'encre pourri, inlassablement précisant, après chaque mention, qu'il n'avait jamais songé associer Mme Axenwood à ces humbles manifestations de la nature, pas plus qu'à la lépiote gracile pourrie, à la lépiote déguenillée pourrie ou à la lépiote mamelonnée pourrie. Mais Dondog, en ce temps-là, ne connaissait que la girolle, la vesse-de-loup et le champignon de couche, s'il faut en croire Dondog. Il y eut donc une très longue et éprouvante succession d'attaques identiques et de parades identiques, une chaîne d'accusations fades suivies de dénégations fades, d'accusations circonstanciées suivies de dénégations circonstanciées. Aucun aveu ne venait.

Aucun aveu ne venait, confirme Dondog.

Le ciel derrière la mère de Dondog était parfois blanc, parfois gris-vert, parfois noirâtre. La balustrade sur le balcon se hérissait de poussières aimantées, les murs de la salle à manger tout entière se vêtaient de brèves buées épineuses. Le plafond était comme un écran d'épingles. On entendait dans la ville les voitures de pompiers aller et venir. La mère de Dondog n'attachait aucune importance aux vents magnétiques qui rôdaient à une allure vertigineuse au-dessus du pays et dévastaient les appareillages. Elle feignait de ne pas remarquer la frénésie de ses cheveux, elle n'interrompait nullement son enquête sous le prétexte que derrière les papiers peints les cloisons de brique sifflaient, ou que des chants de cigales hantaient les prises électriques pendant une demi-minute puis se taisaient, puis reprenaient. Elle n'accordait pas plus d'attention aux sanglots de Dondog qu'aux changements d'humeur de l'éther, de la lumière, de l'espace. Rien ne la distrayait. Elle menait sans faillir l'interrogatoire de Dondog, rien ne la détournait de sa tâche, elle avait de qui tenir, elle ne relâchait pas son effort qui était entièrement dirigé vers les aveux de Dondog. De temps en temps, elle pleurait avec abondance, théâtralement, pour montrer à Dondog combien elle était démolie par l'entêtement malhonnête de Dondog.

Puis il y eut un moment de calme où la mère de Dondog sortit, après avoir intimé à Dondog l'ordre de se pétrifier sur sa chaise. Yoïsha se glissa dans la salle à manger, il vint tourner avec gentillesse autour de Dondog qui était sanglotant et blême. Yoïsha vint effleurer fraternellement Dondog et il dit à Dondog que le frigo était en panne, que la glace avait formé une flaque dans la cuisine, que l'électricité était coupée partout, et que, de la fenêtre de la cuisine, on voyait l'orage magnétique se déchaîner sur la ville, puis il lâcha, Tu ferais mieux de dire ce qu'elle veut, puisque c'est ça qu'elle veut. Puis, en hâte, il disparut.

La mère de Dondog revint dans la pièce.

Une nouvelle phase de l'interrogatoire débuta. Elle ne différait guère, sur le fond, de la précédente.

— Arrête de nier comme un imbécile, avoue une

bonne fois, conseilla la mère de Dondog. Ça te soulagera, tu vas voir. Immédiatement tu te sentiras mieux.

Elle s'était rassise à contre-jour, elle s'adressait à Dondog d'une voix neutre, elle testait une nouvelle tactique. Derrière elle maintenant ondoyaient des nuées à la consistance laineuse, bordées d'un nimbe indigo. Cela aurait pu continuer longtemps. Or, sans prévenir, à la vitesse d'un claquement de doigts, l'univers fut débarrassé des perturbations magnétiques.

L'orage était terminé.

– Dès que tu auras avoué, dit la mère de Dondog, tu pourras repartir jouer avec ton frère. J'écrirai une lettre d'excuses à Mme Axenwood et on n'en parlera plus. Tu finiras par avouer, de toute façon. Si Gabriella Bruna était là, elle te le dirait, elle aussi : ça ne sert à rien de s'empêtrer dans des mensonges. Ils avouaient toujours avec elle… Allez, Dondog, dis la vérité.

L'idée de vérité, en ce milieu des années cinquante où Dondog avait sept ans, était inscrite inébranlablement en Dondog. Et la vérité, surtout dans un contexte aussi judiciaire, il était inadmissible de la distordre.

– Seule la vérité m'importe, compléta la mère de Dondog. Je veux simplement l'entendre sortir de ta bouche, ensuite je m'arrangerai avec Mme Axenwood.

Comme Dondog, à travers ses pleurs, son effarement, sa peur, n'avouait toujours pas, la mère de Dondog réadopta vite les techniques stridentes et lyriques qu'elle avait mises en œuvre lors de la première phase de l'interrogatoire. De nouveau, elle l'appelait Dondog Balbaïan et elle se désolait d'avoir accouché de lui. L'accouchement avait été douloureux et il avait été critique, et elle se désolait du résultat. Dondog se représentait la parturition avec horreur. Il recevait sans filtre la souffrance de sa mère, et il ne savait comment y réagir.

L'orage magnétique venait de s'enfuir sans laisser de traces. Les nuages flottaient comme si de rien n'avait été, la cheminée des arsenaux crachait une fumée banale. Certes, on continuait à entendre les sirènes des voitures de pompiers, et cela nourrissait encore une atmosphère d'aventure et de catastrophe, mais tout l'onirisme consolateur du monde s'était volatilisé, il faut bien le dire, dit Dondog.

Ne restaient plus, pour aider Dondog à ne pas sombrer, que des cachettes intimes, des abris à l'intérieur de sa peau et de sa tête. Dondog se cramponna donc de nouveau à la notion de vérité telle qu'elle avait été imprimée en lui. La vérité était quelque chose qui se cristallisait dans le souvenir et la parole, qui avait pour fondements une conviction personnelle et la parole, c'était quelque chose qu'on pouvait choisir de taire ou de mal dire, de déformer sciemment au moment de l'émission vocale, mais, en soi, c'était quelque chose à quoi on se raccrochait pour savoir si on avait tort ou raison ; c'était une bouée de sauvetage dont nul ne pouvait vous priver. Qu'importe si la maîtresse avait

ajouté foi aux ragots d'Éliane Hotchkiss ou Éliane
Schust! Qu'importe si la lettre de la maîtresse fournissait
des preuves et des témoignages, qu'importe si, à de tels
arguments objectifs, rien n'était objectable! Et qu'importe si ce tribunal injuste siégeait depuis des heures!...
Dondog avait sa vérité intérieure, immuable, indestruc-
tible, et il organisait sa survie à partir de là. Il organisait
sa survie même s'il tremblait, s'il pleurait, même s'il
bégayait, même s'il reniflait. Il tenait bon. Il niait.

— Jamais personne dans la famille n'a été aussi obs-
tiné dans la méchanceté et le mensonge, commentait
la mère de Dondog. Avoir un fils sournois, têtu! se
plaignait-elle presque pensivement, le regard mouillé
de détresse. Un fils malhonnête jusqu'à l'absurde,
menteur et menteur! Très exactement le genre d'individu qui autorise Mme Axenwood à baver sur ta mère
et sur tous les Ybürs!...

Puis elle reprenait les faits, qu'elle semblait connaître
à merveille, au millimètre près.

— Quand exactement as-tu dit que la maîtresse était
un vieux champignon pourri? Avant d'enfiler ton manteau ou pendant que tu finissais de le boutonner?...

— Éliane Hotchkiss n'a pas rêvé, tout de même. Ou
Éliane Schust, peu importe. Elle aurait pu avoir la
grandeur d'âme de ne pas te dénoncer mais, puisqu'elle
l'a fait, on n'y peut rien. Alors, c'était quand tu bavar-
dais avec Mathyl Golovko?

— Ou c'était quand tu te baissais pour relacer

ta chaussure? Ta chaussure droite qui est toujours desserrée?... Ou la gauche?...

Dondog nageait à contre-courant de tout avec sa bouée de vérité. Il était de plus en plus fatigué, de plus en plus dégoûté et abattu. Et ensuite il comprit qu'il était fichu, aux mains de forces qui se moquaient de la vérité, qui ne se souciaient pas une seconde de la vérité, et qui désiraient extraire de lui des aveux et pas autre chose. Il n'y a pas d'âge pour faire mourir la vérité, il n'y a pas d'âge pour sauver sa peau dans le déshonneur et le mensonge, il y a un moment dans la vie où il faut commencer à confondre en soi la brûlure du mensonge et la brûlure de la vérité, et à entretenir cette brûlure pour les cinquante ou soixante ans de désastre que l'on peut prévoir devant soi encore.

Dondog fouilla une nouvelle fois dans sa mémoire, et il découvrit sans difficulté ce qui avait, jusque-là, échappé à ses investigations. Il se mit à croire la version de l'accusation et il dit :

– La droite. Les lacets étaient dénoués. Je me suis baissé et j'ai dit à Mathyl Golovko que la maîtresse était un vieux champignon pourri.

– Je le savais bien, dit la mère de Dondog.

Toute sérénité retrouvée, elle se retirait déjà pour rédiger ses excuses à Mme Axenwood, sa confession difficile en tant que mère, pédagogue et Ybüre.

Je suis resté encore une minute immobile sur la chaise de paille, dit Dondog. La salle à manger était paisible. Le ciel avait une beauté automnale, un peu froide. L'usine des tanks fumait. Yoïsha est réapparu et il a proposé à Dondog de retourner dans la chambre pour y faire une partie de dominos. Nous sommes allés jouer là-bas sans faire de bruit.

Plus jamais, ni le soir ni le lendemain, ni à la maison ni à l'école, l'affaire du champignon pourri ne fut évoquée, fût-ce sous forme d'allusion.

C'était il y a cinquante ans. À peu près tout le monde est mort depuis cette époque. La mère de Dondog et Yoïsha…

La mère de Dondog et Yoïsha ont été capturés et tués lors de la deuxième extermination des Ybürs. Quant à la maîtresse de Dondog, elle est à présent couchée dans l'inexistence. Elle repose et se décompose sous la terre indifférente, elle n'a plus de statut organique, elle n'est plus rien.

La maîtresse de Dondog n'est même plus une pholiote du peuplier pourrie, plus une russule sans lait pourrie, plus un lactaire roux pourri, plus un lactaire à lait jaune pourri, plus un bolet poivré pourri, plus une nonnette pleureuse pourrie, plus une trompette-des-morts pourrie, même plus une vesse-de-loup pourrie, plus une vesse-de-loup hérisson pourrie, plus une boviste plombée pourrie, elle n'est même plus une langue-de-bœuf pourrie, non, elle n'est même plus cela, une vieille langue-de-bœuf pourrie.

III. YOÏSHA

Certains jours, on pressentait que quelque chose d'horrible allait se produire. D'autres jours, non. L'abjection rassemblait ses forces pour un futur très proche, les tueurs bouclaient leur ceinturon, les autorités avaient déjà en poche leur discours appelant à la fois au meurtre et à une plus grande mesure dans le meurtre, de longues listes avaient été établies et distribuées dans les casernes et les comités locaux, les voisins ricanaient, et pourtant rien de spécial n'annonçait le cauchemar, de sorte que, quand il fut là, il s'accompagna d'un effet de surprise.

Il y avait aussi des matins où la rupture entre sommeil et veille ne s'accomplissait pas, ou seulement avec une extrême mollesse. L'angoisse alors étreignait Dondog jusqu'au soir, mais c'était une angoisse sans dimension prémonitoire. Elle était liée à une trop nauséeuse combinaison de vie nocturne et de vie réelle. On tirait Dondog du lit alors qu'il était encore

engagé corps et âme à l'intérieur d'un rêve. Contraint
à ouvrir les yeux et à feindre les mouvements de l'existence, il essayait de bloquer son esprit sur les dernières
images de ses aventures oniriques. Il résistait à la réalité
par tous les moyens. Il parlait le moins possible, il bougeait de façon mécanique, il réagissait de mauvaise
grâce dès qu'on exigeait de lui une phrase, un morceau
de phrase.

Le temps scolaire ensuite gouttait heure à heure,
fragmenté en leçons de grammaire, en dictées et en
récréations, mais l'activité mentale de Dondog demeurait engourdie. Ces jours-là, il ne faisait rien d'autre
que ressasser ses visions intimes. Qu'il fût en train
d'écrire sur son cahier de brouillon ou en train de participer à des exercices de calcul mental, il réinvoquait,
il rabâchait, il revoyait en spectateur les séquences dont
il avait été acteur ou témoin, ne sachant plus à quel
monde raccorder les impressions qui se succédaient
au fond de son crâne. Nuits, passé, hallucinations
secrètes, expérience vécue, constructions enfantines,
réalité et réalités parallèles se confondaient. Dans
quelle sphère de la mémoire, par exemple, devait-il
ranger les fermes à l'abandon, les hauts plateaux et
les steppes qui l'obsédaient ?... Et ces temples enfumés,
ces villes portuaires que la guerre civile ensanglantait ?...
D'où venaient ces inconnus qui s'adressaient à lui
comme s'ils étaient de proches parents ?... Quand avait-
il erré dans ces immenses labyrinthes urbains aux issues

toujours closes avec des barbelés? Et ces maisons de feutre, ces yourtes mongoles où sa famille se comportait d'une manière incompréhensible, y avait-il dormi ou non, et quand?...

En vérité, de telles questions n'avaient pas lieu d'être, dit Dondog. C'était son monde qui se construisait là, le monde de Dondog, tout simplement le domaine compact de ma vie, de ma mémoire et de ma mort.

Et cette autre question, ce problème que d'urgence il devait résoudre, dont il devait au plus vite écrire la solution sur son ardoise, quelle raison d'être aurait-on pu lui trouver? Trois cent quarante-trois moins cinquante-quatre virgule cinq?

— Je répète. Trois cent quarante-trois moins cinquante-quatre virgule cinq, répéta la maîtresse.

Tout à coup, cette soustraction très simple semblait d'une difficulté insurmontable. Il y avait des minutes comme celle-là, où les rouages de l'arithmétique en Dondog se grippaient, alors qu'en général il se délectait de calculs, en particulier quand le nombre sur lequel il travaillait était aussi sympathique que trois cent quarante-trois, sept fois sept fois sept. Le petit garçon s'était mis à observer d'un air soucieux son crayon à craie, une pince de cuivre dont on resserrait la prise avec une bague. Les cinquante-quatre virgule cinq demeuraient amorphes dans sa tête. Au lieu de les sectionner à quarante-trois et de faire basculer le reste sous la barre des trois cents, le petit garçon préférait se remémorer, une nouvelle fois, les émotions de la nuit précédente.

Sa grand-mère Gabriella Bruna venait de franchir avec lui le seuil d'un temple : une construction basse avec des lanternes éteintes. Pour entrer, ils avaient dû contourner un yack qui stationnait pesamment devant le portail. Il faisait nuit, le yack somnambule bavait et marmonnait. Il sentait mauvais. Gabriella Bruna avait d'abord allumé des bâtons d'encens dans la pénombre, puis elle avait rejoint des hommes qui étaient accroupis derrière un paravent et qui fumaient. Ils avaient tous des tenues de mendiants ou de guerriers mendiants et des fusils. Pour autant qu'on pouvait distinguer des détails, ils avaient aussi des talismans de sorciers autour du cou.

— Embrasse ton grand-père, avait dit Gabriella Bruna.

— C'est lequel ? avait demandé Dondog.

— Là, avait montré Gabriella Bruna. Celui qui s'appelle Toghtaga Özbeg.

Dondog avait tendu les lèvres vers des joues mal rasées et, à son tour, il s'était assis sur ses talons. Les adultes présents se considéraient tous comme des commissaires du peuple. Ils parlaient de la lutte contre l'ennemi de classe, de la guerre classe contre classe et des camps. Ils critiquaient les dernières instructions du Comité militaire qui les obligeaient à s'exiler au-delà des montagnes et de la taïga. Comme le yack, certains d'entre eux sentaient mauvais et marmonnaient. Ils avaient peur. Ils avaient perdu la guerre et ils avaient peur.

Dondog s'était approprié tout cela en tant que souvenir authentique. Il n'avait pas besoin de s'interroger longuement sur le réel et le non-réel. Tout était vrai, tout avait été vécu ainsi. La peur lui avait été communiquée dans ce temple aux lanternes éteintes, et maintenant, ici, à l'école, elle le troublait.

Et la soustraction? Sans y réfléchir vraiment, il venait d'isoler une petite masse numérique qui se montait à onze virgule cinq. Onze virgule cinq, oui, et alors? Il évaluait cela avec stupeur. Il avait oublié ce qu'on lui demandait d'en faire.

Déjà la maîtresse tapait sur son bureau avec sa règle de métal. On avait le droit enfin d'agripper son crayon à craie.

Obéissant au signal, les enfants autour de Dondog rompirent l'immobilité qui leur avait été imposée l'instant d'avant. Les mains étaient fébriles. Les pointes blanchâtres partout criaient sur les ardoises. Au deuxième coup de règle, chacun devrait brandir le résultat de son calcul.

Le fer s'abattit.

Dondog leva le bras en même temps que les autres.

Il n'avait pas inscrit un seul chiffre.

La maîtresse le pria de quitter son pupitre, de faire

un pas dans l'allée et d'exhiber devant ses camarades la preuve que les Ybürs avaient des trous noirs dans la cervelle. Je me rappelle cette expression, dit Dondog. Je faisais tourner l'ardoise dans toutes les directions. Des trous noirs dans la cervelle. Je me rappelle avec netteté cette formule sarcastique. L'image contenait une menace. Dans la voix de la maîtresse, des fibres inquiétantes tremblaient. La classe hurla un rire humiliant, puis se tut. Dondog se rassit.

C'était un jour néfaste, dit Dondog.

Beaucoup plus tard, en feuilletant des journaux dans la bibliothèque du camp, j'ai retrouvé la date exacte. Je suis tombé dessus par hasard et je me suis empressé de l'oublier de nouveau. Ces précisions, laissons-les aux historiens, aux scientifiques qui étudient la laideur. Disons qu'on était en mars. Vers le milieu de mars, je crois. Il ne faisait pas très froid, mais l'humidité imprégnait tout. J'étais au Cours Élémentaire. J'avais sept ans, huit ans.

Ce matin-là, la mère de Dondog n'avait pas réussi à dissimuler les sinistres fantômes qui la hantaient, elle aussi. Elle examinait ses enfants de biais, à la dérobée, et tous ses gestes manquaient de franchise, comme souvent quand un adulte essaie de cacher quelque chose de tragique. Elle avait mis un temps anormal, beaucoup trop long, pour renouer les lacets de Dondog, pour boutonner le manteau de Yoïsha. Le tour de ses yeux était noirci par le manque de sommeil. Dans son regard élargi par cette bordure noire, une fièvre triste scintillait. Le téléphone avait sonné plusieurs fois pendant la nuit. Peut-être était-ce cela qui l'avait empêchée de dormir. On voyait qu'elle s'interdisait d'exprimer l'affection qui bouillait en elle. Elle luttait contre sa tendance à la théâtralité. Elle ne nous serrait pas contre elle avec effusion, elle se retenait de nous caresser. Comme d'habitude, elle avait énuméré tout ce dont il ne fallait à aucun prix s'approcher : du canal, des inconnus qui prétendaient être des oncles, des groupes qui braillaient chansons ou slogans, des corps sur le trottoir s'il y avait des corps sur le trottoir. Elle se maîtrisait, elle avait une voix sévère. C'est à peine si elle les avait embrassés sur le pas de la porte.

Le père de Dondog, quant à lui, ne s'était pas montré. Il dormait encore, sans doute, ou il n'était pas encore rentré à la maison, car, la nuit, pendant que tout reposait dans la ville et dans les campagnes, il luttait contre l'ennemi de classe. Ni Dondog ni Yoïsha n'auraient été capables d'évoquer les formes que prenait ce combat nocturne : simplement ils savaient que dehors, après minuit, dans la clandestinité héroïque et les ténèbres, leur père rôdait.

La porte se referma derrière eux, sur cette anxiété non explicite, sur ce chagrin non commenté. Les petits garçons ne dévalèrent pas les escaliers comme deux chiots surexcités. Au contraire, ils lambinèrent et, une fois sur le trottoir, ils se mirent à progresser sans entrain.

Un dense brouillard avait envahi les rues. La sonnette des vélos grelottait de faibles notes enrouées. Les camions et les rares voitures particulières émergeaient du néant cotonneux, grondaient, puis replongeaient, instantanément réabsorbés et silencieux. Dondog et Yoïsha marchaient sur le trottoir du quai Tafargo, mais ils n'avaient pas envie de traverser la chaussée pour aller contempler, en contrebas, les eaux incertaines du canal ou les barges. Ils ne rencontraient presque personne. Ils avançaient en frôlant les murs dont certains n'avaient pas été recrépis depuis la dernière guerre insurrectionnelle et portaient encore des traces de balles. D'ordinaire, Dondog et Yoïsha marquaient une pause devant les cratères et les balafres qui s'étoilaient à leur hauteur. Ils les touchaient avec fierté, ils les palpaient, ils les contemplaient d'un air connaisseur, comme s'ils avaient eux-mêmes participé à la fusillade. Or, ce jour-là, aucun des deux n'avait le cœur à jouer les anciens combattants. Ils dépassèrent sans réagir l'endroit où le ciment était criblé d'impacts. Dondog ne voulait pas se laisser distraire. Il remuait et remuait la pâte de son sommeil. Il revoyait les mendiants armés qui avaient peur et il repensait à l'adieu maladroit de sa mère sur le palier. Elle les avait regardés comme quand on se sépare sur un quai de gare.

Yoïsha ne cachait pas son humeur maussade, lui non plus.

Il était préoccupé. Les raisons de son appréhension étaient plus rationnelles que celles qui perturbaient Dondog : la veille, des grands l'avaient menacé. Il y avait dans la classe de Yoïsha un garçonnet, Schielko, qui avait été longtemps un bon camarade de Yoïsha et même son meilleur copain, mais qui à présent se disputait fréquemment avec lui, tantôt pour des motifs de rivalité scolaire, tantôt parce que tous deux revendiquaient l'amour exclusif de Vassila Temirbekian et de Nora Makhno, deux petites filles du Cours Préparatoire. Dans ces querelles de petits, Schielko s'arrangeait pour faire intervenir son frère aîné, on ne sait pourquoi surnommé Tonny Bronx. Yoïsha exposa les méandres de son conflit avec Schielko. Sa narration était désordonnée. Il sautait des beaux yeux de Nora Makhno à une sombre histoire de triche pendant une interrogation de géographie. Dondog l'écoutait d'une oreille distraite.

— Et en plus, compléta Yoïsha, les parents de Schielko sont contre la révolution mondiale.

— Tu dis des bêtises, fit Dondog.

— Je connais Schielko mieux que toi, s'indigna soudain Yoïsha. Je sais mieux que toi ce que ses parents pensent de la révolution mondiale. Ils n'y croient pas et ils sont contre.

— Tu m'amuses, dit Dondog. C'est impossible d'être

contre. Même les petits commerçants sont pour, maman nous l'a expliqué. Même les petits propriétaires.

– C'est toujours comme ça, maugréa Yoïsha. Dès que tu n'es pas d'accord, tu t'abrites derrière une phrase de maman. On ne peut pas discuter avec toi.

Le dialogue vira à l'aigre, puis, très vite, il prit fin. Les enfants boudaient, chacun de son côté avalant à contrecœur l'hostile humidité ambiante. Le brouillard charriait des odeurs de vase, de gas-oil, des bouffées de poisson mort. On respirait aussi des gouttelettes de défoliants qui avaient pour origine les secteurs de la ville dont la reconstruction n'avait pas encore commencé.

À l'intérieur de l'école, cette puanteur de toxique douceâtre s'accentua. Les salles de classe produisaient des échos, comme si la présence physique des élèves ne suffisait plus à combler le vide. D'une voix amplifiée par la réverbération de ses voyelles, une petite fille devant Dondog prétendit que la fumée lui piquait les yeux, alors qu'on ne décelait de fumée nulle part. Quand tout le monde se répandit dans la cour pour la récréation de dix heures, la viscosité de la grisaille avait augmenté. L'espace dépourvu de ciel pesait sur l'imagination. Le parfum entêtant du défoliant inspirait des plaisanteries et des jeux fondés sur l'asphyxie, sur les masques à gaz, sur les pets nauséabonds et sur la guerre chimique. Quelqu'un fit courir l'information selon laquelle la fraction Werschwell était en train de se lancer dans l'extermination des Ybürs, et que c'étaient des gaz à Ybürs qui flottaient dans l'air.

Dans sa crainte de subir l'agression du frère de Schielko, Yoïsha resta collé à Dondog, ne s'éloignant de Dondog sous aucun prétexte, et il appliqua de nouveau cette tactique pour la récréation de fin des cours du matin et pendant le repas à la cantine. Mais ensuite, rassuré par le manque d'agressivité de Schielko et par l'indifférence de Tonny Bronx, qui manifestement n'avait pas hâte de lui faire la peau, il retourna se mêler aux élèves de sa classe.

Les cours reprirent, dit Dondog. Dans une atmosphère aussi obscure que celle de la matinée, si enténébrée que la maîtresse dut allumer la lampe du tableau pour que nous puissions recopier son résumé de la leçon de choses, l'après-midi s'étira. C'était une leçon sur le sucre. Dondog s'était réveillé, mais il continuait par moments à patauger dans l'écume tiède de ses songes. Il essayait de fixer en lui la figure de son grand-père Toghtaga Özbeg. Il restait inattentif. La maîtresse le rappela à l'ordre sur un ton cinglant, si odieux qu'il incita ses camarades au silence, cette fois, plutôt qu'à des démonstrations d'hilarité.

À quatre heures, je retrouvai Yoïsha près des grilles. Il boitillait, la mine défaite, une jambe sale. Vers la fin de la dernière récréation, à trois heures, Tonny Bronx et d'autres grands l'avaient traîné derrière les cabinets pour lui faire peur. Ils l'avaient ceinturé et ils avaient déclaré leur intention de lui baisser sa culotte. Yoïsha s'était débattu, il avait glissé hors des bras qui l'emprisonnaient, il avait fait une chute en avant et il s'était ouvert le genou. Le sang avait impressionné ses tourmenteurs. Ils s'étaient calmés aussitôt. Le frère de Schielko avait donné le signal de la dispersion, et, d'ailleurs, la cloche sonnait. Les élèves se remirent en rangs. Pour tout le monde, si on excepte Yoïsha, l'incident pouvait être considéré comme clos.

Devant les grilles, à présent, Yoïsha avait une attitude très inhabituelle. Elle oscillait entre le désespoir d'un chien battu et un besoin fiévreux de bavardage. Dès qu'il eut achevé son récit, une terrible sensation de faute me ravagea, dit Dondog. Je n'avais rien vu de la brimade dont Yoïsha avait été victime, ce qui en soi était déjà condamnable, mais, surtout, pendant l'après-midi, tandis que la maîtresse expliquait pourquoi le sucre fondait dans l'eau et comment il se caramélisait, je n'avais rien partagé de la détresse de Yoïsha. Cette distance égoïste était impardonnable. Durant une heure longue et sombre, tandis que les lampes éclairaient lugubrement la classe du Cours Préparatoire, Yoïsha s'était retrouvé seul avec sa douleur et avec le souvenir de sa frayeur, et peut-être avec sa honte. J'avais failli à mon devoir d'aîné qui était de protéger mon petit frère. Et j'avais failli à la solidarité la plus élémentaire qui était de connaître les mêmes affres que lui, en même temps que lui.

Yoïsha m'adressa un sourire nerveux et commença à nettoyer avec de la salive la tache de sang qui noircissait la jambe de son pantalon. Il ne songeait pas à m'en vouloir et, d'ailleurs, il allait jusqu'à exprimer maintenant sa satisfaction de s'en être tiré à si bon compte. Les grands n'avaient pas eu le temps, en effet, de lui baisser sa culotte, opération que les élèves appelaient une mise à l'air.

— Ne raconte pas ça à la maison, me supplia Yoïsha.

Il avait le regard instable.

— Et ton genou ? objectai-je.

— On dira que je suis tombé pendant la récréation, dit Yoïsha. Pas la peine de parler des grands, ni de Schielko. Pas la peine de parler de mise à l'air.

— D'accord, je te le promets, dis-je. Mais attends. Ils te l'ont faite, la mise à l'air, ou pas ?

— Ils n'ont pas eu le temps, rougit Yoïsha.

— C'est vrai ? demandai-je.

— Puisque je te dis que non, cria-t-il.

Maintenant, j'étais moins sûr que Yoïsha avait évité l'infamie. Le déculottage était un événement pénible, beaucoup plus démolissant qu'un tabassage. Sans recours, et très brutalement, on se voyait rejeté dans l'enfance répugnante de l'espèce ; devant les autres on montrait qu'on n'était rien, sinon un animal solitaire et ridicule, pourvu d'organes sexuels ridicules. Bien que la menace fût courante, je ne me rappelle pas avoir assisté à de nombreuses mises à l'air ; ceux qui pratiquaient cette forme de persécution n'ignoraient pas que sa rareté la rendait encore plus redoutable.

En fait, je me rappelle une seule mise à l'air, celle de Schlumm. Schlumm était un grand très maigre, efflanqué comme un loup, avec des cheveux châtains taillés en brosse très courte. Il se tenait sous le préau, au centre d'un cercle. La marmaille autour de lui se répandait en quolibets. On se moquait de lui parce sa famille vivait sur une péniche, parce qu'il était né de père inconnu, parce que sa sœur aînée avait été fusillée ; on trouvait aussi utile de stigmatiser sa mère, qui avait le tort de porter des vêtements de style mongol, aux broderies voyantes. Schlumm avait une physionomie de bête traquée, mais de bête peu commode, de sorte que personne n'osait venir le taquiner de trop près. Il haussait les épaules en attendant que le harcèlement s'épuise de lui-même. Avec perfidie, un élève s'était approché de Schlumm par-derrière et, dans un mouvement imparable, il lui avait rabattu à la fois son pantalon et son slip sur les chevilles. Une grasse manifestation de joie collective avait salué l'attaque, même si, pour tout dire, la nudité de Schlumm restait peu apparente derrière la chemise froissée, pendante.

Schlumm, qui jusque-là avait tenu bon face aux ignominies, soudain se voûta et se pétrifia, comme si une force terrifiante lui avait ôté toute énergie. Son visage jaunâtre avait rosi. Ses yeux se brouillèrent. Ses paupières tremblaient. Il demeura ainsi près de cinq ou six secondes avant de se ranimer. Il se baissa. Il n'arrivait pas à se rhabiller vite. Reboutonner son pantalon semblait exiger un effort immense. Je ne sais comment cela se produisit, mais je me sentis alors blessé autant que Schlumm. J'avais envie de pleurer, dit Dondog. La vague de solitude qui déferlait en Schlumm, elle déferlait aussi en moi au même moment. J'ai assisté à quantité d'abominations au cours de mon existence, à des déchaînements de sauvagerie bien pires, mais je n'ai pas oublié cette lenteur incoercible de Schlumm, ces mains engourdies d'un Schlumm brusquement exclu du monde, foudroyé.

Dondog s'interrompit, puis il reprit.

Je serrai la main de Yoïsha dans la mienne, dit-il. Je ne savais comment faire pour le consoler.

— La prochaine fois, dis-je, appelle-moi de toutes tes forces. Crie, hurle.

— Je t'ai appelé, mais tu n'as pas entendu, raconta Yoïsha.

Nous commençâmes à marcher le long du canal. Pendant la journée, le monde des adultes avait sombré dans une démence sinistre, tout ce qui avait la parole appelait au nettoyage ethnique, mais de cela nous n'avions aucune idée encore. Un camion militaire nous dépassa, puis un deuxième. On voyait des soldats assis sur les bancs latéraux, avec des brassards de la fraction

Werschwell. Nous les suivîmes à peine des yeux. Les véhicules de l'armée et la tête des fantassins ne nous captivaient absolument pas à cette heure.

Sur le quai, de l'autre côté de la chaussée, il y avait un corps allongé. Le deuxième camion freina à sa hauteur. Trois hommes en descendirent. Ils soulevèrent le corps, ils le couchèrent sur le parapet et, après deux secondes de sale silence, ils le firent rouler pour qu'il bascule dans l'eau.

Yoïsha et moi, nous échangions des regards furtifs.

– Ne le dis pas, me supplia encore Yoïsha.

– Quoi, demandai-je.

– La mise à l'air, souffla Yoïsha.

– Ne t'inquiète pas, dis-je. Parole d'honneur.

Le brouillard ne s'était pas dilué, il avait juste profité du léger réchauffement de l'après-midi pour monter à la hauteur des toits, et maintenant il redescendait vers le sol. Quand le camion fut reparti, nous résistâmes à l'envie de traverser la rue pour voir le corps immergé dans le canal, mais ensuite, quand Yoïsha émit le souhait de s'arrêter un moment près de l'écluse, nous fîmes semblant d'en avoir reçu la permission depuis toujours.

Alors que nous étions en contemplation devant les jaillissements de l'eau dans le bassin, une forte femme s'approcha de nous, vêtue d'un tricot noir brodé et d'une vaste jupe noire, laineuse, qui sentait fort le feu de bois et le mazout. Elle se baissa vers nous, elle nous embrassa et nous prit les mains dans les siennes.

– Comme c'est bien que je vous trouve ici, mes petits, dit-elle. Votre grand-mère se faisait un souci d'encre. Elle m'a envoyée à votre rencontre.

Yoïsha se sentit aussitôt en confiance et il le montra. Dondog aurait aimé être plus prudent, mais son cœur battait. Il avait eu, pendant une seconde, l'illusion que le rêve de cette nuit reprenait, et que sa grand-mère et cette femme ne faisaient qu'un. Elles avaient la même manière de s'habiller et, en gros, la même apparence physique. Au bout de trois secondes de réticence formelle, il décida d'oublier les mises en garde contre les créatures malfaisantes et les inconnus. Cette femme, même s'ils ne l'identifiaient pas clairement, venait de mentionner leur grand-mère. Il était absurde de croire qu'il s'agissait d'une ruse de marchande d'enfants, de sorcière ou de pogromiste.

– Nous ne rentrons pas chez vous, dit la femme. Nous ne rentrons pas dans l'appartement du quai Tafargo. Nous allons ailleurs.

– Où ? s'informa Yoïsha.

– Vers les péniches, dit la femme.

– On va aller dans une péniche ? demanda Yoïsha.

– Oui, confirma la femme. C'est une maison comme une autre, sauf qu'elle est flottante.

– Je suis déjà monté à bord d'une péniche, dit Dondog, non sans fierté. L'an dernier.

71

– Je sais bien, dit la femme. Ta grand-mère me l'a raconté. Elle était venue nous rendre visite. Malheureusement, il n'y avait personne.

– Non, il n'y avait personne, dit Dondog. Juste les chiens.

– Et toi, questionna Yoïsha, tu es une amie de ma grand-mère?

– Oui, dit la femme. Je suis une amie de ta grand-mère. Nous portons toutes les deux le même nom. Gabriella Bruna. Je suis la mère d'un garçon qui est dans la même école que vous. Je suis la mère de Schlumm.

– Ah, oui, Schlumm, dit Dondog, c'est un grand.

– Oui, c'est un grand, dit la mère de Schlumm.

– On n'est pas dans la même classe, on ne se parle pas, dit Dondog.

– Ça ne fait rien, dit Gabriella Bruna. De toute façon, Schlumm n'a jamais été un causeur… Allez, mes garçons! On va passer de l'autre côté de l'écluse.

Un frisson hérissa l'échine des deux enfants. Descendre un escalier du quai et s'approcher de l'extrême bord du canal était un interdit qu'ils avaient déjà plusieurs fois voulu violer sans oser le faire, mais ce que la mère de Schlumm leur proposait aujourd'hui dépassait en audace tout ce qu'ils avaient jamais imaginé : franchir l'abîme de l'eau en marchant au sommet des portes de l'écluse, sur l'étroite, la luisante plate-forme métallique noire.

— On n'a pas le droit de passer par là, fit remarquer Yoïsha.

— Non, dit la mère de Schlumm. Mais avec moi, si vous me tenez bien la main, vous pouvez.

— On ne va pas se faire gronder ? demanda Dondog.

— Non, dit la mère de Schlumm.

La traversée de l'écluse était une aventure si formidable que nous en oubliâmes les peines du jour. À droite, un gouffre mugissait. Sur notre gauche, l'eau était haute, lisse, d'un vert sombre que des souillures de gas-oil irisaient. Nous voyions enfin de près les roues crantées que l'éclusier manipulait, les leviers, les volants de fer. Nous sentions sous nos pieds la vibration de la passerelle. La terreur de la noyade nous exaltait. Le monde des adultes n'avait plus de secrets pour nous.

De l'autre côté de l'écluse, les pavés étaient trempés de brume. Nous fîmes halte, nous nous retournâmes pour contempler avec orgueil le chemin parcouru. Au-delà du canal, le paysage n'avait plus rien d'habituel, et même le canal ne ressemblait plus à ce que nous avions connu jusque-là. Nous avions du mal à croire que nous nous trouvions toujours à deux cents mètres de chez nous. Le point de vue avait changé, les immeubles s'étaient déplacés, ils paraissaient maintenant nus et sordides. La ville était étrangère. Le brouillard absorbait le haut de notre maison. En comptant les étages, nous pouvions voir le balcon

auquel nous nous penchions parfois, quand nous cra-
chions sur les passants. Les fenêtres étaient ouvertes, un
rideau pendait bizarrement à l'extérieur. Dans le bas de
l'immeuble, près de l'entrée, un transport de troupe
était garé, des soldats et des policiers discutaient. Sur le
trottoir, on apercevait des chaises cassées, des éclats de
vitre et le buffet de la salle à manger. Lorsque, depuis le
cinquième étage, nous nous amusions à laisser tomber
quelque chose sur les gens d'en bas, c'était de la salive.
Ou des boulettes de papier. Jamais des meubles.

— Et nos parents ? se renseigna Dondog. Ils savent
qu'on va sur une péniche ?

Yoïsha balançait à bout de bras son cartable. Il avait
l'air insouciant, mais je suppose qu'il ne l'était pas.

— Quand on sera sur la péniche, ils vont venir nous
chercher ? fit-il.

La femme nous caressa la tête, elle s'inclina vers
nous, elle embrassa Yoïsha. Elle s'accroupit devant mon
petit frère pour arranger l'écharpe autour de son cou,
puis elle l'embrassa de nouveau. Elle sentait vraiment
très fort le feu de camp, le chien, l'essence. Au début,
elle m'avait un peu effrayé, mais, maintenant qu'elle
nous serrait ainsi contre elle, je la trouvais gentille.

— Écoutez, dit-elle. Écoutez, les enfants. Votre
grand-mère sera là-bas tout à l'heure, mais pas vos
parents. Ils ne viendront pas vous chercher ce soir.
Vous dormirez dans la péniche.

— Et demain, dit Yoïsha, on ira à l'école en péniche ?

— Il n'y aura pas école demain, dit la mère de Schlumm.

— Quoi ? s'étonna Yoïsha, avec une exagération comique. Pas école demain ?...

La nouvelle l'enchantait, manifestement.

— Dis donc, qu'est-ce que tu as à la jambe ? demanda soudain la mère de Schlumm. Tu es tombé ?

— Oui, dis-je, d'autorité. Il est tombé dans la cour. Un grand l'a poussé.

— C'est vrai, confirma Yoïsha. Un grand m'a poussé.

— Il l'a fait exprès ? se renseigna la mère de Schlumm.

Yoïsha se remit à balancer son cartable dans tous les sens. L'agitation lui avait fait rosir les joues.

— Non, il ne l'a pas fait exprès, dit-il. Ça s'est fait comme ça.

IV. LES PÉNICHES

Pour descendre vers la rivière, il fallait traverser les ruines de l'ancien pont, celui qui avait été détruit pendant la deuxième guerre. Campées sur les chicots de béton, des mouettes nous surveillaient. Elles avaient l'œil inexpressif et elles étaient énormes. Notre irruption à proximité ne les perturbait pas. Yoïsha s'approcha. La plus grosse se voûta dans une attitude menaçante, écarta les ailes et entrouvrit le bec.

– Attention, dit Gabriella Bruna. Je les connais, celles-là. Elles sont méchantes. Celle qui ouvre le bec, je l'appelle Jessie Loo, en souvenir d'une amie.

– Jessie Loo, cria Yoïsha. Couchée !

L'oiseau ne reculait pas. Yoïsha tapa du pied.

– Jessie Loo ! cria encore Yoïsha. On ne te veut pas de mal, sois plus gentille !

De mauvaise grâce, le volatile fit semblant d'avoir été impressionné et amorça un léger repli. Nous zigzaguions entre la ferraille tordue et le béton. La ville se terminait sur ces débris. Ensuite s'étendait une campagne banale : des prés de luzerne, des peupliers, la route nationale, des fermettes aux volets clos.

— C'est les restes du pont qui a sauté pendant la guerre, dit Yoïsha, tout fier d'étaler son savoir devant une grande personne.

— Oui, confirma Gabriella Bruna.

— Il a été dynamité ? demandai-je.

Je feignais l'ignorance. En réalité, je connaissais par cœur les circonstances de l'opération, le nombre des tués et même l'origine des explosifs utilisés, mais j'espérais réentendre l'histoire, cette fois de la bouche d'une nouvelle narratrice, d'une Gabriella Bruna différente et presque exotique, puisqu'elle était la mère de Schlumm.

— Oui, dit Gabriella Bruna. Les partisans l'ont fait sauter.

Elle n'ajouta rien. Derrière une barrière de roseaux commençait un chemin de terre que personne n'empruntait, sinon les mariniers et leurs familles. Ensuite, le quai reprenait. La berge avait été autrefois aménagée, mais à présent il s'agissait seulement d'un territoire abandonné et herbu, avec des flaques. Les gouttelettes glacées nous mouillaient les cheveux, les joues. Nous avions froid. Le brouillard masquait l'autre rive. Il rendait invisibles les longs bâtiments et la cheminée de l'usine où on fabriquait des tanks. D'autres mouettes, plus aimables que les premières, volaient au-dessus de la rivière, de la Chamiane. Elles étaient nombreuses, peu criardes, et elles volaient bas.

– Je sais chanter le chant des partisans, dis-je.

– Ah, ça, c'est bien, Dondog, me félicita la mère de Schlumm. C'est très bien.

Comme elle n'avait rien ajouté, je n'entonnai rien. Je ne chantais les hymnes essentiels des adultes que si les adultes me le réclamaient expressément, dit Dondog.

Cinq cents mètres plus loin, Gabriella Bruna s'arrêta un instant et tourna la tête vers l'arrière pour s'assurer que rien de redoutable n'avait surgi dans le paysage. Elle avait plissé les yeux, ses narines palpitaient. L'anxiété était si lisible sur son visage dur, déjà buriné comme celui d'une vieille, desséché et sombre, que je me retrouvai une seconde dans mon rêve de la nuit, où ma grand-mère et ses compagnons admettaient en marmonnant qu'ils avaient perdu la guerre et qu'il fallait continuer à fuir. Son expression me donna la chair de poule. Yoïsha examinait lui aussi ces traits auxquels nous n'avions pas eu le temps de nous habituer vraiment encore. J'ignore ce qu'il y discernait. Il vint se coller contre moi. Il avait envie de parler, mais il ne disait rien.

Je serrai dans les miens les doigts gelés de Yoïsha et je me rapprochai de Gabriella Bruna, de sa hanche laineuse, de sa jupe et de sa veste qui sentaient le feu, le carburant, les chiens. Je me rapprochai d'elle jusqu'à la toucher. La ville derrière nous avait disparu. Nous étions loin de notre immeuble. Au bord de la rivière Chamiane, dans cet endroit non familier, Gabriella Bruna était notre seule alliée possible.

On apercevait maintenant deux péniches amarrées et, sur un terrain vague où l'herbe n'avait pas encore reverdi, les carcasses de trois yourtes de petite taille, montées à la manière mongole. Des silhouettes se démenaient sur la berge. Au-delà, tout avait fusionné dans la grisaille. Dix ans plus tôt, le site avait servi de plate-forme de chargement, et on voyait encore une bascule, une portion de voie ferrée et les fondations d'un hangar. Les installations avaient flambé pendant la guerre. Elles n'avaient pas été reconstruites. C'est sur cette esplanade désaffectée que se dressaient les tentes. Elles étaient restées là plusieurs saisons, sans doute même plusieurs hivers. Les enfants scolarisés des mariniers y séjournaient quand la péniche partait acheminer du fret vers des destinations lointaines. Des chiens en assuraient la garde jour et nuit. Ils écartaient les indésirables, les rares flâneurs.

Ils arrivèrent, les chiens, sans aboyer et au galop. Gabriella Bruna les calma d'une voix impérieuse. Ils nous reniflèrent, léchèrent les mains de Yoïsha et repartirent vers les yourtes, émoustillés par le retour de leur maîtresse et par les caresses de Yoïsha. Je ne me rappelais presque rien de la première visite que j'avais effectuée l'année précédente avec ma grand-mère, mais le nom des deux chiens m'était resté en mémoire : Smoky,

une chienne-louve d'un noir luisant, et Smiertch, un
bâtard roux.

Le campement était en place depuis longtemps et,
aujourd'hui, les mariniers s'affairaient à le démonter.
Lorsque nous fûmes tout près des tentes, je reconnus
Schlumm. Il nous avait devancés en vélo par la route,
tandis que nous lambinions sur les bords du canal,
puis de la Chamiane.

Sans s'arrêter de travailler et sans nous accorder
la moindre attention, Schlumm fit signe à sa mère.

– Dépêche-toi, dit Gabriella Bruna.

– Tu as vu, en venant? demanda Schlumm. Les
soldats?

– Oui, dit la mère de Schlumm. Dépêche-toi. Ils
vont s'énerver au crépuscule. Il faut qu'on soit partis.

– Ils s'énervent déjà, dit Schlumm. J'ai vu des types
de la fraction Werschwell qui jetaient quelqu'un par
une fenêtre.

Schlumm était le seul enfant à aider les adultes. Un
autre grand, Taneïev, arriva plus tard et participa à son
tour au déménagement, mais, pour l'instant, Schlumm
était seul.

Une yourte est une construction très simple, et, il y
a quelques années, j'ai lu dans des livres qu'une demi-
heure suffit à en disjoindre les éléments et à les répartir
sur le dos des chevaux, des chameaux ou des yacks. Or
ici le démontage prenait beaucoup plus de temps,
peut-être parce que les mariniers appartenaient à une

génération qui avait perdu le contact avec la réalité
nomade et pastorale des hauts plateaux. Gabriella
Bruna aida son fils à rouler un tapis de feutre et à le
ficeler, et ensuite elle s'occupa de nous faire monter
dans la première péniche. Nous descendîmes dans la
partie habitable. Elle nous y installa. Nous n'avions le
droit d'en sortir sous aucun prétexte.

Elle nous avait fourré dans les mains une tasse de thé.
Déjà elle retournait près des yourtes.
Dans l'espace de bois et de cuivre où nous nous
trouvions à présent reclus, la lumière se répandait avec
parcimonie. Un poêle à mazout fonctionnait. Il émettait des odeurs fortes et beaucoup de chaleur. Yoïsha
s'assit devant la table recouverte de toile cirée. Il retira
de son cartable un cahier de brouillon et un crayon de
papier et il se mit à dessiner en silence. Il aurait préféré
aller dehors pour chahuter avec Smoky, mais, s'il y a
quelque chose que nous avions compris, c'est qu'il
valait mieux ne pas trop songer à désobéir.
– Soyez sages, les garçons, avait dit Gabriella Bruna.
Bartok est là. Bartok vous surveille.
Bartok était un très vieil homme fossilisé sur un fauteuil de rotin, avec des yeux aveugles et une bouche qui
parfois s'ouvrait et parfois remuait, sans autre résultat
que produire des bruits de salivation.
Cette présence ne nous choquait pas, car nous
avions à mainte reprise approché des Ybürs centenaires.

Je me plantai devant Bartok et je dis :

— Tu sais, le chant des partisans ? Je sais le chanter. Le vieillard ne réagit pas.

— Notre papa a été partisan pendant la guerre, se vanta Yoïsha, tout en continuant à crayonner. Il a fait dérailler des trains.

J'attendis encore une pincée de secondes, puis j'ajoutai :

— Si tu veux, je peux te le chanter, le chant des partisans.

Je scrutai la bouche du vieil Ybür. Elle esquissait un mouvement de lèvres. Je la scrutai avec beaucoup d'attention. J'étais prêt à lancer la mélodie et à enchaîner tous les couplets, mais, brusquement, il me sembla que Bartok exprimait quelque chose comme de la réprobation. Aussi, je me tus.

À la nuit, les amarres furent détachées. Plusieurs autres personnes, dont des enfants, nous avaient rejoints au crépuscule. Ni Gabriella Bruna, ma grand-mère, ni mes parents n'étaient montés à bord. Au lieu de filer loin du danger, nous glissâmes en direction de la ville, pour des raisons qui aujourd'hui encore me paraissent obscures, mais qui peut-être étaient liées à la navigation fluviale pendant les heures nocturnes, ou au sens du courant, ou à des problèmes de moteur, ou encore à un rendez-vous qu'il fallait honorer avec je ne sais quels combattants de l'ombre. Nous glissâmes lentement en direction de la ville et, peu de temps après avoir dépassé l'embouchure du canal, la péniche accosta de nouveau. Nous avions longé l'immeuble du quai Tafargo sans le voir. Le port était situé à petite distance d'un hôpital. On ne remarquait personne sur la terre ferme. De part et d'autre de la Chamiane, tout était désert. Aucune lampe n'était allumée dans l'hôpital. Sur le port non plus, rien ne brillait.

La ville était entièrement noire.

Autour de nous, tous se taisaient. On entendait de temps en temps la rumination de Bartok, son bruit de lèvres anciennes et de salive. À un moment, le vieillard se mit à chantonner. Il fredonnait quelque chose qui rappelait le chant des partisans, ou du moins ses premières mesures. Cela m'angoissa. Je savais que j'avais ma part de responsabilité dans cette minute incongrue, et il me semblait que Gabriella Bruna me fixait dans le noir d'un air mécontent.

Quelqu'un dut effleurer le bras de Bartok ou lui secouer l'épaule, car, tout à coup, le chant s'arrêta.

– Ça flambe ? demanda Gabriella Bruna.

Des heures avaient passé, de longues heures.

Schlumm rampa jusqu'à l'escalier. Il grimpa sans hâte les marches de bois et, avec précaution, comme s'il risquait d'être visé par un sniper, il poussa la porte. L'air du dehors s'engouffra dans l'habitacle de la péniche, un air brouillardeux qui ruisselait d'odeurs de carpes et de vase, et d'herbes flottantes, et d'anguilles, de chabots, de têtards, de meuniers, de poissons visqueux et immangeables. L'obscurité était profonde. La lumière n'avait pas été rétablie dans le port fluvial. Aucun bâtiment n'était éclairé. Rien nulle part ne luisait.

Schlumm tendit la tête vers le ciel et il reprit sa progression vers l'extérieur.

– Fais attention, mon petit, chuchota Gabriella Bruna.

Schlumm immédiatement se figea.

Nous étions une dizaine à le regarder depuis le bas, enfants et adultes, tous anxieux de savoir ce qu'il allait dire. Contre le ciel sans étoiles, sa silhouette imprécise se dessinait. Le garçon très maigre se dressait en haut de l'escalier. Il avait pris appui sur les bras et il étirait le buste et le cou, donnant l'impression qu'il souhaitait mimer un animal, par exemple un lézard en train de s'extraire d'une crevasse, ou un varan à l'écoute du monde.

Il demeurait immobile. Il guettait.

– On ne voit rien, commenta-t-il. L'électricité a été coupée partout. Dans les maisons, les gens n'allument pas de bougies. Il n'y a aucune lueur. Les gens restent dans le noir.

De nouveau, on l'entendit se mouvoir vers l'avant.

– Non, ne va pas plus loin, ordonna Gabriella Bruna.

– Il y a des phares qui brillent de temps en temps, mais ça ne dure pas, dit Schlumm.

– Ils les éteignent, dit quelqu'un à côté de moi.

Je reconnus la voix ébréchée, la voix misérable de Djanniya Otchoïan, la mère du petit Otchoïan.

– Ils circulent tous phares éteints, souffla encore Djanniya Otchoïan, puis, au moment où elle allait entamer une explication, elle se mit à bégayer du silence. Elle était incapable d'en dire plus.

J'imaginais les camions qui roulaient au pas dans les avenues ou les ruelles, et ces lampes qui trouaient les ténèbres pendant une seconde, et aussitôt redevenaient aveugles. Une sale affaire était en cours, quelque chose d'insupportablement sale, je le savais, mais j'avais du mal à me représenter les murs, les gens, les soldats. Dans ma tête, la scène ne s'animait pas. Le rituel de la tuerie m'était encore trop étranger pour susciter en moi des images odieuses précises.

– Tu entends quelque chose? demanda Gabriella Bruna. Tu entends ce qui se passe?

Schlumm avança d'un demi-mètre et il se statufia de nouveau, arqué toujours sur ses pattes avant. Il se trouvait à présent bien mieux placé que nous pour comprendre si le péril augmentait ou non. Une fenêtre était ouverte au fond de l'espace habitable de la péniche, et autour de nous sinua un courant d'air beaucoup plus net que ce que nous avions senti jusque-là, comme si le vent venait de se lever sur la Chamiane, alors qu'en réalité aucun souffle de vent ne parcourait la rivière ou la ville.

Le poêle avait été coupé depuis longtemps. À côté

de moi, Éliane Schust frissonna. Elle se serra plus fort contre moi.

Hormis les respirations et les battements de cœur des adultes, des chiens et des enfants qui se tassaient à proximité, j'entendais surtout le friselis du courant sur la coque du bateau. Même si, à moins de deux cents mètres, débutait le territoire des meurtres ethniques et des lynchages, l'espace neutre des installations portuaires en étouffait les manifestations sonores. Il les réduisait à une incertaine rumeur.

— J'entends des claquements, dit Schlumm. Et il y a de la casse, des vitres qui tombent. Impossible de dire à quelle distance ça se produit.

— Quel genre de claquements ? demanda quelqu'un.

— Des explosions sèches, dit Schlumm. Peut-être des coups de pistolet. C'est loin.

— Peut-être qu'il ne se passe pas grand-chose, après tout, hasarda Djanniya Otchoïan, puis sa voix se cassa.

Un sanglot horrible la submergeait.

Quelqu'un rampa vers elle et lui chuchota à l'oreille des paroles apaisantes. Le petit Otchoïan, peut-être, ou une autre femme, ou Taneïev, qui avait été recueilli par elle, l'année d'avant, et qui la considérait comme sa propre mère.

— En fait, tout est tranquille, compléta Schlumm après une minute. C'est comme si la ville dormait.

— Non, la ville ne dort pas, dit Gabriella Bruna. Personne ne dort.

Cette phrase raviva le côté sinistre des choses. J'eus soudain conscience que des milliers de gens, des Ybürs comme nous, ou des autres, des Jucapiras, des Yiz, se terraient là-bas dans l'obscurité et attendaient, momifiés de terreur et de solitude, que leurs assassins arrivent, et il me sembla qu'autour d'eux des milliers de voisins écoutaient, immobiles, assumant leur statut de témoins idiots, tremblant seulement d'être confondus par mégarde avec les victimes, attendant la fin, eux aussi.

La peur allait et venait parmi nous et, de nouveau, après la remarque de Gabriella Bruna, elle s'instilla sous mon ventre et elle me glaça. Quand nous avions accosté en pleine ville, sans poser de planche pour descendre à terre et en restant cachés dans la péniche, et quand les adultes nous avaient exhortés à ne pas faire de bruit quoi qu'il arrive, les angoisses que j'avais refoulées depuis le matin s'étaient abattues sur moi ; mais ensuite la morosité régulière de la nuit s'était chargée de m'engourdir. Les adultes se taisaient, il s'agissait principalement de femmes ybüres qui avaient embarqué avec leurs enfants ybürs. Elles constituaient une présence rassurante. Pendant la première demi-heure, l'une d'elles, peut-être Djanniya Otchoïan, nous avait même distribué des biscuits, et un thermos de thé tiède avait circulé, créant une sorte de normalité conviviale, comme si au-delà des quais aucune infamie particulière n'était en cours. Or maintenant, au fond de l'ombre, notre frayeur commune était redevenue si aiguë que seule la pétrification permettait de l'amoindrir. Nous aussi, nous étions comme les hommes et les femmes bloqués dans la ville noire : des bêtes assommées d'incertitude, dépouillées déjà de tout sens de l'avenir, suspendues aux bruits du présent : en léthargie devant l'innommable.

Une minute s'écoula, avec difficulté. Les respirations l'alourdissaient. On entendait le vieux Bartok chuinter en entrouvrant les lèvres. Yoïsha quitta sa place à côté de Smoky pour venir se tasser contre moi, entre Éliane Schust et moi. La chienne poussa un petit couinement puis se remit sur pattes et, quelques secondes plus tard, elle vint se recoucher aux pieds de Yoïsha.

Schlumm était à présent accroupi sur le pont. Il avait avancé encore. Sur l'extérieur très noir se détachait sa silhouette un peu plus claire.

— Alors, ça ne flambe pas ? reprit Gabriella Bruna.

— Si, dit Schlumm. Là-bas, ça commence. Ça rougeoie un peu.

— C'est dans quel quartier ? demanda quelqu'un.

— Je ne sais pas, dit Schlumm. C'est comme si la ville avait disparu. On ne voit rien.

Parfois, dans le noir, je me posais des questions. Que devenaient, là-bas, dans l'obscurité ignoble, le père et la mère de Dondog ?... Pourquoi si peu

d'hommes étaient-ils montés dans la péniche?...
À quoi ressemblaient les rues en ce moment, quelles
bizarres scènes distinguait-on quand des phares de
camions éblouissaient les soldats et les civils, puis,
presque aussitôt, s'éteignaient?... Pourquoi la première
Gabriella Bruna, la grand-mère de Dondog, n'avait-
elle pas pu nous rejoindre?... Pour combien de temps
nous avait-elle confiés, Yoïsha et moi, à la deuxième
Gabriella Bruna? Quand notre famille serait-elle de
nouveau rassemblée, et dans quelles conditions?... Et
pourquoi les adultes ne disaient-ils rien de clair, ni
devant nous, ni entre eux?...

Et cela encore : pourquoi la révolution mondiale ne
venait-elle pas à notre secours?

Parfois, dans le noir, poursuit Dondog, je fermais
les yeux, j'entendais ce que les autres autour de moi
gardaient secret, les cris qu'ils retenaient, les monologues d'horreur qui leur passaient par la tête et qui
ne franchissaient pas leurs lèvres. J'entendais les gémis-
sements incessants des chiens, j'entendais haleter
Djanniya Otchoïan, j'entendais la rumination amère
de Bartok sur sa paralysie et sur l'absurdité sanglante
qui avait désormais remplacé la logique marxiste de
l'histoire, j'entendais le tremblement des os de chacun de nous, j'entendais Gabriella Bruna se plaindre
d'avoir sottement quitté l'univers des camps, alors que
la vie y était, somme toute, moins sale et plus paisible
qu'ici-bas. J'entendais Smoky la chienne-louve grogner

de peur, j'entendais Smiertch le chien de combat claquer des mâchoires et hurler de peur, j'entendais Taneïev énumérer des noms de disparus, parmi lesquels figuraient son père et sa mère, j'entendais le vieux Bartok prendre la parole pour maudire le retard et les errements de la révolution mondiale, j'entendais l'invalide Golovko, le père de Mathyl Golovko, appeler en vain sa femme et son fils, supplier en vain le destin ou les hommes de la fraction Werschwell d'épargner sa femme et son fils. Puis, dans le noir toujours, j'ouvrais les yeux. Personne ne parlait, dit Dondog. Tout le monde scrutait le silence. Bartok avalait de l'air et il le recrachait avec des sifflements de centenaire. Près du poêle éteint, il ruminait ses anathèmes gauchistes, mais il ne les énonçait pas. Les chiens ne faisaient pas de bruit, les adultes s'abstenaient de tout commentaire. La tranquillité des ténèbres aurait très bien pu paraître anodine à un observateur extérieur, en supposant qu'un tel être pût exister en ce bas monde. Par exemple, la mère d'Otchoïan reniflait, certes, comme quelqu'un qui pleure, mais en aucune façon elle ne se plaignait, et, finalement, il n'était pas si difficile de penser qu'elle avait pris froid, qu'elle supportait mal les courants d'air humide, et que, dans son sommeil, elle s'enrhumait.

Pas très loin, peut-être dans une salle de l'hôpital ou un couloir, une rafale de mitraillette déchira la somnolence générale. Il y avait longtemps que Schlumm avait désobéi à sa mère. Il avait sauté sur le quai. Rien de spécial ne s'était produit depuis lors. Des tirs d'arme automatique avaient déjà troublé la nuit, mais jamais avec une telle netteté.

— Quelle heure est-il ? demanda quelqu'un.

— Attendez, dit le père de Mathyl Golovko.

Le père de Mathyl Golovko avait déplié son bras invalide. Il se mit à scruter le cadran de sa montre. Avec le vieux Bartok, il était le seul homme à s'être réfugié dans la péniche. Il était arrivé après la chute du jour, persuadé qu'il retrouverait là son épouse et son fils, et, quand il ne les avait pas vus parmi nous, il était resté à bord sans savoir comment agir. Il n'avait pas prononcé un mot, il avait affalé à l'écart son corps infirme, essayant par tous les moyens de se faire oublier. Or, maintenant, comme il possédait une montre à aiguilles phosphorescentes, il avait enfin l'occasion de se rendre utile. La montre était vieille, la clarté magique des aiguilles avait beaucoup baissé en qualité au fil des ans. Le père de Mathyl Golovko remuait le bras pour analyser les infimes traces verdâtres du cadran. Ceux qui ne dormaient pas se tournèrent dans sa direction. Ils attendirent une minute et, en l'absence de réponse, ils se réinstallèrent dans leur angoisse.

Un bon moment plus tard, une rumeur circula parmi nous, selon laquelle il était une heure. L'origine de cette rumeur n'était pas le père de Mathyl Golovko.

Celui-ci s'était avancé vers les escaliers, dans l'espoir de profiter d'une réverbération quelconque de flammes qui eût pu accélérer sa lecture, et il continuait à examiner de très près son poignet sans se décider à parler. La rumeur enfla et plusieurs personnes, dont Gabriella Bruna, commencèrent à débattre d'une question qui me sembla plus lugubre encore que les échos de fusillades : une heure, d'accord, mais une heure du matin ou une heure de l'après-midi ? Dans la péniche, en effet, des gens s'étaient mis à croire que la lumière diurne avait disparu pour toujours de la surface terrestre, et leur conviction était contagieuse. Les chuchotements augmentèrent, atteignant presque l'ampleur d'une conversation, puis, dans l'indécision, ils moururent.

Alors le père infirme du petit Mathyl Golovko rompit le silence qui, de nouveau, s'instaurait, et il déclara d'une voix mate :

– Une heure moins vingt-trois.

Cette annonce nous coupa le souffle en même temps, à Éliane Schust, Yoïsha, Smoky et moi. Nous formions une seule masse étroite, en lutte contre l'humidité nocturne. J'avais cru que mon petit frère et Éliane Schust dormaient, et même qu'ils avaient sombré dans un sommeil profond, mais, en fait, non. Ils s'étaient réveillés. Ils écoutaient ce que disaient les adultes et, quand les adultes imaginaient des choses effroyables, ils suffoquaient.

Éliane Schust s'accrochait à moi. Je sentis ses doigts minuscules chercher ma hanche, mon dos. Elle se crispait contre moi, elle s'était collée à moi pour me parler à l'oreille. Son souffle tiède me chatouilla les cheveux, le cou. Sa voix était un filet à peine distinct.

— Une heure quoi, murmurait-elle dans ma nuque. Une heure moins quoi, qu'il dit. Moins vingt-trois minutes, ou moins vingt-trois heures ?

V. CETTE NUIT-LÀ

Schlumm avait désobéi à Gabriella Bruna, raconte Dondog.

Il a repris la parole pour fouiller plus loin dans ce qu'il avait oublié. Il reprend la parole après une longue pause.

Il est assis depuis une heure au quatrième étage d'un bâtiment de Parkview Lane, sur le palier. Il attend Jessie Loo. La chaleur moite est intenable. Il fait clair. C'est un endroit de la Cité où la lumière du jour entre à flots. De temps en temps, une goutte de sueur roule sur son visage. Le visage de Dondog a été longuement sculpté dans les camps, il est dur et il est détruit. Les gouttes de sueur y roulent en oblique. La sueur tremble dans les sillons ravagés, puis elle tombe.

L'immeuble paraît désert, au quatrième étage et ailleurs. Une odeur d'abandon fermente entre les murs. Souvent, derrière les portes des appartements, on entend les cafards qui crissent l'un contre l'autre. La

présence des cafards prouve qu'un jour il y a eu là
des humains ou assimilés, avec de la vie, des détritus
et de la nourriture.

Dondog a rendez-vous avec Jessie Loo, mais il ne
pense pas encore à Jessie Loo. Il s'efforce, pour l'instant
sans l'aide de Jessie Loo, de retrouver les responsables
du malheur, ou de son malheur, ceux dont il a les noms
en mémoire, les noms et presque rien d'autre, pour
l'instant. Il voudrait en éliminer quelques-uns avant
de mourir, il l'a déjà annoncé ici et là et je le répète
à mon tour, dit Dondog, deux ou trois, si possible :
des individus peut-être déjà morts ou encore vifs, mais
forcément peu importants, puisque par définition
ils ont côtoyé Dondog et que celui-ci n'a jamais eu
dans sa vie l'occasion de rencontrer personne, sinon
des coupables de petite envergure, des prisonniers, des
gardes-chiourme et des petites frappes œuvrant au bas
de l'échelle sociale. C'est sur de tels individus mineurs
qu'il faut donc se rabattre, avec réalisme et avec humi-
lité, sur ceux qui restent à la portée de Dondog, les
seuls que Dondog peut encore tuer avant de mourir
ou, à la rigueur, un peu après, pendant les journées
obscures qui précèdent l'extinction.

Tonny Bronx et Gulmuz Korsakov, par exemple,
déjà nommés par Dondog dès le début de son enquête
sur le passé enfoui. Ou d'autres, peut-être. La liste
comporte surtout des erreurs et des blancs, car la
mémoire de Dondog n'est pas fiable, elle a commencé

à flancher il y a quatre décennies et quelques, pendant la deuxième extermination des Ybürs. Le nom d'Éliane Hotchkiss resurgit alors à l'esprit de Dondog. Attention, corrige-t-il. Pour Éliane Hotchkiss, il faudra vérifier avant d'agir.

Pour la première fois depuis un demi-siècle, il s'est aujourd'hui remémoré des événements qu'il avait jusque-là laissés ensevelis sous leurs cendres, mais sa fouille n'a rien donné. L'enquête n'est pas concluante. Il n'a réussi qu'à ressusciter imparfaitement des proches, et rien de plus. Les bourreaux et les responsables, eux, ne sont pas apparus. Ils sont restés dans leur tanière, à supposer qu'ils se cachent encore quelque part. Depuis toujours, ils ont échappé à Dondog. S'il avait existé encore un service de lutte acharnée contre les ennemis du peuple, comme du temps de Jessie Loo et de Gabriella Bruna, ils auraient fini par être débusqués, capturés et punis. Dondog les aurait retrouvés dans le personnel du camp ou parmi les détenus ou les relégués, il les aurait retrouvés de son vivant et pas juste avant sa mort ou juste après, et il les aurait tués. Alors que maintenant il est bien tard, songe Dondog.

Pendant un instant, Dondog se concentre sur la vieille amie de sa grand-mère, sur Jessie Loo. Si sa grand-mère a dit vrai, Jessie Loo va lui fournir une assistance décisive. Vivante ou encore semi-vivante ou non, elle t'aidera, a promis la grand-mère de Dondog. Mes rêves sont prémonitoires, n'en doute pas, Dondog, a-t-elle prétendu. Dans mon rêve, je lui ai parlé de toi et de ce que tu représentais pour moi. Tu iras la voir à la fin de ta vie, alors que tu auras atteint un degré de dégradation physique et mentale invraisemblable, mais c'est la vie, c'est normal, Dondog, c'est la vie. Tout se passera dans un lieu étranger, une ville peuplée uniquement de gens, de morts, de blattes et d'Untermenschen. Elle sera là. En secret, dans un recoin nommé Black Corridor, elle aura maintenu intacte notre tradition policière, chamanique et clandestine de lutte contre les ennemis du peuple et contre le malheur. Et, ne serait-ce qu'en souvenir de l'ancien temps, elle t'aidera. N'en doute pas, Dondog. Même à contrecœur, car nous avons eu des différends, elle t'aidera.

Dondog revoit ensuite un instant la figure aimée de sa grand-mère. Comme toutes les très vieilles femmes ybüres, elle ressemble un peu à une idole des steppes, à une vieille déesse scythe. Où qu'elle soit aujourd'hui, elle doit être extrêmement vieille et encore très belle, dit Dondog.

Puis il revient à Schlumm.

De nouveau, il pense à Schlumm et à cette nuit-là.

Schlumm avait désobéi à Gabriella Bruna, dit Dondog. Non pas qu'il fût désobéissant, remarque-t-il. Mais une force s'était emparée de lui, dit-il. Un courant fatal l'emportait vers le dehors et vers des endroits

dangereux de la nuit, par exemple les rues qu'arpen-
taient les soldats de la fraction Werschwell.

Par exemple la rue du Onzième Ligeti, à cinq cents
mètres du port, où les soldats avaient garé plusieurs
camions.

Un souffle d'origine sorcière respirait à la place de
Schlumm, lui évitant au moins cela, le souci de se
polluer les bronches avec de l'air sortant de cette
nuit-là. Les terribles ténèbres étouffaient les quais
vides, l'hôpital, et plus loin elles étouffaient le quartier portuaire, et la ville, et sans doute plus loin le
pays et le continent entier, et même la planète tout
entière. Une voix avait possédé Schlumm à son insu,
elle le guidait vers les mystères de l'histoire tels que
les résolvaient à l'époque les penseurs de la fraction
Werschwell. Sous cette influence, Schlumm avait
désobéi à tous les adultes les uns après les autres.

Pour commencer, Gabriella Bruna, sa mère, lui
avait ordonné de ne pas s'aventurer sur le pont de la
péniche. Or, peu de temps après, il furetait au-dessus
de nos têtes. Nous l'entendions déplacer des obstacles
et ramper sur les diverses parties boisées ou métalliques
de la péniche. Souvent il se tenait inerte comme un
cadavre, peut-être parce qu'il avait l'impression qu'un
regard pouvait se poser sur lui depuis l'embouchure
d'une rue ou depuis une fenêtre de l'hôpital, ou peut-
être parce qu'il interrogeait intensément la nuit, ou
encore parce qu'il s'entraînait, pour plus tard. Il restait

ainsi une minute, aussi peu frétillant qu'un ballot de feutre, puis il se remettait à remuer.

Parfois aussi on devinait qu'il conversait à voix basse avec la mère d'Éliane Schust, la seule personne à n'être pas descendue dans la cabine quand tout le monde avait embarqué. La mère d'Éliane Schust était une grande femme maigre, dissymétrique en raison d'une blessure dans les épaules : toute petite, pendant la première extermination des Ybürs, des humains l'avaient crucifiée. Elle avait une physionomie de folle qui terrorisait tous les enfants, à l'exception d'Éliane Schust et de Schlumm. Elle avait refusé de s'enfermer avec les autres à l'intérieur de la péniche. Tapie au milieu des étoffes et des coffres qui provenaient du démontage des tentes, elle s'était enveloppée dans le lourd manteau bariolé que lui avait prêté Gabriella Bruna, et, après avoir aidé à amarrer la péniche, elle n'avait plus fait un mouvement.

À la mère d'Éliane Schust, également, Schlumm avait désobéi. Elle l'avait exhorté à ne pas descendre à terre, elle avait refusé de manipuler avec lui la planche qui allait servir de passerelle, elle avait même essayé de le battre. La planche avait claqué sinistrement en prenant appui sur le ciment du quai. Dans le silence consterné qui avait succédé au vacarme, Smiertch et Smoky avaient aboyé plusieurs fois. On les avait fait taire. La mère d'Éliane Schust interdisait à Schlumm de monter sur la planche. On l'entendait chuchoter des lambeaux de phrases furieuses et gifler les bras de Schlumm. Mais quelque chose de puissant aimantait Schlumm vers son destin nocturne, et ni les instantes prières de Gabriella Bruna ni l'amère et coléreuse folie de cette femme estropiée n'avaient pu retenir Schlumm à bord de la péniche.

Aucune formule non magique n'était capable de retenir Schlumm. Dès l'instant où il avait abandonné la cabine et son atmosphère d'angoisse hermétique, Schlumm avait subi une métamorphose. Il avait endossé une personnalité différente de celle qui avait été la sienne pendant les quatorze premières années de son existence. Sa personnalité et même sa personne avaient changé. Même son organisme avait changé. En raison de l'énergie surnaturelle qui l'animait, Schlumm n'était plus un garçon de l'école, un grand du Cours Supérieur Deuxième Année. On ne pouvait plus le comparer à Taneïev, par exemple, qui avait à peu près le même âge et qui grelottait à côté de Djanniya Otchoïan, sa mère adoptive. Schlumm maintenant s'engageait sur la passerelle, et il n'était pas comme Taneïev. Il avait désormais un statut animal différent, qui le rendait sourd à l'obéissance et à la désobéissance, et qui le détachait de tout. Il avait sans transition accédé à l'état d'Untermensch adulte, libre et indépendant, peu affecté par la perspective de sa propre souffrance et curieux simplement d'apprendre jusqu'où pouvaient noircir sa vie et la vie des autres.

Quand il fut clair que Schlumm se préparait à nous quitter, Gabriella Bruna s'approcha d'une fenêtre et elle l'ouvrit pour parler à son fils, pour le supplier de ne pas se jeter dans la gueule du loup, et elle demanda à la mère d'Éliane Schust d'immobiliser son fils à bord par tous les moyens et pas seulement avec des gifles, de lui faire peur, et même de l'assommer si nécessaire. On entendait la mère d'Éliane Schust frapper vainement les bras que Schlumm avançait pour parer les coups. Les épaules de la mère d'Éliane Schust craquaient affreusement avant chaque coup. Gabrielle Bruna chuchotait des cris. Ni la mère d'Éliane Schust ni Schlumm ne répondaient. Alors, Gabriella Bruna courut à l'escalier, escalada les marches et sortit. Elle rampa vers l'avant du bateau. Nous suivions l'action seconde après seconde.

Les chiens gémissaient dans le noir. Nous les calmions avec des caresses, avec des tapes. La rumeur dans la ville n'avait pas augmenté. Les incendies des premières heures s'étaient éteints. De temps en temps, des vitres éclataient dans l'hôpital ou dans la distance. Les détonations étaient rares. Les hurlements paraissaient avoir pour source une représentation théâtrale lointaine.

Au bout de cinq minutes, Gabriella Bruna revint sans rien dire s'asseoir à côté de nous. Avec elle s'était introduite une nouvelle bouffée de nuit noire, de rivière et de froid.

— Il reviendra, murmura Djanniya Otchoïan.

Une minute s'écoula, sans réaction de qui que ce fût, sans commentaire, sans bruit. Puis Gabriella Bruna s'agita. Elle secouait la tête.

Puis elle se releva.

— Non, ce n'est pas possible, dit-elle. Je ne peux pas le laisser seul là-bas. Il faut que j'aille le chercher. Ce n'est pas possible comme ça.

Les chiens se remirent à gémir. On les fit taire.

Quand Gabriella Bruna fut dehors, quand elle eut franchi la passerelle grinçante et quand la mère d'Éliane Schust, sur les instructions de Gabriella Bruna, eut remonté la planche, on dut les faire taire de nouveau.

La nuit alors reprit, en pire.

Je ne me rappelle presque rien de cette nuit-là, dit Dondog. J'ai volontairement ou non presque tout oublié de cette nuit-là, dit-il. Ce n'est plus qu'un indistinct souvenir où aucun détail n'est crédible, où aucune image ne peut être examinée avec la certitude qu'on y découvrira quelque chose de non invraisemblable. J'ai tenté avec succès d'oublier cette nuit-là, j'ai procédé comme pour le reste de ma vie, dit Dondog. Sur le noir qui a subsisté au point de tout envahir, je peux greffer à peu près n'importe quelle histoire. Pour dire la vérité, je n'ai absolument pas envie de parler de cette nuit-là, poursuit Dondog, même en greffant sur son tissu noir une fiction de hasard, post-exotique ou non. Quand je repense à cette nuit-là, dit Dondog, j'ai souvent l'impression qu'un phénomène cosmique inédit nous avait enfoncés très profondément à l'intérieur de l'obscur et comme pour toujours.

L'obscurité durait depuis des semaines, je crois, dit Dondog. J'ai l'impression qu'on nous avait engloutis pour toujours dans ce noir, avec l'odeur de la rivière et avec les chiens qui pleuraient de temps en temps et qu'on faisait taire, et avec Yoïsha qui se retournait dans son sommeil, qui se séparait de moi pour étreindre Smoky, puis qui un peu plus tard revenait contre moi, et avec Éliane Schust qui ne se séparait pas de moi, qui frissonnait éperdument et qui me tenait chaud comme une petite fille peut tenir chaud à un petit garçon, de toutes ses forces, et avec les marmonnements du vieux Bartok à côté du poêle éteint, et avec le père de Mathyl Golovko qui remuait avec difficulté son corps invalide, qui mouvait avec lenteur ses bras, et qui, dans l'atroce vide du silence, chuchotait ce qu'indiquait sa montre aux aiguilles quasi phosphorescentes, tantôt une heure moins vingt-trois heures, tantôt deux heures moins vingt-sept heures, tantôt de nouveau une heure pile.

Je ne cite pas tout le monde dans cette description, évidemment, dit Dondog. Il y avait d'autres adultes et d'autres enfants à l'intérieur de la péniche. Au-dessus de nos têtes, la mère d'Éliane Schust résistait au froid humide dans son manteau brodé de coquelicots rouges et de fleurs des steppes, elle ne bougeait pas, elle scrutait la nuit, elle guettait le retour de ceux qui étaient partis sans retour. Bien qu'assumant un rôle de vigie, elle ne criait vers le bas aucun renseignement, afin de ne pas attirer sur nous l'attention des tueurs, mais, de temps en temps, elle se tortillait en silence jusqu'en haut de l'escalier et elle murmurait à notre adresse les dernières nouvelles du carnage.

Elle parlait d'une voix que je n'ai jamais entendue chez une autre femme, une voix qui écaillait les syllabes au point de les rendre coupantes. Ça se rapproche, disait-elle, les Werschwell ont commencé à faire du tapage dans le quartier nord, je vous en supplie, faites taire les chiens et tenez-vous dans l'ombre plus silencieux qu'un troupeau de morts. Maintenant, disait-elle, les camions se sont éloignés. Ils vont ratisser l'hôpital une nouvelle fois, disait-elle, mais ça s'éloigne. Ils ont organisé un cordon autour du port, disait-elle. Surtout ne rompez pas le silence, il faut qu'ils croient que le bateau est vide. Je ne vois pas Gabriella Bruna depuis qu'elle a sauté à terre, disait-elle, il faudrait avoir des lunettes spéciales comme ils en possèdent, comme les commandos en possèdent pour voir comme en plein jour à travers la nuit et à travers le sang. La mère d'Éliane Schust rampait jusqu'en haut de l'escalier pour nous lancer cela à voix basse, de sa voix qui nous infligeait d'infimes intimes blessures, puis elle retournait se paralyser à l'avant.

En réalité, dit Dondog, j'ai bien quelques souvenirs

encore, mais je n'ai toujours pas assez de force pour évoquer cette nuit-là. Je n'ai envie ni de fouiller dans les restes d'images qui y ont été enfouies, ni d'inventer des images afin de les plaquer sur ces restes. Au fond, je n'ai pas envie de parader avec ma parole comme si j'avais vraiment survécu.

Un jour, dit-il soudain, mais il ne continue pas.

Il se tait. Depuis cette nuit-là, il y a très souvent quelque chose qui se bloque dans le discours ou la mémoire de Dondog.

Parfois on comprend pourquoi il s'interrompt, et parfois non.

Un jour, vingt ou vingt-cinq ans plus tard, dit soudain Dondog, ou peut-être trente, trente-deux ans, qu'importe, alors que je me retrouvais une fois de plus en compagnie de Schlumm dans le seul endroit où nous pouvions nous rencontrer, au cœur de l'espace noir, en symbiose avec l'espace noir et avec Schlumm lui-même, j'ai demandé à Schlumm ce que je n'avais pas osé lui demander encore, parce que jusque-là j'avais fait en sorte de ne pas raviver inutilement sa douleur. Je lui ai demandé de rappeler à sa mémoire, et donc à la nôtre, quelques images significatives de cette nuit-là.

– Quand j'avançais dans les rues obscures? souffla Schlumm. Quand je marchais dans le noir après être descendu de la péniche, c'est cela que tu veux revoir?...

Ou la suite, rue du Onzième Ligeti?... Ou quand Gabriella Bruna m'a retrouvé au bas d'un mur, et qu'elle a été surprise dans la lumière des phares?...

— Comme tu veux, dis-je.

— Je préfère ne pas en parler, dit Schlumm. Pas encore. Ce n'est pas encore mort dans ma mémoire.

— Bon, comme tu veux, dis-je.

— J'en parlerai quand je l'aurai totalement oublié, pas avant, dit-il.

— Oui, dis-je.

Je comprenais très bien les réticences de Schlumm. Tout ce que Schlumm sentait, je le sentais, moi aussi. Nous étions sur la même longueur d'onde depuis cette nuit-là. Tout ce qu'il avait en tête, je le comprenais parfaitement. Notre conversation se tenait plus de trente ans après l'extermination, à une époque où la vie des camps me paraissait moins inconfortable et moins injuste que lors de mes jeunes années, au point que la perspective de devoir être un jour libéré me mettait mal à l'aise. J'avais roulé ma bosse derrière les barbelés, progressant normalement dans ma carrière de détenu ybür insignifiant. Pendant mes loisirs, soit je participais aux activités théâtrales du camp lorsqu'il y avait un théâtre, soit j'écrivais des livres pour le public du camp, de petits ouvrages dont circulait un nombre d'exemplaires parfois non ridicule, quoique jamais supérieur à cinq ou six. Il s'agissait principalement de romans qui mettaient en scène Schlumm et les morts que j'avais autrefois connus ou que j'avais aimés dans mon enfance ou en rêve. Et, si je comprenais si bien les réticences de Schlumm en face de ses souvenirs réels, c'est que pour ma part il m'avait toujours été impossible de raconter des histoires extraites de mon expérience vécue et réelle. J'inventais tout en puisant sans cesse dans ma mémoire, mais rien de mes inventions ne touchait véritablement au cœur de la douleur vécue ou du réel. Il m'aurait semblé monstrueux d'entreprendre un récit à partir de là.

En deçà de mes histoires gisait ma mémoire, défunte, inexplorable depuis sa surface externe jusqu'à sa lie goudronneuse. J'avais tout oublié, j'oubliais tout, je rebâtissais des souvenirs artificiels avec de la suie illisible et avec des régurgitations mutilées de rêves. C'est pourquoi la phrase prononcée par Schlumm ne m'étonnait pas. Je n'y objectais rien, j'acceptais sans peine son refus de dire. Nous nous retrouvions en harmonie, sur la même ligne défensive, dit Dondog. Et d'ailleurs, dans l'espace noir qui nous accueillait tous deux, la voix de Schlumm et la mienne ne se distinguaient pas. Elles vibraient de la même manière, dit Dondog. Depuis cette nuit-là, elles avaient vibré ainsi, dans bien des cas : de la même manière.

Nous restâmes un certain temps dans l'espace noir, assis face à face, sans même tenter de parler.

– Des images, tu dis, marmonna Schlumm.

– Oui, dis-je. Des images significatives.

— Certaines t'appartiennent plus à toi qu'à moi, dit Schlumm.

— Ah ? dis-je.

— Oui, dit Schlumm. Par exemple, quand Gabriella Bruna est revenue mourir devant la péniche, quand Gabriella Bruna agonisante m'a confié à toi, puisqu'elle ne pouvait plus me maintenir en elle, puisque son corps à elle faisait naufrage.

— Je ne me rappelle plus, dis-je.

— Si, insista Schlumm. Quand elle t'a expliqué que je pourrais survivre en toi, si tu avais assez de force pour exister jusqu'à ta mort.

— Je n'ai pas tellement envie de parler de ça, dis-je.

— Ce n'est donc pas mort en toi non plus, fit Schlumm.

— Non, dis-je.

— Tu vois, dit Schlumm.

Nous restâmes encore plusieurs minutes dans l'espace noir, assis pas très loin l'un de l'autre, face à face, sans rien dire.

— Ou alors, reprit Schlumm en concluant à haute voix une réflexion menée d'abord dans le silence, il faudrait le raconter comme une féerie. Raconte tout ça comme une féerie.

— Oh, une féerie, dis-je.

— Comme si c'était ailleurs, dit Schlumm. Comme si ça s'était produit dans un autre monde.

— Oh, je le fais souvent, ça, dis-je.

C'est une technique qui m'est familière, dit Dondog. Comme si c'était arrivé dans une autre civilisation, sur une planète comparable mais différente. Les auditeurs n'y voient que du feu, ils estiment qu'il s'agit de science-fiction ou de pures foutaises.

Il n'empêche que je me sens incapable d'explorer cette nuit-là, dit Dondog. Même en déplaçant tout sur une autre planète, c'est une chose qui me dégoûte. De toute façon, pour percevoir les images et les ténèbres de cette nuit-là, il fallait posséder des lunettes spéciales. Il fallait bien plus que la témérité inconsciente de Schlumm et bien plus que l'amour maternel qui conduisait la mère de Schlumm à travers les rues non éclairées, au cœur des ruissellements et des odeurs d'abattoir. Il fallait les masques spéciaux avec leur optique spéciale, tout cet attirail que les hommes de la fraction Werschwell s'étaient fixé sur le visage dès que le crépuscule avait commencé à épaissir. Avec de tels verres merveilleusement étudiés par les savants, les tueurs restaient toute la nuit imperméables à la nuit et au sang des Ybürs qu'ils extrayaient de leurs maisons pour les transformer en déchets et en cadavres. Ils voyaient tout comme en plein jour, ce qui facilitait énormément les assassinats. De surcroît, un filtre avait été inséré entre les lentilles et les miroirs, un filtre qui faisait dévier le regard quand l'abomination du nettoyage ethnique devenait plus triviale que théorique, et quand la crudité des détails de la boucherie risquait de sauter aux yeux et de troubler la fragile rétine des tueurs. Ce filtre empêchait le regard de se fatiguer, et donc permettait aux gestes du massacre d'être reproduits indéfiniment et sans qu'intervienne un sentiment de saturation.

On avait déjà atteint une période de l'histoire humaine très sophistiquée dans le domaine des prouesses technologiques, dit Dondog.

L'intelligence humaine et militaire était à son zénith, dit Dondog.

Quant à Schlumm, continue Dondog, il allait le visage nu. Il allait à tâtons et sans optique et il avançait. Quand les Werschwell faisaient du tapage dans son voisinage immédiat, il feignait la langueur pataude des corps fraîchement poignardés ou battus à mort. Il trouvait d'instinct l'attitude la plus convaincante. De toute manière, qu'il soulevât ou non les paupières, ses rétines déjà restaient atones.

Rue du Onzième Ligeti, il s'allongea ainsi pendant un bon moment. Il y avait des clapotis devant lui. Le mur s'effritait. Les soldats avaient déjà visité la rue, mais ils avaient promis de revenir. Les bruits suspects contraignaient Schlumm à adopter une vitesse de reptation inférieure à trois mètres à l'heure, ce qui est peu, même pour un Untermensch ou un cadavre. La rue du Onzième Ligeti était une ruelle sans caractère, avec des pavés et des flaques dans lesquelles on enfonçait jusqu'aux hanches lorsqu'on se déplaçait sur le ventre. Schlumm avança la main, ses doigts rencontrèrent du ciment et raclèrent sur une surface dure, puis ils s'égarèrent sans prévenir dans quelque chose qui était peut-être le bas du mur, ou peut-être une cage thoracique, ou peut-être une simple pliure ignoble de la nuit, de cette nuit-là. Ils s'égarèrent là-dedans comme s'ils avaient été aspirés dans un piège de sable.

À cet instant, Schlumm comprit avec déplaisir que ses cinq sens le trahissaient et envoyaient à son cerveau des informations totalement erronées. Pour permettre à Schlumm d'aller plus loin dans le sens de la survie, son ouïe, son odorat et sa peau lui mentaient. La nuit de Schlumm était embellie d'instinct par ses cinq sens. Elle était horrible, mais beaucoup moins que la nuit humaine réelle. En réalité, les choses s'étaient passées de manière plus expéditive. Schlumm avait été capturé dès les premiers instants par la fraction Werschwell, et, aussitôt, son corps avait été écharpé.

Au-dessus de Schlumm, une balle ou une lame de hache ou de machette frappa encore, et quelque chose de verruqueux se détacha de nouveau, glissa à terre et s'éparpilla en chuchotis et en miettes. Rien n'était analysable dans les messages que recevait l'intelligence de Schlumm. Tout était noir en profondeur dans les poumons, sous le crâne, dans l'atmosphère de la rue et autour de Schlumm. Le silence était troublé par des bruits inquiétants, mais on avait l'impression que l'immobilité, en gros, régnait. Une immobilité engourdie, un peu paresseuse. C'était une impression fausse. En dehors de chutes et des éclaboussures de matières sèches ou de matières humides, l'oreille de Schlumm à présent captait des ronrons de moteurs et des frôlements. Des gens faisaient des mouvements au milieu de l'obscurité. Certains avaient déjà été tués, d'autres allaient bientôt l'être, d'autres enfin, avec des lunettes spéciales, s'activaient. Les lunettes leur encapuchonnaient entièrement les yeux et la tête, les lunettes spéciales retiraient à leur visage toute expressivité, les lunettes attribuaient à leur visage une expression de bathyscaphe.

Schlumm tâtonnait devant lui du bout des ongles.

Schlumm était immergé jusqu'aux hanches dans une flaque noire.

Il avançait lorsque. Il avançait dans la solitude et le silence, de manière un peu irrésolue, en tâtonnant du bout des ongles. La durée ne signifiait plus rien pour nous. Il avançait.

De la part de Dondog, il y eut un long moment sans paroles.

Non, je ne peux vraiment pas raconter cela, dit Dondog. Je ne veux pas et je ne peux pas. À quoi bon en dire plus si on en est incapable. C'est tout pour la féerie, dit Dondog. J'essaierai plus tard.

Nul ne criait, reprend-il après une nouvelle pause. Nul n'était brutalement aveuglé par le faisceau des

phares, nul n'avait été démembré par des armes de
soldats ou avec des sous-armes d'auxiliaires de soldats,
essaie-t-il de dire. Schlumm était là-bas comme en
dehors du monde, il tâtonnait.

Non. J'essaierai plus tard de fabriquer de la féerie
avec cela. Plus tard. Ici, je ne peux pas.

Il s'arrête de parler. Il reprend.

La mère de Schlumm rampa jusqu'à son fils, dit
Dondog. Elle recueillit les derniers mots de Schlumm,
au bas d'un mur, et ensuite ils lui tapèrent dessus
et ils la trouèrent pour l'achever. Un certain temps
après, comme elle atteignait la fin de sa vie et comme
elle avait choisi de rejoindre la péniche pour mourir,
elle me transmit le dernier soupir de Schlumm et ce qui
restait de la vie et de la mémoire de Schlumm, et elle
me pria d'héberger Schlumm. J'avais pensé le maintenir
magiquement en moi, me dit-elle, mais mes forces
s'épuisent. C'est toi qui te chargeras de le préserver à
ma place, me dit-elle encore, tu l'hébergeras en toi, tu
n'es pas capable de grand-chose, Dondog, mais de cela,
si. Sa bouche vomissait du sang, elle avait toutes les
peines du monde à rendre intelligibles ses râles. J'étais
penché sur elle, nous étions seuls tous les deux près
de la péniche, sur le quai. J'étais seul. Elle me parlait
d'un golem, d'une substitution chamanique qui ne
durerait pas très longtemps, seulement pendant le reste
de ma vie. Elle me parlait d'une sorte de golem, mais je
n'arrivais pas à saisir qui, de Schlumm ou de moi, allait

devenir dans l'opération le golem de l'autre. Le terme revenait avec insistance. Je sais que la notion de golem ne s'appliquait pas ici, mais c'est ainsi qu'elle s'exprimait. D'autres pourraient en témoigner, nous étions plusieurs à la soutenir dans ses ultimes sursauts. Sur le quai, près de la péniche, je n'étais pas seul à me pencher au-dessus d'elle pour l'entendre.

À partir de là, Schlumm fut hébergé en moi comme un frère dévasté, dit Dondog, comme un frère ou comme un double. C'est ainsi. Je me contente de résumer, dit Dondog. Je n'entre pas dans les détails techniques. Je ne vais pas plus loin dans la féerie, dit Dondog. Je me lancerai peut-être un autre jour, dit-il.

Schlumm ensuite grandit, et il y eut de nombreux autres Schlumm, dit Dondog. Certains passèrent leur existence dans les camps, comme moi, d'autres errent perpétuellement dans le monde des ombres, comme moi, certains autres réussirent à s'insérer dans la vie réelle et à mettre le monde à feu et à sang, ou devinrent lamas, tueurs ou policiers, comme Willayane Schlumm ou Pargen Schlumm ou Andreas Schlumm, ou comme moi. Et quand je dis moi, je pense, bien entendu, à Dondog Balbaïan, mais, ce faisant, je pense moins à Dondog qu'à Schlumm lui-même. Schlumm et moi, nous sommes restés très unis, très indissociables depuis cette nuit-là, depuis la nuit des péniches qui n'est pas terminée encore, qui ne sera jamais terminée, depuis cette nuit que, certes, même des Ybürs parviendront à éclaircir grâce à l'oubli, mais que nul ne saura clore véritablement, car, quoi qu'il arrive, de nombreux Schlumm de tout âge et de tout acabit y ont élu, comme moi, domicile, sachant qu'il fallait y rester pour que nul ne la pût clore.

Avec tous ces Schlumm quelque part inscrits dans la nuit, il n'y a pas de risque que la nuit soit close.

C'est tout pour la féerie, ajoute Dondog.

C'est tout pour l'enfance.

DEUXIÈME PARTIE

GABRIELLA BRUNA

VI. PARKVIEW LANE

Je ne sais pas si Jessie Loo se décidera, avait dit la vieille femme de Lo Yan Street en rotant des légumes à l'ail. Mais, si elle se décide, elle sera à Parkview Lane aux alentours de cinq heures. Ne montez pas là-haut depuis la rue, avait-elle ajouté. Passez par les toits. C'est dangereux, il faut enjamber le vide deux ou trois fois, mais, comme ça, vous n'aurez pas à vous frayer un chemin dans les ordures. Les escaliers de Parkview Lane comptent parmi les plus malpropres de la Cité, avait observé encore la vieille.

Et maintenant, comme souvent quand il attendait quelqu'un ou quelque chose, Dondog était accroupi. L'air malodorant dérivait autour de lui et il l'aspirait par modestes bouffées, tâchant d'en avoir besoin le moins possible. À ses pieds il avait posé sa veste de détenu. Lourde et sale, elle prenait beaucoup de place. Des gouttes de sueur roulaient sur les tempes de Dondog, et il les sentait aussi s'accumuler dans ses cheveux, ses sourcils. Elles grossissaient, elles roulaient en biais sur sa face ravagée, et elles tombaient. Au cours de la dernière demi-heure, rien d'intéressant ne s'était produit sur le palier du quatrième étage. Un margouillat se tenait en embuscade dans un coin de plafond, la gorge parfois parcourue d'une pulsation. Des cafards circulaient d'un appartement à l'autre, à raison d'un cafard toutes les huit minutes. Cela mis à part, l'agitation restait maigre.

La lumière arrivait depuis les logements, à travers les murs dont une partie était en briques de verre. Sur cet espace donnaient des portes : celles des appartements 4A, 4B, 4C et 4D, et une dernière, qui communiquait avec la cage d'escalier.

Il était cinq heures moins treize.

Au bout d'un moment, une nouvelle présence se manifesta dans le bâtiment. Quelqu'un était entré par le hall du rez-de-chaussée et montait en s'arrêtant à chaque demi-étage pour souffler. On entendait ses mollets immergés dans les détritus, ses halètements. C'était quelqu'un de lourd, en mauvaise forme physique, et ce n'était pas une femme.

Dondog se remit debout. L'affolement l'avait gagné.

J'avais prévu une rencontre avec Jessie Loo, dit Dondog, mais pas avec un mâle inconnu et poussif. Et si c'était un schwitt ? pensa-t-il. Il avait jusque-là négligé l'existence des schwitts, ces retraités de la police qui, pour une petite somme et pour le plaisir, se chargeaient d'éliminer les évadés, et parfois aussi les détenus qui avaient effectué leur peine, mais dont l'administration désirait poursuivre la rééducation en les transférant, à coups de couteau, dans un monde meilleur. Je ne me sentais pas prêt à me colleter avec un schwitt, répète Dondog.

Il s'était relevé d'un coup, sans ramasser sa veste, qui occupait presque toute la surface du palier. Le cœur battant, il pensait à la mort violente, à la fin. L'inquiétude lui inondait le corps. Dans l'escalier, l'homme progressait. Il piétinait les détritus en bougonnant. Il ne prenait aucune précaution pour se faire discret. S'il s'agissait d'un chasseur de primes, ce devait être une vieille brute pleine de confiance en soi, méprisant tout.

Puis l'homme atteignit le quatrième étage et, derrière la porte palière, il s'arrêta. Il postillonnait des soupirs et de la sueur. Il resta ainsi un moment, puis il tira sur lui le panneau grinçant et il pénétra sur l'espèce de scène de théâtre minuscule où déjà Dondog depuis une heure interprétait son rôle.

Maintenant, il y avait là deux acteurs statiques, à peu de distance l'un de l'autre. Par inadvertance ou malveillance, le nouveau venu avait posé un pied sur la veste de Dondog. Il remuait la tête avec circonspection, les yeux vagues, comme un malvoyant cherchant à compenser son infirmité en faisant appel à ses autres sens, et il reniflait les relents de poubelle qui l'avaient suivi depuis la cage d'escalier. C'était un être râblé, d'une cinquantaine d'années, qui portait une chemisette blanche trempée de sueur et un pantalon d'inspiration militaire, avec plusieurs poches et beaucoup de taches. Autour de sa ceinture, son ventre débordait en bourrelets. Il ne brandissait pas d'arme. On ne pouvait déterminer s'il s'agissait ou non d'un schwitt.

Six secondes s'écoulèrent. Puis une septième.

Alors l'homme demanda :

– Vous êtes là, Balbaïan ?

Dondog scrutait le visage épuisé, ruisselant, la peau jaunâtre que l'afflux sanguin avait brunie, les cheveux gris, et il sonda le regard inexpressif de cet individu qui allait peut-être sortir de derrière son dos un couteau de parachutiste pour le tuer, ou peut-être pas. Les yeux de l'homme avaient une dominante marron trouble. Ils ne voyaient pas.

– Oui, dit Dondog.

L'autre orienta son oreille gauche dans la direction d'où avait surgi la voix de Dondog, et ses pupilles se décalèrent d'une façon irrationnelle, comme si elles prenaient pour cible la porte de l'appartement 4B.

– Je suis là, insista Dondog avec réticence.

– Jessie Loo m'a envoyé à sa place, dit l'autre.

– Ah, fit Dondog.

– Je m'appelle Marconi, se présenta l'homme.

Il avait rectifié l'angle de frappe de son regard. On avait l'impression qu'il concentrait désormais son attention sur l'épaule droite de Dondog.

— John Marconi, dit-il encore.

— Et Jessie Loo, dit Dondog, elle ne viendra pas ?

— Elle devrait venir, je pense, dit Marconi. Mais plus tard.

— Ah, commenta Dondog.

— Elle ou moi, pour vous, ça ne change rien, dit Marconi.

Il fouillait dans sa poche arrière. Dondog s'adossa au mur. Il s'était préparé à voir surgir une lame d'acier bien aiguisée et à la recevoir dans le foie, pour commencer, mais déjà Marconi avait extrait une clé de verrou, associée à une étiquette de plastique sur quoi figuraient le chiffre 4 et la lettre A. Sans hésiter, sans tâtonner, il introduisit la clé dans la serrure du 4A. Cette sûreté dans le geste éveilla en Dondog le soupçon que peut-être le nouveau venu feignait la cécité. L'hypothèse toutefois impliquait tant de développements incongrus et désagréables qu'il valait mieux l'écarter tout de suite. Ça n'a pas de sens, pensa Dondog. Ça ne mène à rien.

Comme Marconi avait fini de s'essuyer les semelles sur sa manche de veste, Dondog ramassa celle-ci et la secoua, puis, ne sachant qu'en faire, il l'enfila. Déjà, Marconi était entré dans l'appartement. Dondog le suivit.

Le 4A était en bon ordre, mais trop d'années s'étaient égrenées sans que quiconque entrât pour nettoyer ou aérer. C'est pourquoi des champignons noirs avaient proliféré dans la chaleur humide de l'été et dans le froid humide de la saison froide, et une couche duveteuse avait pris possession de toutes les surfaces. Les meubles sombraient sous leur lèpre, le sofa paraissait transformé en piège gluant, le linoléum du sol avait été comme aspergé d'une colle brunâtre. Au plafond et sur les murs s'épanouissaient d'immenses taches velues, à dominante charbonneuse mais avec des nuances : aile de corbeau, aile de chauve-souris, ou bistre, anthracite, poussière d'anthracite.

L'oxygène avait disparu. Une intense puanteur de moisi l'avait remplacé.

– Oh, là, là ! C'est irrespirable, dit Marconi.

Il avait l'air hébété, comme si du poison l'avait privé en un instant de toute capacité d'initiative. Alors qu'il reculait d'un pas en rauquant, il heurta la porte. Le panneau se referma derrière eux. Dondog sursauta en entendant le claquement, mais il lui était égal que l'appartement fût clos ou non. Il ne songeait même pas à regagner le palier. Puisqu'il se trouvait dans le 4A, en quelque sorte sur l'invitation de Jessie Loo, il n'avait pas à faire le difficile et à en ressortir. Son unique souci était de faire entrer d'urgence des gaz frais. Il nagea à travers la semi-pénombre suffocante, avec l'intention d'ouvrir ou de fracasser la porte-fenêtre du balcon. Un rideau pendait devant la vitre. Il s'en empara. L'étoffe aussitôt se déchira, libérant environ sept cent soixante-deux papillons miniatures, d'un gris terne qui n'incitait pas à l'indulgence envers les lépidoptères.

Les bestioles se mirent à voleter massivement en tous sens. Elles tournoyaient dans un total silence.

– Des mites, commenta Marconi.

Dondog se retourna, cherchant, dans les yeux de Marconi, la lueur de vivacité qui eût expliqué comment un aveugle avait pu identifier les parasites avec une telle certitude. Rien de décisif ne se dissimulait dans les iris de Marconi, marron clair avec un peu de vert aqueux. Les pupilles n'étaient ni mortes ni vivantes. On ne pouvait rien en déduire.

Marconi ensuite inclina bizarrement la tête sur l'épaule.

– C'est bloqué ? demanda-t-il.

– Quoi donc ? dit Dondog.

– La porte du balcon, siffla Marconi.

– Je ne sais pas, dit Dondog. Je vais l'ouvrir.

– Oui, faites vite, approuva Marconi.

Il était à présent perdu dans la contemplation du sol, d'un point précis du sol. Il ne bougeait pas.

De nouveau, Dondog empoigna le rideau. Des débris de tissu et des ailes mortes lui pleuvaient dessus. Il se retenait complètement de respirer. Maintenant, il tentait de manœuvrer la porte sur sa glissière. La clenche, la vitre, le cadre d'aluminium résistaient et tremblaient sous tant d'efforts, et ensuite une brèche se fit. Dondog l'agrandit et se faufila à l'extérieur, impatient de pouvoir avaler enfin de l'air non putréfié. Il agitait les bras devant sa figure pour éloigner les mites omniprésentes.

Marconi le rejoignit, lui aussi moulinant contre des adversaires disposés en essaim, et poussant des vagissements dégoûtés et crachant, car que faire d'autre quand on a sur la langue une bête de huit millimètres d'envergure, sans saveur.

Dehors, le ciel était d'un gris étale, dit Dondog. Derrière ce couvercle de marmite, le soleil ne s'épargnait pas. La chaleur humide était infernale. Marconi avait allongé les bras et, en s'aidant de l'extrémité des doigts pour définir son itinéraire, il s'était approché du parapet du balcon. De grosses gouttes de sueur lui perlaient sur le front, dit Dondog. Je me débarrassai de ma veste et je la suspendis à la corde à linge qui supportait déjà, depuis la nuit des temps, un reste de serpillière dur comme du bois, puis j'allai m'accouder à côté de Marconi. Nous étions tous deux assommés par la haute température. Nous transpirions à ruisseaux.

Il était cinq heures, une des heures les plus lourdes de la journée. Même si une averse tropicale avait éclaté à cet instant, elle n'aurait pas allégé l'atmosphère.

Marconi ne retrouvait pas son souffle. Il promena son regard ambigu sur les nuages et se tamponna les joues avec le poignet gauche. Sa personne rondouillarde avait un aspect légèrement comique, mais, en raison des questions qu'on continuait à se poser sur ses relations avec les schwitts ou les aveugles, il en émanait surtout quelque chose de lugubre.

— Vous savez, Balbaïan, dit-il après un silence. Tous les jours, à cette heure, je m'imagine que je vais crever. Je ne suis pas d'ici, je suis du Nord, je n'ai jamais pu me faire à ce climat. Je ne supporte pas cette chaleur. La nuit, elle vous empêche de dormir. Et le jour, elle vous tue.

— Oui, c'est dur, dit Dondog. C'est vraiment dur.

Ils demeurèrent un moment sans rien ajouter. Une cigale à proximité entonna une longue stridulation acide. Marconi tendit l'oreille vers la cigale, et ensuite il promena sa tête de façon brouillonne en face du paysage. Il écoutait le paysage. Ses yeux restaient fixes.

Du balcon on dominait un vaste puzzle désolé, sans la moindre grâce, avec des chantiers à l'abandon, des constructions inachevées, et des terrains imprécis, encombrés de ferraille rousse et de bois de coffrage. Il y avait des arbres. Sur certaines terrasses, du linge séchait, mais personne n'était visible nulle part. Des herbes couvrantes et des lianes donnaient aux choses une touche verdoyante, très douce. De temps en temps, de gros oiseaux noirs s'élevaient de quelques mètres pour planer

jusqu'à un site d'ordures ou de nourriture que la végétation cachait. Au fond, ces images ne différaient guère de
ce que Dondog avait connu pendant la dernière partie
de sa vie, après son transfert dans les camps du Sud.

Sur le visage de Marconi, mais aussi sur celui de
Dondog, la poussière et les mites écrasées laissaient des
traînées horribles.

– Vous voyez, là-bas, ces maisons très basses, toutes
grises, avec des toits goudronnés ? fit soudain Marconi.

– Non, dis-je.

J'essayai de suivre son regard, dit Dondog. Il avait la
tête tournée vers le ciel. Ses yeux fonctionnaient, mais
il ne regardait rien.

– Là-bas, au milieu des arbres, dit Marconi.

Maintenant, il pointait la main gauche vers un tiers
approximatif du panorama. Il balayait ce tiers avec
mollesse.

– Ah, oui, je vois, dit Dondog. Des pavillons en
ciment, à un étage.

– C'est Cockroach Street, dit Marconi.

Des pavillons en ciment, à un étage, au milieu des
arbres, avec des toits goudronnés. Dondog les examina.
Il n'y remarquait rien de particulier.

– Cockroach Street, dit-il. Bon. Et alors ?

– C'est là que vous allez mourir, dit Marconi.

Dondog reçut l'information sans réagir. On est
toujours un peu muet après avoir entendu une phrase
de ce genre. On a toujours tendance à y voir une

menace. Schwitt ou pas schwitt, Marconi avait parlé avec une objectivité odieuse, comme quand un bourreau décrit son travail à un condamné dont il a la charge. Dondog hocha la tête. Il continuait à examiner là-bas les vilaines constructions et les dépotoirs. Il désirait ne pas trahir ses sentiments. Il ne décelait pour l'instant aucune hostilité chez Marconi, mais il avait l'impression que la situation pouvait changer.

— Jessie Loo m'a dit que ce n'était pas tellement important, dit Marconi.

— Quoi? s'irrita Dondog. Qu'est-ce qui n'était pas important?

— Je ne sais pas, dit Marconi. Ce qui se passera à Cockroach Street, je suppose.

— Pour moi, ça l'est, dit Dondog.

Ils restèrent un bon quart d'heure sans prononcer une parole, accoudés au balcon, aspirant comme des asthmatiques l'air bouillant. Le ciel s'assombrissait lentement, mais l'orage ne se décidait pas à éclater. Un éclair zébrait la voûte toutes les dix ou douze minutes, un éclair sans tonnerre, mais rien ne suivait. Les nuages avaient fusionné en une seule couche, uniforme comme un bain d'étain.

À l'étage du dessous, la cigale continuait à striduler. Elle produisait un grésillement intense pendant une minute, et ensuite elle se calmait. Personne ne lui répondait. Dans le silence qui succédait au cri, on entendait

parfois une goutte isolée, énorme, s'écraser sur une carcasse de climatiseur. L'averse se réduisait à ces paquets
d'eau erratiques. On se demandait s'il pleuvrait ou s'il ne
pleuvrait pas. À l'opposé de Parkview Lane, de l'autre
côté de la Cité, il y avait des gens et de la circulation, des
voitures, des rues commerçantes, mais, ici, les bruits de
la vie étaient rares. On était comme au bout du monde.

On était comme au bout du monde, on avait
devant soi Cockroach Street, et, quand on s'appelait
Dondog Balbaïan, on savait qu'on était aussi comme
au bout de sa vie.

Puis Marconi fit l'effort de ranimer la conversation.

— Je sais que vous recherchez plusieurs personnes
pour les tuer, dit-il.

— Oh, les tuer, dit Dondog. C'est vite dit. Il paraît
qu'elles sont déjà mortes.

La cigale se taisait. Les oiseaux noirs ne se donnaient
même plus la peine de voler au fond du paysage. Ils agitaient paresseusement les ailes pour se laisser choir d'un
toit à l'autre. Il n'y avait aucun bruit animal. Une goutte
de pluie gigantesque fila vers le sol. Elle explosa sur une
bâche de plastique. Tout était tranquille.

— Jessie Loo m'a laissé entendre que c'était pour une
vengeance, dit Marconi.

— Une vengeance, je ne sais pas, dit Dondog.
Quand on sort du camp et qu'on va mourir, on a envie
de tuer deux ou trois personnes. Des gens qu'on a
connus autrefois. Je ne sais pas si c'est une vengeance.

— Bah, dit Marconi.

— En tout cas, on en a envie, dit Dondog.

Une minute passa. Une goutte tout près heurta un rectangle de ciment qui saillait sur la façade.

— Pour moi, c'est difficile de les retrouver, dit Dondog. J'ai été blessé à la conscience. Ma mémoire remue des boues sans forme et sans couleur. Je me rappelle seulement quelques noms.

— Dites toujours, l'encouragea Marconi.

— Gulmuz Korsakov, Tonny Bronx, dit Dondog. Et peut-être Éliane Hotchkiss. Mais pour elle, je ne suis pas sûr.

— Gulmuz Korsakov... souffla Marconi.

Dondog se tourna vers lui. Les bras de Marconi étaient luisants de sueur, des insectes s'y collaient, réduits à un caillot gris ou noyés. Marconi haletait. Sa peau révélait une détresse organique générale.

— Ça a l'air de vous dire quelque chose, fit Dondog.

— Quoi ? dit Marconi.

— Korsakov, dit Dondog.

— Ah, oui, Gulmuz Korsakov, dit Marconi.

— Vous l'avez connu ? demanda Dondog.

— Oui, dit Marconi. Il en a bavé avant de mourir.

Il y eut un silence. Marconi n'en disait pas plus. Il laissait ses yeux errer en direction de Dondog, mais sans regarder Dondog précisément, et, maintenant, il avalait sa salive.

– C'est une certaine Gabriella Bruna qui en avait après lui.

– Ah, dit Dondog.

– Et vous, Gabriella Bruna, ça vous dit quelque chose ? demanda Marconi.

Dondog réfléchit avant de répondre.

– Vous savez, dit-il prudemment, c'est un prénom très courant. Rien que dans mon enfance, j'ai connu deux femmes qui le portaient. Elles se ressemblaient énormément. Je crois que je les confonds, vous savez. Je les confonds la plupart du temps. Elles ont été tuées pendant la même nuit. Ma grand-mère, et la mère d'un ami.

– Elle lui en a fait baver, soupira Marconi.

– Gabriella Bruna ?

– Oui.

– À Gulmuz Korsakov, vous voulez dire ?

– Oui, à Gulmuz Korsakov.

– Sans doute qu'il l'avait mérité, non ? dit Dondog.

– Bah, se renfrogna Marconi, puis il se replia sur lui-même, sur ses souvenirs, sans plus rien dire.

Le crépuscule s'avança. La nuit tombait. Ils n'avaient pas bougé depuis des heures, tous les deux. Le ciel était sans étoiles, mais une clarté diffuse permettait de deviner des masses et des contours. Du côté de Cockroach Street, une petite lueur brillait, la flamme d'une lampe à pétrole, peut-être.

– Finalement, il ne pleuvra pas, dit Dondog.

– Non, finalement, dit Marconi.

VII. CRIS ET BOUGONNEMENTS

Plus tard, ils se lassèrent de suffoquer, debout sur le balcon qui à la nuit brûlante restituait la chaleur emmagasinée pendant la journée, et ils furent de nouveau à l'intérieur du 4A, dans la salle de séjour, pour s'asseoir et aspirer l'air un peu moins fétide qu'en fin d'après-midi, mais encore alourdi de papillons, de spores et de miasmes, l'aspirer et le recracher. Ils prirent place dans l'obscurité, s'avachissant au hasard et sans rivalité de territoire, mais tout de même veillant à ne pas se retrouver trop près l'un de l'autre. La température était aussi odieuse dans l'appartement qu'à l'extérieur.

Ils remuèrent peu durant la première heure. Ils attendaient que ralentissent leurs écoulements de sueur. En rentrant dans la salle de séjour, Dondog avait remis sa veste et, même quand il observait une immobilité rigoureuse, des ruisselets de saumure lui ravinaient l'échine, les hanches, les flancs. Marconi ne bougeait pas, mais il transpirait à gros bouillons, lui aussi.

L'immeuble était vide, dit Dondog. Rien de sonore ne témoignait d'une présence dans les appartements du voisinage. On avait abouti loin du cœur de la Cité, dans un secteur dont les habitants avaient disparu. Toutefois, par le réseau des ruelles suspendues et des couloirs, certains bruits de la Cité se propageaient jusqu'à Parkview Lane. On ne peut pas dire qu'ils troublaient la nuit, mais, si on le souhaitait, on les percevait. Il suffisait de tendre l'oreille. C'était, par exemple, le battement régulier des pompes de la mafia, qui acheminaient les eaux souterraines vers les réservoirs des toits. C'était aussi depuis tout à l'heure, et non moins obsédant, le martèlement d'un tambour, d'un tambour rituel : dans un endroit comme la Cité, il y a toujours une cérémonie en cours ou une danse chamanique, à l'arrière d'on ne sait quel dédale non éclairé et insituable. Le tambour devait être de très grande taille. Il était infatigablement frappé. Il émettait des vibrations caverneuses que la distance transformait en ondes fantomatiques.

Ces bruits ne me distrayaient guère, dit Dondog. Je réfléchissais à Gabriella Bruna, à Marconi, à Gulmuz Korsakov.

Je ne me réjouissais pas de la mort de Gulmuz Korsakov, puisque je ne la lui avais pas infligée moi-même, dit-il. Je ne savais pas de quelle Gabriella Bruna avait parlé Marconi et je n'avais pas envie d'entamer avec Marconi une conversation sur ce sujet, car ce type ne m'inspirait toujours pas confiance. Il ne m'agressait pas, il ne se comportait pas comme un schwitt, mais quelque chose en lui continuait à m'inquiéter. On n'a pas envie d'avoir une conversation importante avec quelqu'un qu'on soupçonne de ne pas être vraiment aveugle. J'aurais pourtant aimé être sûr que Gulmuz Korsakov avait été puni et assassiné par la bonne personne et au bon moment, dit Dondog. Marconi avait suggéré qu'une Gabriella Bruna s'en était chargée, qu'une Gabriella Bruna avait fait souffrir Korsakov avant sa mort, et j'aurais voulu en savoir plus sur l'identité de cette femme. Il aurait fallu interroger Marconi, dit Dondog, exiger de lui des précisions, et alors j'aurais sans doute pu reconstituer toute l'histoire. Mais je ne me résolvais pas à dialoguer avec cet homme. On n'a guère envie de s'adresser à quelqu'un qui halète dans le noir et qui n'est ni hostile, ni amical.

Sous les fenêtres de Parkview Lane, la nuit n'était pas totalement silencieuse, reprend Dondog. Le calme régnait, mais parfois de Cockroach Street arrivaient des échos de voix et même des rires. Une porte s'ouvrait, le temps d'accueillir ou d'expulser un fêtard, et, quand elle se refermait, tout redevenait tranquille. On entendait alors l'obscurité. Un chien aboyait. Des crapauds coassaient dans les terrains vagues. Des chauves-souris chassaient aux alentours du quatrième étage.

En dépit de la chaleur, Dondog avait remis sa veste de détenu, j'ai déjà signalé cela, dit Dondog. Il n'avait pas voulu la laisser sans surveillance sur la corde à linge, mais surtout la nostalgie des camps le taraudait, et il avait l'impression d'être moins nu face au destin quand il revêtait son uniforme de prisonnier. La veste avait le désavantage d'ajouter plusieurs degrés à la température ambiante, mais, en même temps, elle lui permettait d'éviter le contact avec le skaï moisi et avec les dalles de linoléum. Il restait assis par terre, appuyé contre le sofa, et l'étoffe lui protégeait le dos et les fesses. Le bagne l'avait habitué à ne pas faire le délicat quel que pût être le décor, mais, ici, les surfaces poissaient trop.

Maintenant, il essayait de se concentrer exclusivement sur Gabriella Bruna.

Exclusivement sur sa grand-mère Gabriella Bruna, exclusivement sur Gabriella Bruna, la mère de Schlumm, et exclusivement sur la femme qui en avait tant fait baver à Gulmuz Korsakov, selon Marconi. Il essayait de se souvenir de quelque chose à partir de là.

Rien ne venait.

Il écoutait le tambour chamane et les pompes qui battaient dans les profondeurs de la Cité. Des mafieux étaient vautrés près des moteurs et ils comptaient les dollars qu'ils avaient extorqués à la gueusaille. Les tuyaux gouttaient, les odeurs de renfermé noirâtre s'élargissaient, des flaques luisaient sur le sol boueux. Plusieurs mafieux dormaient derrière la chambre des machines, dans une pièce hideuse, carrelée comme une piscine en ruine. Il aurait été facile de se glisser jusqu'à eux et de les mitrailler au nom des pauvres, mais nul dans la Cité ne songeait à organiser ce genre d'opération qui aurait été la norme en d'autres lieux, je veux dire par exemple dans la réalité ou dans les rêves. Dondog quant à lui savait qu'il devait rassembler ses dernières forces pour se venger avant de s'éteindre et non pour relancer le combat égalitariste. Il ne se perdait donc pas dans l'image des mafieux endormis ou exécutés, il écoutait les pompes.

Il se tendait aussi vers les percussions chamanes. Un ou une chamane quelque part dansait, loin des mafieux, loin de tout. Si seulement il pouvait se laisser guider par ces sons magiques, si seulement il pouvait se laisser envoûter par leur tonnerre et cheminer sur leur rythme jusqu'à la transe. Il se souviendrait alors peut-être de quelque chose de clair au sujet de Gabriella Bruna.

Il s'obligea à nager dans cette musique, celle de la mafia et celle des chamanes. Il y resta immergé une heure ou deux, attendant le surgissement de souvenirs ou d'anecdotes.

Rien ne surgissait.

Plus tard encore, une chauve-souris tournoyait près du balcon et, non sans insistance, elle lançait des ultrasons déchiquetés, et Marconi soudain mâchonna des paroles.

– Celle-là, je la connais, bougonna-t-il.

– Qui ? La chauve-souris ? souffla aussitôt Dondog.

À trois pas de Dondog, Marconi s'était tenu coi, jusque-là. Sans discontinuer, il avait émis des plaintes asthmatiques, comme un agonisant qui tient bon, mais ses râles n'avaient pas débouché sur du langage, et, en cet instant, il entamait une nouvelle phase phonétique, une phase de marmonnements.

– On la connaît, celle-là. Elle aussi, elle lui en a fait baver, à Korsakov, dit Marconi.

– Qui ? cherchait à savoir Dondog.

Mais déjà le marmonnement de Marconi se dégradait.

– Jessie Loo ? suggéra Dondog au hasard.

Les ruminations de Marconi n'étaient plus qu'une pâte confuse. Il était là, dans l'ombre, éveillant toujours en Dondog une sourde méfiance, mandaté par Jessie Loo mais remplaçant très mal Jessie Loo, n'aidant pas Dondog à retrouver la trace de Tonny Bronx, de Gulmuz Korsakov ou d'Éliane Hotchkiss.

Dondog haussa les épaules. Au fond, il ne s'intéressait pas à ce que pouvait livrer la bouche de Marconi.

Les heures défilent, chaudes, ténébreuses.

Les mêmes bruits se reproduisent, encadrés par de longues minutes de silence : les aboiements des terrains vagues, les mêmes cris de la chauve-souris dont Marconi ne prononce pas le nom, les battements de pompes et de tambour rituel, les mêmes rumeurs en provenance de Cockroach Street.

Gabriella Bruna, pense Dondog.

Il le pense ou il le murmure.

Je passe sur les détails, murmure-t-il. J'ai tout oublié ou presque. C'était il y a longtemps, avant ma mort. En tout cas, c'était avant ma naissance. Et même avant. Et même avant encore.

Il se tait. Il a l'impression décevante de discourir sans réussir à fixer des images sur ses phrases. Les mots lui viennent aux lèvres, comme privés de sens. Autrefois, dans les petits livres qu'il composait au camp, souvent ses personnages prenaient la parole dans l'obscurité sans savoir très bien ce qu'ils disaient, eux non plus. Ils débitaient des monologues qui avaient parfois une relation avec l'anecdote en cours, et parfois non. Ils pouvaient murmurer ainsi pendant des heures.

La voix dans la nuit avait pour fonction d'éloigner les souvenirs les plus pénibles ou de les brouiller, elle agissait sur la réalité en modifiant les aspects les plus douloureux du présent, explique Dondog. La voix dans la nuit s'emparait du présent pour le décharner jusqu'à ce qu'il devienne seulement quelque chose qui était dit, et donc qu'on pouvait brusquement taire. Qu'à tout instant on pouvait brusquement contredire ou taire, dit Dondog.

Il regarde autour de lui.

Marconi est visible au milieu de l'ombre. Maintenant il est debout et il marche.

La nuit n'affecte pas Marconi.

Marconi s'est levé pour aller fureter dans la cuisine et dans la salle de bains. Il manipule les robinets en bougonnant. Il peste contre les têtes de robinet, contre la rouille, contre l'absence d'eau courante, contre les cafards que ses pieds écrasent près de l'évier ou près de la cuvette des cabinets, ou devant le lavabo. Il y a un réservoir à ciel ouvert sur le toit de Parkview Lane, et parfois quelques gouttes tombent. On entend Marconi qui les recueille dans sa paume et qui les aspire. Il boit cela, il maudit le goût horrible de l'eau et il grommelle. Il reproche aux cafards de se trouver là, où il n'y a rien à manger, plutôt que dans les escaliers, dans les étages du bas où l'immondice prospère. Les cafards ne répondent pas. Marconi ne cherche pas spécialement à les écraser, mais cela arrive, de temps en temps.

Quand il ne va pas mendier un peu de liquide dans ce qui reste des canalisations, Marconi promène sa silhouette incertaine d'une pièce à l'autre.

Dondog le suit du regard.

On ne sait comment, quelque chose s'est déclenché

en Dondog, sans prévenir, et le voilà qui rassemble des éléments sur l'époque d'avant sa naissance, sur Gabriella Bruna, sur Gulmuz Korsakov, sur des temps d'avant sa naissance et d'avant encore.

Peut-être les battements réguliers du tambour ont-ils aidé cela à démarrer, ou les cris de la chauve-souris sur la façade de Parkview Lane, ou les déplacements bougons de Marconi, qui ne danse pas comme un chamane dans le 4A, non, mais qui va et vient d'une manière lourde qui peut-être provoque l'hypnose : de manière un peu sorcière, quand on y pense.

Outre la cuisine et la salle de bains, il y a dans le 4A deux chambres, où la pourriture avancée de la literie n'incite pas le promeneur à la flânerie, et une petite pièce qui donne sur la salle de séjour et qui conserve son mystère. Une douche, sans doute, ou un débarras. La porte est bloquée, il est impossible d'y pénétrer et de se rendre compte par soi-même. Systématiquement, Marconi termine sa déambulation dans l'appartement en essayant de décoincer la porte. Il tire sur la poignée, il la secoue, puis il renonce et il retourne s'asseoir. Souvent il se rassied à deux mètres de Dondog, sur le linoléum répugnant, sur le seuil de cette pièce invisitable, et il reprend son marmonnement là où il l'avait interrompu ou ailleurs.

Dondog en fait autant, de son côté.

Ce sont deux êtres qui ont l'habitude de parler dans la solitude, dit Dondog, en pleine nuit, sans se soucier d'avoir ou non des auditeurs, comme les personnages des livres de Dondog. Marconi bougonne à propos de la chaleur et à propos de celles qui en ont fait baver à Gulmuz Korsakov. Dondog gémit. Dans son soupir, on reconnaît vaguement le nom de sa grand-mère ou celui de la mère de Schlumm.

— Pour baver, il en a bavé, maugrée Marconi.

Il lui arrive parfois d'émettre un bruit étrange, que Dondog ne peut pas identifier et qui ressemble à un froufrou pas très prolongé, à un froissement pelucheux, à un chuintement d'éventail qui s'ouvre et se referme. Immédiatement après, Marconi exprime sa gêne. Il bouge les jambes, il balbutie une excuse inaboutie, et ensuite il reste muet pendant un moment, comme s'il était enfin endormi ou mort.

— C'était au début d'une guerre, dit Dondog tout à coup, comme s'il commençait à se souvenir de quelque chose. C'était au début de la première extermination des Ybürs. Je ne suis pas sûr des dates et des détails.

— Dites toujours, allez, murmure Marconi pour lui-même.

À une distance incalculable, les pompes de la mafia et un tambour chamane mêlent leurs rythmes obsédants.

— Gabriella Bruna était alors une très jeune femme, marmonne ou se souvient Dondog. Elle marchait le long d'un mur d'usine. La guerre venait de commencer. C'était l'été. Il faisait un temps superbe.

Un animal aboie aux alentours de Cockroach Street. Dans le 4A, on entend le crissement des blattes qui errent ou s'affrontent au bas des plinthes. La nuit s'épaissit, propice à l'éclosion du récit, semble-t-il, mais aussi propice aux empoignades obscures des bêtes, au mûrissement obscur de leurs œufs : propice à la prolongation vaine et obscure de leur vie.

VIII. GABRIELLA BRUNA

Il faisait beau, dit Dondog. On était en plein été.
La guerre venait de commencer. L'extermination des
Ybürs balbutiait, insignifiante encore au regard du
reste, elle en était à ses premiers jours. Dans le ciel
voguaient des dirigeables espions, au fuselage sans
identité, et quelques monoplans que les soldats abat-
taient facilement à la carabine. Sur les chemins trot-
taient de petits détachements de cavaliers ahuris déjà
par une semaine de bivouacs précaires, d'incessantes
manœuvres et d'escarmouches. Le front ne s'était sta-
bilisé nulle part. Dans certains hameaux, sur certaines
routes, les adversaires se succédaient à peu d'heures
d'intervalle. Parfois quarante minutes seulement sépa-
raient le passage des troupes ennemies et celui des
Tatars, des Scythes, des Wangres et de leurs alliés de
l'époque. Je ne nomme pas tous les peuples ayant pris
part à l'action, dit Dondog. Ils étaient destinés à
fusionner pendant le carnage, de toute façon, à bientôt

se rejoindre en une seule boue hurlante, gorgée de sang.

Le soleil étincelait sur les aéronefs et, plus bas, il roussissait les champs de blé, les forêts, les collines qui entouraient la petite ville d'Ostrowiec, et, à la sortie sud de la ville, il assommait et grillait le quartier industriel, avec sa série de terrains en friche, ses voies ferrées et ses longues murailles aveugles.

La toute jeune Gabriella Bruna se trouvait justement là, dans ce morne labyrinthe de fabriques. Elle était sobrement vêtue en institutrice. La lumière l'inondait. Elle ne flânait pas, elle avançait d'un pas vif, agacée de s'être égarée au milieu des bâtisses grises et des murs de brique grise. Il y avait plus d'un quart d'heure qu'elle cherchait sans succès l'entrée des usines Vassiliev, et elle avait l'impression de s'en être une nouvelle fois éloignée. Elle ne se sentait pas en retard, aucune heure n'ayant été fixée pour sa venue, mais elle souhaitait ne rien manquer du spectacle de l'après-midi, cette exceptionnelle fête du feu organisée dans les forges de Vassiliev. Celui-ci l'avait invitée à venir voir brûler des wagons de sucre et d'alcool que le Commandement avait ordonné de détruire avant que l'ennemi ne s'en empare.

Gabriella Bruna exerçait depuis un an la fonction de préceptrice chez Vassiliev, mais elle n'avait jamais eu l'occasion de s'aventurer dans cette partie d'Ostrowiec. Ses promenades avec les enfants se déroulaient ailleurs, à l'extrémité opposée de la ville, et, en fait, elle ignorait à quoi ressemblaient les fabriques de son employeur. Elle contourna un nouvel entrepôt, elle longea cent cinquante mètres de voie ferrée, elle évita un bassin d'eau stagnante, et maintenant elle s'engageait sur un chemin sans issue, qui menait à un portail noir puis continuait jusqu'à un tas de pierraille. Au-delà s'étendait un énième complexe de bâtisses, de monticules et de champs non cultivés.

Il y avait de l'herbe partout, clairsemée et jaune.

Plantée au bord du fossé, une pancarte indiquait en rouge et en russe que le passage était interdit. La jeune femme s'arrêta. Un coup de vent balaya le mur qui enlaidissait le côté gauche du chemin. Sur son support, la pancarte vibra. Les mots tremblèrent, PROPRIÉTÉ PRIVÉE, DÉFENSE DE, puis la poussière retomba et, pendant un instant, on n'entendit plus rien. Puis, venant du sud-ouest, le brouhaha d'une canonnade roula, s'interrompit, reprit. Derrière les collines, vers Sandomierz et peut-être plus près, peut-être déjà au carrefour du Levanidovo, des bataillons tchouvaches et autrichiens s'entre-massacraient à l'arme lourde.

On avait abordé la deuxième semaine du mois d'août. Les nouvelles étaient alarmantes. Les alliés reculaient, ils perdaient une ville après l'autre. Quand viendrait le tour d'Ostrowiec, ils la défendraient sans doute quelques heures, pour l'honneur, mais, en fin de compte, ils l'abandonneraient à l'ennemi.

La belle Bruna, Gabriella Bruna, hésitait sous l'azur

limpide. En dépit des grondements d'artillerie, une grande tranquillité estivale adoucissait tout ce qu'on voyait, aussi bien les sapins au loin que les rails, les tas de charbon ou les ronces qui foisonnaient près des butoirs. La chaleur piquait. L'ombre faisait défaut. Les insectes grésillaient. Personne n'apparaissait nulle part.

Gabriella Bruna se mit à progresser le long du mur, sur le talus pour ne pas avoir à fouler le mâchefer qui risquait d'abîmer ses bottines. Elle préférait piétiner les herbes. Des sauterelles jaillissaient devant ses jambes, dévoilant la splendeur crépitante de leurs élytres, rouge vif ou bleu électrique, ou indigo.

L'usine de Vassiliev fabriquait des aciers spéciaux, et des patrouilles la protégeaient contre les saboteurs. Gabriella Bruna comptait sur des ouvriers ou des soldats pour se faire indiquer le chemin des fourneaux où le sucre allait s'embraser par dizaines de tonnes, cet après-midi-là, mais, depuis un bon moment, elle n'avait pas rencontré âme qui vive. Elle avait dû dépasser le secteur sensible. Sans doute errait-elle à présent dans une partie du quartier industriel où l'activité était en veilleuse depuis la déclaration de guerre. Il n'y avait à proximité aucun bruit lié au travail. Elle s'était éloignée de la ville et des fonderies, et, elle le remarquait maintenant, les cheminées qui fumaient se dressaient dans un tout autre endroit, à bonne distance.

Une guêpe vint vrombir près de son oreille. Elle la chassa.

Elle alla jusqu'au portail. Des rails sortaient, traversaient le chemin et rejoignaient les voies ferrées au milieu des herbes, près du bassin d'eau noire. Sur le portail, sans se priver de crever les cloques de rouille, un militant avait gravé au couteau, en polonais : À BAS LA GUERRE, VIVE L'INTERNATIONALE.

Le slogan était coupé en deux. Le portail n'était pas fermé. Dans la disjointure on distinguait une fraction étroite de sol et, sur le sol, un écrou, une touffe de plantain monté en graine. Pour élargir l'ouverture, Gabriella Bruna appuya les mains sous L'INTERNATIONALE. La peinture s'écaillait. Les gonds résistèrent puis obéirent un peu, avec un cri d'une grande violence.

Au même instant, des claquements de sabots sonnèrent, venant d'un goulet entre deux murailles. Pendant une dizaine de secondes, on ne vit rien, et ensuite un garde à cheval déboucha derrière l'endroit où le chemin s'achevait en cul-de-sac. Il portait un uniforme de l'armée impériale, une casquette plate à large visière, un sabre. Sa monture était une jument alezane qu'il menait au pas. Il escalada un talus, il le descendit. Il fit un détour pour éviter le tas de pierraille, et il fut sur le chemin.

Il se dirigea vers Gabriella Bruna.

Celle-ci, devant l'entrebâillure, se frictionnait les paumes afin d'en ôter la sciure rousse, les paillettes roussâtres et brunes, et elle pensait que tout se combinait pour que le représentant de l'ordre la suspectât d'espionnage : ses mains sales, le portail entrouvert, l'endroit désert, la solitude de l'heure. Au lieu de se réjouir d'avoir enfin devant elle une personne susceptible de lui venir en aide, elle eut l'intuition que ce cavalier n'écouterait pas ses explications, s'obstinerait à voir en elle une créature louche, et qu'il lui nuirait.

Elle prépara son discours.

Je cherche l'entrée de la fonderie Vassiliev… Je viens voir brûler les wagons de sucre… J'habite chez le directeur de l'usine, chez les Vassiliev… Je suis la préceptrice de leurs enfants…

La jument approchait. Elle avait sur le chanfrein une tache en forme de croissant. Ses yeux larmoyants se heurtèrent à ceux de Gabriella Bruna. On y décelait de la folie animale, une humidité affolée et hostile. Nulle sympathie n'y brillait. Elle agitait rageusement sa crinière. Déjà elle était arrivée au portail. Déjà elle enjambait les rails au bord desquels Gabriella Bruna se tenait immobile.

Le cavalier tira sur les rênes.

La jument stoppa. Ses naseaux palpitaient. Elle broncha. Son regard était méchant et fou.

Un silence étreignit une nouvelle fois le paysage : le chemin, les voies, le trou d'eau, les entrepôts de marchandises, les bacs à charbon, à gravier, et plus loin la campagne gris-vert, les sapins, et tout près les constructions en brique couleur de vieille cendre. Tout était écrasé de soleil et silencieux, et là-dessus venaient se greffer des zigzags sonores de guêpes, des battements de cœur, des souffles; et le pilonnage du carrefour du Levanidovo, à trente kilomètres, qui continuait.

La jeune femme n'osait pas prendre l'initiative du dialogue. Elle orientait la tête vers cet homme qui la dominait de toute sa hauteur, et, pour ne pas l'irriter par un excès d'assurance, elle se taisait.

De Gabriella Bruna j'aimerais ici évoquer l'apparence remarquable, dit Dondog. Sa silhouette était élégante et elle avait rassemblé ses cheveux, d'un noir onctueux, en un chignon parfait. Elle avait toute la grâce d'une institutrice du début du siècle, mais ce qui m'attire dans cette image, ce qui m'attire irrésistiblement, dit Dondog, c'est l'intelligence qui émanait de son visage à la peau fine, d'une teinte bronze clair comme souvent chez les femmes ybüres juste après l'adolescence, une intelligence dure, visiblement combinée à une énergie indomptable. Sa bouche ne souriait pas, son regard ne fuyait pas. Il allait droit, concentrant sur son objectif deux pierres ténébreuses, à éclat d'ambre. Elle aurait pu passer pour une beauté séfarade ou tchétchène, dit Dondog. Elle avait ce genre de charme.

Elle se tint ainsi devant le cavalier, respectueuse et belle, s'efforçant de conserver un masque paisible en dépit de l'haleine et des pestilences fauves de la jument.

Le garde ne desserrait pas les dents. Il contraignait sa
monture à rester de flanc contre le portail. Cette position interdisait à Gabriella Bruna tout déplacement, si
ce n'est vers l'intérieur de l'usine, dans l'embrasure où
elle n'avait aucune intention de se glisser. Il n'abaissait
pas sur elle son regard, il l'ignorait, il feignait d'être seul
et de s'être arrêté là par hasard. Gabriella Bruna perçut
sa maussaderie, son animosité. La bête bougeait, ses
sabots s'énervaient contre la terre, ils claquèrent contre
un rail. Peu de distance séparait la jeune femme de ce
poitrail frissonnant, de cette croupe en sueur, et d'une
botte brillante dans laquelle entrait un pantalon de
drap bleu, décoré d'un passepoil vermillon, à odeur
de cirage et de caserne.

L'homme, à l'évidence, ruminait de tortueuses et
dangereuses pensées. Mieux valait au plus vite en
interrompre le cours.

Gabriella leva la tête.

– On m'attend à l'usine Vassiliev, dit-elle en russe.
Je connais le propriétaire. Je vis chez lui. Je suis la
préceptrice de ses enfants.

L'homme fit un geste du menton. Peut-être expri-
mait-il une opinion, peut-être quelque chose l'avait-il
gêné au niveau du cou, un insecte, un brin d'étoffe
rugueuse, la pointe d'un furoncle. Il avait une face
brutale que le contre-jour rendait mal lisible, avec une
peau hâlée et des yeux bridés qui trahissaient une
ascendance sibérienne ou mongole. Rien de particulier,

en fait, n'apparaissait dans cette figure commune, rien de bien mémorisable, sinon, sous la mâchoire, les quelques vilains centimètres roses d'une cicatrice.

Tout en parlant, Gabriella Bruna le scrutait. Derrière les paupières presque closes, la mauvaise volonté flambait.

– Vassiliev, poursuivit-elle. L'industriel.

Le cavalier ne répondait pas. Il comprenait peut-être très mal le russe. Il semblait tendre l'oreille vers les lointaines canonnades. Gabriella Bruna songeait à formuler une nouvelle phrase lorsqu'il s'anima enfin. Il donnait des instructions à l'alezane, il lui dictait, des mains et des genoux, la conduite à tenir. La bête devint soudain au-dessus de Gabriella Bruna une menaçante montagne de chair chaude. Elle secouait sa longue tête d'animal psychiquement atteint, elle frémissait, elle se déplaçait de flanc. Elle repoussait Gabriella Bruna vers le portail. La jeune femme tout d'abord se plaqua contre VIVE L'INTERNATIONALE. Sous la pression, l'ouverture s'agrandit. Les charnières de nouveau se plaignirent, une roulette cria sur la terre durcie.

Maintenant, Gabriella Bruna avait pénétré sur le territoire de l'usine.

La masse alezane progressa derrière elle, et, bien manœuvrée, frissonnante, impressionnante, elle la contourna pour l'obliger à se rabattre vers l'envers du portail. Aussitôt, le cavalier avait refermé le panneau roulant, avec sa jambe et son bras gauches, comme s'il s'agissait d'une opération absolument normale. Gabriella Bruna avait dû reculer, et, pour éviter le contact avec la moiteur fauve de l'animal, de nouveau elle s'adossait contre la surface métallique. Elle savait qu'elle se salissait de rouille, de poussière.

On se trouvait dans une cour limitée au sud par une écurie et, à l'ouest, par des bâtiments hauts et grands ouverts, qui devaient être des ateliers. Aucun ouvrier n'était visible. Les rails allaient vers un portique de levage et s'enfonçaient ensuite dans une seconde cour dont on devinait seulement deux citernes qui reposaient sur des piliers de ciment. Le soleil martelait ce lieu désert avec une férocité poudreuse. Il faisait trembler les toits d'ardoise des bâtiments, les murs en brique sombre. Partout perçaient des touffes de plantes montées en graine, des herbes solitaires et laides.

La jument renifla. Pendant la dernière minute, Gabriella Bruna n'avait cessé de croiser ses yeux avec appréhension, ses gros yeux globuleux où la démence rôdait.

– Je dois me rendre à la fonderie, dit-elle en réfrénant l'indignation qui montait en elle. Vassiliev m'attend.

Elle regrettait d'avoir cédé à la jument et au cavalier. L'espace avait rétréci autour d'elle. Elle devait se tenir debout dans un couloir inconfortable, entre du fer rouillé et une bête dont les odeurs et la chaleur la dégoûtaient.

L'homme, lui, restait taciturne. Sans rien dire il fit avancer Gabriella Bruna le long du portail, puis le long du mur. Elle se laissa diriger, elle ne voulait pas être bousculée par les muscles énormes et le cuir brûlant de sueur. Elle marcha sur du plantain, des bardanes, quelques orties. Elle portait une jupe d'indienne bleue, à motif de fleurs noires, et, sous un gilet de velours, un chemisier blanc, brodé, aux manches longues. Son coude gauche frottait contre la brique, parfois son épaule. Elle abîmait ses vêtements.

Bien qu'il manœuvrât en permanence pour lui obstruer tout passage vers la cour, le cavalier feignait de ne pas s'intéresser à elle. Il semblait avoir d'autres priorités. Ainsi, par exemple, il suivait avec une grande attention les agissements de trois corbeaux qui voulaient se poser sur le toit de l'écurie et se cha-maillaient, le bec rempli de clameurs.

– Je veux parler à un officier, dit Gabriella Bruna, et elle refusa d'aller plus loin.

Le cavalier n'admit pas cet arrêt intempestif et il la poussa encore sur une demi-douzaine de pas, puis il lui fit faire deux mètres supplémentaires, puis encore un mètre. Elle trébucha, elle se rattrapa au mur en s'écorchant la main. Elle essayait de conserver son sang-froid. Elle esquivait la tête qui se balançait vers elle, la bave et les écumes de l'alezane, son haleine épouvantable, ainsi que l'étrier de fer qui lui frôlait

le bras, comme par inadvertance, dès qu'elle se rai-
dissait.

Encore une fois la jambe s'approcha d'elle, le drap
bleu, la couture rouge, la botte. L'étrier était couleur
d'argent mat. Sur le fourreau du sabre elle chercha une
indication de corps d'armée, pour plus tard se plaindre
aux autorités militaires, mais il n'y en avait aucune. Sur
la selle, en revanche, elle eut le temps de lire un nom
gravé en caractères cyrilliques. Gulmuz Korsakov.

Mais qu'est-ce qu'il me veut, celui-là? pensa-t-elle.

Une pause infime se produisit, puis ses entrailles
sursautèrent.

Il ne veut tout de même pas me violer? pensa-t-elle.

Au même instant, une pruine de terreur lui glaça le
ventre. Des images de sauvagerie mâle se présentèrent à
elle, nettes, très crues, rouge violacé, avec une série de
visions anatomiques non édulcorées, horribles. Ce film
muet était complété par les sensations prévisibles,
par des râles, des grognements masculins idiots, des
saccades grognantes, de la douleur, de l'avilissement,
des giclures grognantes.

Petite sœur, murmure Dondog. Il est désolé qu'elle
ne puisse pas l'entendre. Il l'a accompagnée jusque-là
comme dans un simple récit de rêve, mais à présent il
partage son angoisse.

Gabriella Bruna n'était pas une oie blanche, dit-il.
Elle n'ignorait rien de la violence humaine. Elle était
née dans un clan ybür où les choses étaient dites. On

lui avait appris à vivre parmi les humains, à survivre dans le danger, au cœur du crime, en face des humains ordinaires.

— Je vous ai dit que je voulais parler à un officier, dit-elle d'une voix claire, impérieuse, même.

Ils étaient arrivés devant l'écurie. On avait dû parquer là, on ne sait quand, mais, de toute façon, avant les réquisitions récentes de l'armée, les chevaux qui tiraient les plates-formes chargées de ferraille. Dans un des grands vantaux de bois, une porte plus petite avait été découpée. Elle était ouverte à demi. On discernait plus loin de l'obscurité tiédasse, marbrée de vieux crottin et de paille. La jument tourna vers Gabriella Bruna son museau brûlant, la tache en forme de croissant qui lui marquait le chanfrein, et aussi son œil exorbité, méchant, puis elle fit claquer ses sabots.

— Conduisez-moi à vos supérieurs, ordonna Gabriella Bruna. Je m'expliquerai avec eux.

Le vent ronfla dans une gouttière.

Maintenant hors de vue, les corbeaux dérapaient sur les ardoises et croassaient.

L'homme se pencha. Il avait des pommettes aplaties, des oreilles peu développées, des cheveux ras. Il ne la regardait pas en face. Elle recula hors de portée de la main qui se tendait vers elle. L'homme soupira, puis il dit :

— Allez, l'institutrice. Entre.

Pour l'éviter, elle glissa le long de la porte de l'écurie.

La jument obliqua, et Gabriella Bruna se retrouva juste devant sa tête. Durant une grosse seconde, elle contempla l'œil massif, hystérique, aussi fuyant que celui de son maître. Et ensuite, à toute volée, elle gifla ce qui était à portée de gifle : la bouche humide à côté du mors, la base des naseaux brillants de morve. L'animal hennit affreusement et se cabra, et se tortilla aussitôt dans la douleur, dans la peur, essayant de se débarrasser de son cavalier, déversant son excès de souffrance dans des acrobaties mortelles.

Gabriella Bruna bondit. Elle échappa aux sabots qui barattaient l'air devant sa figure et elle se précipita là où elle imaginait pouvoir s'enfuir saine et sauve. La jument allait en tous sens dans la cour, immaîtrisable, et elle barrait tantôt le chemin du portail, tantôt celui qui menait aux citernes. Elle cabriolait et sautait, elle dépassait la fugitive au grand galop puis ruait en multipliant les mouvements irrationnels et les volte-face. Gabriella Bruna courut vers les ateliers. Elle espérait à tout moment entendre le bruit de la chute du cavalier désarçonné. Malheureusement, le cavalier était excellent et il tenait bon.

Elle atteignit le seuil de l'atelier qui était grand ouvert à la poussière et au vent, de plain-pied avec la cour. Le claquement des fers et les clameurs chevalines se répercutaient entre les murs. Des cascades aiguës, des quintes de démence animale. Elle se retourna pendant une fraction de seconde. Gulmuz Korsakov n'avait même pas perdu sa casquette. Il était couché sur l'encolure, il embrassait la crinière, il prononçait des paroles dans l'oreille droite de la jument. Il ne se dissociait pas de sa monture. Il lui murmurait on ne sait quoi de complice et d'enjôleur.

La jeune femme fit des zigzags entre les machines mortes. Il lui fallait absolument ressortir dans la seconde cour, disparaître dans la seconde cour, ou, à défaut, trouver ici une arme pour se défendre. Des chaînes pendaient à des cabestans, lourdes, inutilisables. Près d'un four s'éparpillaient des fragments de charbon. À travers les vitres crasseuses, la lumière de l'été scintillait.

Dehors, le rythme des ruades avait ralenti.

Les portes qui ouvraient sur la seconde cour étaient verrouillées. Gabriella Bruna se jeta dessus et les secoua. Les serrures étaient solides. Gabriella Bruna n'insista pas et fit demi-tour. Elle se mit à explorer la marge des machines, les abords du four, en quête d'un outil qu'elle eût pu brandir, un marteau, une pelle. Il n'y avait rien.

Dans la cour, la jument se calmait. On la voyait près du portail, soufflant et tremblant, avec son cavalier de nouveau assis et bien en selle.

Ah, petite sœur! se désola Dondog.

Comme si elle avait entendu la voix de Dondog, Gabriella Bruna se figea. Sa tentative de fuite avait échoué. Il lui restait maintenant à affronter le réel en en méprisant l'horreur, ou à faire appel au surnaturel, ou à se tuer pour que le présent n'advienne pas. Elle recommença à s'agiter et à aller de côté et d'autre, incapable de déterminer quelle serait pour elle la meilleure des trois solutions, puis elle se tint devant une machine, de nouveau immobile, et elle attendit. Elle s'était décidée. Elle savait qu'elle ne voulait pas mourir tout de suite, et que le surnaturel n'existait pas. La seule voie de salut était donc de faire le vide en elle-même et de s'y réfugier au plus vite, dans ce vide.

Dans la cour, le cavalier forçait la jument à trotter en rond. Il fit deux tours, à allure de plus en plus tranquille, et ensuite il se rapprocha des ateliers. La bête flairait la présence de la femme qui l'avait molestée tout à l'heure, et la fureur lui tordait la bouche. Ses yeux injectés de sang grossirent encore. Gulmuz Korsakov franchit le seuil du bâtiment, formant avec elle un ensemble gigantesque au milieu des chaînes qui pendaient, du ciel brillant, des scintillements, et, après lui avoir flatté le garrot avec une tendresse insistante, il sauta à terre. La jument recula de trois mètres. Elle eut un frisson convulsif, elle broncha.

L'homme alla vers Gabriella Bruna avec le flegme d'un lutteur avant un combat de démonstration. Il était râblé et de taille moyenne. Le sabre cliquetait contre sa jambe. Elle le regardait venir. Elle avait les yeux mi-clos et elle ne bougeait plus, comme épuisée, résignée, ou comme écoutant des voix intérieures qui la consolaient. Il supposa qu'elle priait. Après avoir vérifié qu'elle ne tenait aucun morceau de fer ou qu'elle n'en dissimulait pas sur elle, il la saisit à l'articulation du coude.

– Allez, dit-il. C'est fini.

Il l'entraîna vers l'écurie. Elle ne résistait pas. La jument, sitôt qu'ils étaient sortis dans la cour, avait trotté à l'écart.

Alors qu'ils allaient pénétrer dans l'obscurité, Gabriella Bruna leva les yeux vers le ciel. Un dirigeable flottait au-dessus du quartier industriel, pas très haut. Des corneilles intriguées l'escortaient, des hirondelles, des choucas. Le soldat avait levé la tête, lui aussi. Ils étaient là, tous les deux, flanc contre flanc, examinant les objets volants et les oiseaux, comme un vieux couple qui n'a pas besoin de construire des phrases pour bien se comprendre. Ils observèrent cette pause. C'était une époque où les esprits avaient encore du mal à concevoir le voyage aérien, le glissement silencieux, superbe, d'un engin manifestement plus lourd que l'air. Puis le soldat murmura :

– Viens, maintenant.

Gabriella Bruna ne se débattait pas. Ce qui allait suivre était inévitable et serait hideux. Elle n'avait qu'à traverser cela comme la parenthèse d'un mauvais rêve.

L'homme barricada la porte et il la conduisit dans un coin où jaunissaient quelques brassées de paille, sous les mangeoires, et, comme elle semblait ne plus protester contre son destin, il lui lâcha le coude et l'invita à s'allonger devant lui. Elle le fit. L'ombre n'était pas très dense. Il dégrafa son ceinturon, il alla le poser avec son sabre à plusieurs pas de là, au bas du mur, et, ayant ôté sa casquette, il voulut l'accrocher à une pièce de bois qui saillait, mais, sans doute parce que la fébrilité le gagnait, il n'y réussit pas. La casquette tomba, il ne la ramassa pas. Ensuite, il s'agenouilla dans la paille devant sa victime. D'une main, il remonta sa jupe, et, de l'autre, il tira vers ses chevilles le pantalon de coton qui, sous la jupe, lui protégeait l'entrejambes. Elle ne réagissait plus. On aurait pu croire qu'un maléfice l'avait privée de l'usage de ses tendons et de ses nerfs. Lui se méfiait toujours et, pendant un moment encore, il se demanda quelle fourberie elle ourdissait derrière une aussi spectaculaire docilité. Puis il fut persuadé qu'au fond cette prostration avait à voir avec un sens millénaire de la défaite, avec de la soumission femelle, avec de la soumission ancestrale et consentante. Cette méditation sur les femmes le rasséréna. Il finit de se déboutonner et il s'occupa de sa verge et, après qu'il eut disposé son bassin à elle d'une façon pratique pour lui, il entama quelque chose qui allait être, si on considère cette chose sous un angle abstrait, une relation entre leurs sexes.

Et ensuite, quand il en aura terminé ? se demanda Gabriella Bruna.

Elle avait mal, elle sentait en elle la brûlure sanglante et honteuse du viol, et sous son corps la dureté
meurtrissante du sol. Elle tentait de respirer comme
les vieux Ybürs le lui avaient enseigné, mais les
remugles de la litière et les particules voltigeantes de la
paille l'étouffaient. L'homme la chevauchait avec lourdeur. Il avait renoncé à la posture agenouillée du
début, qui le contraignait à un effort et l'empêchait
d'avoir les mains libres, et il s'était couché sur elle. Il
lui écrasait les seins et plantait ses doigts dans ses
épaules. Parfois il tirait sur les mèches de cheveux qui
s'étaient échappées de son chignon. Il soufflait fort.
Maintenant, il la regardait. Il avait entrouvert ses yeux
sibériens, il avait agrandi ses pupilles et il cherchait à
s'approprier ce qu'elle cachait, ce qui gisait intime-
ment au fond de son âme.

...Quand il en aura terminé ? comprit-elle. Mais
c'est tout simple : il se lèvera et, afin que tu n'ailles pas
te plaindre auprès de ses chefs, il te tuera.

Les remuements de l'homme devinrent plus
convulsifs. Il maugréa quelque chose de guttural et
ferma les yeux, puis il les rouvrit.

Sous la charpente et dans les interstices des murs,
le vent chantonnait. Les corbeaux griffaient les
ardoises. Vers le carrefour du Levanidovo, les obusiers
grondaient.

Après trois secondes de rigidité cadavérique, Gulmuz
Korsakov se ranima. Dans l'ombre on distinguait son

visage impavide. Déjà il avait renoué avec son habitude de ne pas regarder en face. Il se releva en examinant des brins de foin en équilibre au bord de la mangeoire. Elle sentit qu'il se retirait. Il s'était retiré. À présent il scrutait une toile d'araignée. D'abord il s'agenouilla, comme au début. Il s'essuyait la verge avec la main.

Tout était insupportablement calme.

Et maintenant ? demanda Gabriella Bruna.

Maintenant, prends-le de vitesse, dit Dondog. Tue-le, toi.

Elle était comme apathique. Lui, commençait à se rhabiller. Il se détournait. Sans dire un mot, sans un regard sur elle, il marchait avec lenteur vers l'endroit où sa casquette avait roulé.

Gabriella Bruna remua. Elle remonta son pantalon, elle triturait sa jupe, elle se tortillait pour remettre de l'ordre dans ses vêtements. Puis, sans transition, elle jaillit, allongea son corps et ramassa le ceinturon qui avait été abandonné au bas du mur. Voilà, elle s'était emparée du fourreau. Elle refermait la main droite sur le pommeau du sabre. Elle le tirait à toute vitesse. Voilà, elle se débarrassait du fourreau.

Puis elle fut debout, tenant le sabre dénudé derrière son épaule gauche, menaçant de décollation le soldat débraillé, qui avait bondi vers l'avant pour récupérer son arme puis vers l'arrière quand il avait vu sortir la lame, et qui sifflait comme une vipère.

Le fourreau ricochait encore par terre, le soldat sifflait comme un serpent; peut-être désirait-il ainsi troubler son adversaire, ou peut-être était-ce sa manière à lui de prier, une fois qu'il s'était rendu compte qu'il ne pourrait pas désarmer son adversaire. J'avais placé en effet Gabriella Bruna dans une position martiale idéale, redoutable, et, elle qui n'avait jamais manipulé d'arme blanche, elle se tenait en face de Gulmuz Korsakov comme une escrimeuse ayant assimilé des secrets séculaires. Elle avait les bras croisés sur le haut de sa poitrine et elle cachait entièrement derrière son dos le sabre qu'elle sentait vibrer à l'horizontale, aiguisé, vorace, comme animé d'une force autonome. C'est une garde que m'avaient enseignée des prisonniers japonais, dit Dondog.

Quand il est temps d'agir, ne laisse pas s'écouler un dixième de seconde, petite sœur, dit Dondog.

Gabriella Bruna détendit le bras droit et fit parcourir à la lame une vaste courbe fulgurante. Tout d'abord elle coupa les doigts de la main que le soldat avait projetée devant lui, par réflexe, sans doute avec l'illusion qu'il pourrait saisir l'arme au vol ou en freiner les effets. Puis elle lui trancha le cou.

Ne crois pas que cela suffise à ma vengeance, Gulmuz Korsakov, pensa-t-elle, puis elle eut un haut-le-cœur. Elle recrachait l'air sale qui sentait le décapité, le crottin de cheval, le sang, la paille souillée de moelle épinière et de purin, le sperme, qui sentait les bottes graissées pour l'exercice du petit matin, l'hymen flétri, les artères cisaillées à pleine vitesse, qui sentait le crime et la punition du crime.

Le corps s'était affaissé sous les mangeoires. Il ne glougloutait plus. Gabriella Bruna n'avait pas lâché le sabre. Elle en orientait la pointe vers le bas, comme pour piquer un obstacle qui se fût trouvé devant elle, à hauteur du genou. Elle évita quelque chose d'écarlate qui gisait à ses pieds, elle tira avec difficulté sur la barre qui bloquait la porte, et elle sortit.

Et maintenant, petit frère ? demanda-t-elle.

Je ne sais pas, dit Dondog. Maintenant, petite sœur, tu vacilles dans la cour, sous le soleil. Tes cheveux sont défaits, ta jupe est abîmée, déchirée, constellée d'éclaboussures affreuses. Tu sens des liquides froids couler en haut de tes cuisses. La jument tape du sabot à proximité, près du mur de brique. Elle malmène sa crinière, elle s'impatiente, elle a été, depuis le début, solidaire de son maître, elle oriente vers l'écurie des yeux saillants, ses yeux mécontents et fous, elle te lance un regard haineux, elle n'a été, depuis le début, qu'un double animal de son maître, aussi criminel que son maître.

Le sabre toujours en main, tu te diriges vers elle.

IX. AU BORD DE LA MOURDRA

Gabriella Bruna à présent était couchée, dit Dondog. Elle ne dormait plus. Elle suffoquait, dit Dondog. Son thorax imitait les mouvements de la respiration, mais ce qui s'engouffrait en elle ne lui était d'aucun secours. Elle voulut crier, sa bouche s'ouvrit toute grande. Au même instant, contre ses lèvres, contre ses gencives et ses dents vinrent se plaquer des kilogrammes et des kilogrammes de mufle et de naseaux, une viande plutôt guère velue mais très molle, odieusement froide et humide. À la place de l'oxygène, c'était cela qui arrivait. Sur son ventre et ses jambes, un quintal de carne s'était abattu et l'écrasait. Ses mains se mirent à nager de façon autonome, sans force, n'obéissant pas à l'ordre qui leur était donné d'écarter cette carcasse effrayante, puis elles retombèrent sur le lit. Aucun de ses muscles ne répondait. Elle essayait toujours de pousser un cri. Pas un son ne sortait à travers son visage, de dessous la montagne de chair qui lui

comprimait la poitrine. L'air gargouilla au fond de
sa gorge. Une glu chaude lui noyait les paupières.
Une masse étrangère s'était encastrée en elle, floue et
rougeâtre, sans envers ni endroit, une tête de cheval. Le
sang se mit à ruisseler, mais pas seulement en surface de
son corps. Il coulait à l'intérieur. Il coulait à l'intérieur
de ses épaules et de son cou. L'organisme animal se
fondait à elle.

Elle réussit à gémir.

La tête avait pris la place de la sienne. Elle pesait
une tonne. La tête n'avait plus besoin de respirer, elle
était sanglante et morte.

Elle entendit son propre gémissement. Puis elle se
réveilla.

Gabriella Bruna se réveilla, dit Dondog. Elle ouvrit
les yeux. Elle avait émergé dans une réalité plus rassurante. Un espace familier l'entourait, une pièce assez
petite, encombrée de dossiers administratifs, avec pour
humble décoration une plante verte sur une étagère
et un portrait de Dzerjinski pendu au mur. On se
trouvait dans une Unité de la Légalité révolutionnaire,
la Section 44B. Gabriella Bruna y avait été affectée
je ne sais quand, dit Dondog. Trois ou quatre ans
auparavant, ou peut-être un peu plus. Disons sept,
huit ans. Elle y passait la nuit pendant les périodes de
travail intense. Depuis la mort de sa fille, elle n'avait
plus jamais respecté les temps de repos auxquels elle

avait droit. Vingt-quatre heures sur vingt-quatre, avec une énergie fiévreuse, elle se consacrait à la lutte contre les ennemis du peuple, rentrant chez elle le plus tard possible et le moins souvent possible. Son appartement était exigu, encerclé de voisins bruyants et infesté de punaises. La Section 44B était pour elle un foyer plus agréable. Une banquette en faux cuir lui servait de lit de camp et, le matin, elle se lavait et se changeait dans les douches du sous-sol.

La veille au soir, le dernier interrogatoire terminé, elle s'était enroulée dans un plaid. La couverture avait glissé sur le sol. Elle la ramassa et la plia. Elle se frotta le visage, elle défroissa sa jupe. Maintenant elle était assise, fatiguée, incapable d'évacuer vers l'oubli les visions de son cauchemar. Elle avait encore la sensation que le sang de la bête se déversait dans le haut de sa poitrine.

Ainsi s'écoula une minute.

La lampe avait brûlé toute la nuit et continuait à brûler sur son bureau, mais il faisait déjà jour. En sus de l'odeur de laque surchauffée que le réflecteur émettait, dans la pièce flottaient les parfums policiers de la machine à écrire et des classeurs en carton où on rangeait les procès-verbaux de l'instruction criminelle, les confessions et les autobiographies, toute cette paperasse couverte de semi-vérités puantes arrachées une à une. Sur cela se greffaient les vapeurs que son corps avait exhalées, l'haleine de son mauvais sommeil.

Gabriella Bruna alla vers la fenêtre afin de renouveler l'air. C'était une double fenêtre récemment débarrassée des joints de mastic qu'on avait posés au début de l'hiver. Il y avait déjà un mois qu'il ne gelait plus à pierre fendre. Les bourgeons dehors s'épanouissaient, l'herbe était réapparue. Derrière les sorbiers, des réfugiés chinois s'exerçaient au taijiquan avec une lenteur de scaphandriers. Le groupe comptait huit ou dix personnes d'âge divers. Leur technique était moyenne. Il était tôt, l'animation n'avait pas encore gagné l'avenue. Un tramway passa, argenté, le long des eaux noires de la Mourdra. Le vert nouveau sur les tilleuls était d'une délicatesse attendrissante, en tout cas qui donnait envie de s'attendrir. Sur l'autre rive de la Mourdra se dressait une deuxième Unité de la Légalité révolutionnaire, la Section 44C. Les vitres du bâtiment reflétaient le ciel gris bleu. C'était beau.

Un agréable souffle de printemps pénétrait à présent dans la pièce. Gabriella Bruna éteignit la lampe.

Derrière la cloison, elle entendit des gens qui circulaient. Des portes s'ouvraient, des salutations s'échangèrent. La relève du matin arrivait, sa première vague, mais, en réalité, l'activité routinière n'avait pas cessé et continuait. Le rythme de travail ici ne fléchissait pas durant les heures obscures. Gabriella Bruna n'était pas la seule du service à ne plus rentrer chez elle pour dormir, car, même si la criminalité ne cessait de baisser dans les statistiques, le nombre d'affaires impliquant des ennemis du peuple augmentait. Dans les sections de la Légalité révolutionnaire, on avait depuis longtemps aboli la distinction entre les tâches diurnes et les tâches nocturnes.

Il devait être six heures. Dans le bureau contigu, celui de Jessie Loo, la radio diffusait une émission de gymnastique pour les lève-tôt. Gabriella Bruna tourna le bouton du haut-parleur qui était accroché à droite de Dzerjinski. Une ambiance musicale de salle de sport envahit la pièce. Avec docilité, elle écouta les injonctions de l'instructeur et elle fit en cadence quelques flexions, des étirements. Seulement alors, elle sentit que se dissipait en elle l'angoisse provoquée par son rêve. Elle agita les bras et elle sautilla encore une minute, jusqu'à l'arrivée de Jessie Loo.

Sans frapper, Jessie Loo entra. Elle avait été belle autrefois, elle avait été une femme mûre et magnifique au temps légendaire de la révolution mondiale, mais, maintenant, tant d'années plus tard, elle commençait à ressembler à ce qu'elle était et à ce qu'elle avait toujours été, une vieille chamane en uniforme de tchékiste, une vieille chamane sans âge déguisée en tchékiste hors du temps, stricte, soignée, d'une beauté peut-être moins évidente au premier coup d'œil, mais ensuite, si, évidente : une vieille chamane asiate, immortelle, inquiétante et belle.

— Tout à l'heure, je t'ai entendue crier dans ton sommeil, dit-elle.

— Oui, dit Gabriella Bruna. Je rêvais que je mourais étouffée sous une carcasse de jument.

— Ah, c'est pour ça que tu hennissais, dit Jessie Loo.

— Bah, protesta Gabriella Bruna.

— J'ai pris un plateau à la cantine, dit Jessie Loo. Viens boire un thé à côté. Ça te réveillera.

Gabriella Bruna se recoiffait. Elle regardait par la fenêtre tout en se promenant la main dans les cheveux. Quelque part sur la droite de l'image, un soleil de printemps était en train de naître. La Mourdra luisait comme un fleuve de bitume. Par comparaison, l'avenue semblait seulement gris sale. Les Chinois venaient de terminer leur séance de taijiquan. Ils s'égaillaient.

— Tu as dormi ici, toi aussi ? demanda Gabriella Bruna.

— Oui, mais je suis rentrée faire ma toilette à la maison, dit Jessie Loo. Je n'aime pas prendre une douche ici. Les hommes nous regardent.

— Oh, les hommes, dit Gabriella Bruna.

Elles sortirent dans le couloir et rejoignirent le bureau de Jessie Loo. La radio en avait fini avec les élongations et les ciseaux. Maintenant elle diffusait des chants de Komsomols. Nous avions vaincu sur toute la planète, en ces temps de victoire qu'il est difficile aujourd'hui de se représenter, dit Dondog. L'univers radieux du travail et des collectifs fraternels s'était étendu à toute la surface du globe, sans exception ou presque. Le soleil brillait, sur la terre pacifiée les peuples s'entraidaient. Voilà en quels termes s'époumonaient nos Komsomols. Tout en ayant la simplicité des marches pour soldats, la mélodie puisait son inspiration dans les harmonies propres aux mélodies oudmourtes et tchouvaches, pleines de la nostalgie des steppes, et, finalement, elle véhiculait autant d'enthousiasme que d'images de prairies sans limites, aux herbes hautes, ondulant sous le vent et somptueuses. C'était donc une musique dangereuse, estime Dondog.

Pernicieuse, même, dit-il. On se laissait gagner par des sentiments de plénitude, par l'immensité épique, et on ne se rendait pas compte que les ennemis du peuple continuaient à mener contre nous une lutte vicieuse, et que, en dépit des camps que nous avions installés partout, les contre-révolutionnaires de toute obédience, y compris ceux qui nous donnaient à présent des ordres, avaient de nouveau rassemblé leurs forces et avaient désormais assez d'influence pour faire s'écrouler ce que nous avions commencé à construire. Les tierces et les quintes diminuées des cadences oudmourtes cachaient cela. À moins d'avoir l'oreille sensible, on en arrivait à ne plus entendre combien ceux qui nous dirigeaient avaient dérivé loin de nos rêves originels, à quel point ils nous trompaient et nous dirigeaient mal. Or ils nous dirigeaient déjà terriblement mal, dit Dondog. Ils avaient renoncé à tout dessein égalitariste et ils s'accrochaient au pouvoir avec pour seule justification la misérable idée de régner encore, coûte que coûte, dit Dondog. Le chœur martial des Komsomols et son romantisme communicatif nous empêchaient de percevoir clairement l'idiotie catastrophique de nos chefs. Car les soi-disant guides et timoniers et responsables de la révolution nous entraînaient vers le barbare et vers le pire, dit Dondog. Ils allaient dans cette direction, déjà cyniquement persuadés qu'il faudrait, à un moment où à un autre, restaurer les vieilles saletés et rétablir les vieilles saloperies, dit Dondog.

Puis il change de ton. Excusez-moi, je me suis échauffé, dit-il.

Jessie Loo referma la porte, reprend-il.

Elle baissa le son de la radio. Deux verres de thé fumaient sur le radiateur, et, au milieu des copies d'interrogatoires et des listes de prisonniers, une assiette de biscuits trônait. Il y avait aussi sur le plateau de la cantine une pyramide de pommes vertes, guère plus grosses que des noix. Le bureau de Jessie Loo ne rompait pas avec la monotonie spartiate qu'on observait dans la Section 44B quel que fût l'étage et quel que fût le grade du fonctionnaire : une répartition policière de l'espace, des étagères croulant sous les archives tchékistes, et du matériel robuste, y compris, sans doute, dans le premier tiroir venu, un pistolet destiné aux opérations mouvementées – ou au suicide, pour le cas où on y était acculé par une enquête interne. Or, par suite d'une subtile modification dans les détails, on avait l'impression que ce bureau n'avait pas beaucoup de rapport avec le reste du bâtiment. C'était comme si on avait atteint un lieu de réalité intermédiaire. Je ne sais pas bien expliquer cela, dit Dondog. On avait l'impression d'avoir pénétré dans un sas qui communiquait d'un côté avec la réalité banale, datée et localisée, et de l'autre avec une réalité magique, où les notions d'espace, de passé, d'avenir, de vie et de mort perdaient une bonne partie de leur signification.

J'explique mal, dit Dondog. Rien, dans la pièce où travaillait Jessie Loo, ne la différenciait d'un local administratif ordinaire. Elle n'était même pas décorée de façon spéciale, aucun matériel chamanique n'y était remisé, ni tambour plat, ni ceinture de sonnailles, ni couronne en peau de belette. Et pourtant, ce matin-là, dès que Gabriella Bruna eut pénétré dans le bureau de Jessie Loo, elle sut qu'elle avait quitté une première sphère concrète du monde et qu'elle venait d'accéder à une deuxième sphère, parallèle.

Elle jeta un coup d'œil par la fenêtre.

Le paysage n'était plus le même que celui qu'elle avait contemplé depuis le bureau voisin. Il lui ressemblait, certes, mais seulement en partie. Le long de la Mourdra, les rails du tramway avaient disparu. Des pylônes se dressaient de part et d'autre des eaux noires, car un téléphérique à présent reliait les deux sections de la Légalité révolutionnaire. Des cabines se balançaient au-dessus de la rivière Mourdra, s'approchaient, s'éloignaient.

Elles étaient peu nombreuses et, pour la plupart, elles étaient rouillées, déglinguées et vides. Les poulies grinçaient en haut des constructions de fer. Le ciel était couvert, le soleil ne rayonnait pas sur la droite de l'image. Aucune rangée de sorbiers ne décorait les allées ou les trottoirs. L'herbe était jaune. Parmi les rares individus qui longeaient la rivière, on remarquait un berger qui poussait trois yacks.

— Bruna, dit Jessie Loo. J'ai une surprise pour toi.

— Ah, dit Gabriella Bruna. Une bonne ou une mauvaise ?

— Tu verras, dit Jessie Loo. On va d'abord se restaurer. Tu as faim ?

— Oui, dit Gabriella Bruna.

— On va d'abord déjeuner, dit Jessie Loo.

Elles burent leur thé, grignotèrent les sablés durs et rances, les pommes acides. Elles partagèrent un bocal de lait caillé que Jessie Loo avait acheté à une marchande devant la gare routière, elles comparèrent la qualité des yoghourts de la cantine et celle des laitages qui venaient de la rue. Elles bavardèrent. Dehors, les cabines parfois s'immobilisaient un moment au-dessus de la Mourdra, suite à des incidents dans le moteur, dans l'enroulement des câbles.

Succédant aux Komsomols, une chanteuse lyrique accapara le micro. Elle interrogeait, très haut au-dessus de sa tête, le vol triangulaire des oies sauvages, elle se plaignait de ne plus avoir de nouvelles de son bien-aimé, puis, après un bulletin météorologique (il avait gelé cette nuit sur les rives du lac Hövsgöl), une chorale féminine réaffirma, avec des accents d'une sincérité non feinte, notre foi en l'avenir.

— Tu sais, dit Jessie Loo. Ici, la révolution a échoué. Ça va devenir de plus en plus dégradant et terrible.

— Quoi, ça ? fit Gabriella Bruna.

Jessie Loo répondit par un geste. Elle montrait à la fois la Section de la Légalité révolutionnaire, l'extérieur, la ville tout entière et la planète tout entière.

— Tout ça, dit-elle.

Gabriella Bruna acquiesça en silence. Elle examinait un groupe qui venait de s'installer au bord de la Mourdra, à l'écart du téléphérique. C'étaient une fois encore des silhouettes chinoises, et, de nouveau, elles reproduisaient au ralenti un combat contre des tueurs dotés d'une résistance exceptionnelle, mais leur technique était dix fois meilleure que celle des pratiquants de tout à l'heure. Il s'agissait, en fait, exclusivement de femmes, de vieillardes coriaces, autoritaires, habillées de guenilles noires. Leur style était sobre, leurs gestes impeccables. Elles se souciaient moins d'élégance que d'efficacité. Elles veillaient surtout à ne laisser aucune chance à leurs imaginaires adversaires, et, lorsqu'elles en avaient frappé un, elles se baissaient vers le trottoir et elles l'achevaient.

— À partir de maintenant, il va falloir se débrouiller, reprit Jessie Loo. Il faudra s'installer en permanence dans l'état de transe chamanique. Autrement, si on ne glisse pas d'une existence à une autre, en confondant volontairement la vie d'avant la mort et la vie d'après la mort, je ne donne pas cher de notre peau.

— Tu veux dire qu'on est menacées par une enquête interne ?

— Pas dans l'immédiat, dit Jessie Loo. Pas que je sache. Mais ça viendra.

— Oui, dit Gabriella Bruna. Ça va venir. On n'a aucune chance d'en réchapper.

— Je ne parle pas tellement pour moi, dit Jessie Loo. Moi, je vais survivre. Je survivrai toujours. Ici ou dans un camp, comme gardienne ou comme détenue, tu vois ?... Je m'arrangerai toujours pour survivre à tout pendant un ou deux siècles encore. Ça fait partie de ma nature profonde. Mais c'est pour toi que je parle, Bruna. C'est pour toi que ça deviendra de plus en plus difficile. Il faut que tu changes d'air.

— J'ai déjà vécu pire, dit Gabriella Bruna. Les guerres, la famine, l'extermination des Ybürs. Moi aussi, j'ai l'impression que je survivrai toujours.

— Bah, dit Jessie Loo, peut-être que oui. Mais peut-être que non. Tu ne possèdes pas toutes les techniques nécessaires.

— Apprends-les-moi, dit Gabriella Bruna.

Jessie Loo secoua la tête avec indulgence. Elle alla redresser le portrait de Dzerjinski, qui penchait un peu. Juste à côté, elle avait épinglé la photographie

des extrémistes les plus chers à son cœur : Vassilissa
Lukaszczyk, Tarik Djaheen, Ogon Platonov, Mahalia
Kahn, et quelques autres que je n'eus pas le temps
de reconnaître, dit Dondog. Sa main effleura Ogon
Platonov, elle l'effleura presque amoureusement.

— Ça ne s'apprend pas, dit-elle.

— Oui, je sais bien, soupira Gabriella Bruna.

Elle ne regardait plus les cabines pourries du téléphérique, ni les vieilles Chinoises qui paraient à main
nue les coups d'épée et y ripostaient par des saisies
faciales et des bris de vertèbres. Elle alla s'asseoir dans
le fauteuil de Jessie Loo. Elle avait épousseté les miettes
de biscuits. Elle se mit à feuilleter des listes de noms.

— Qu'est-ce que c'est, cette liste ? demanda-t-elle.

— Laquelle ? demanda Jessie Loo.

— Irena Soledad, Nora Makhno, lut Gabriella Bruna.
Éliane Hotchkiss, Éliane Schust, Maggy Kwong…

Elle s'interrompit. Il y en avait encore une dizaine.

— J'ai mis Éliane Hotchkiss ? demanda Jessie Loo.

— Oui, vérifia Gabriella Bruna.

— Pour celle-là, je ne suis pas sûre, dit Jessie Loo.

— Mais, c'est qui, ces femmes ? insista Gabriella
Bruna.

Jessie Loo prit un air entendu, comme si elle se
préparait à lâcher une plaisanterie, mais, finalement,
elle ne lâcha rien. À mon avis, elle était incapable de
répondre, dit Dondog. Elle avait dû puiser ces noms
dans un rêve, et elle n'en savait pas plus.

– Tout ça, c'est pour plus tard, et ça ne te concerne pas, dit Jessie Loo. Regarde plutôt ce dossier, là, sous le lait caillé.

– Ah, oui, c'est vrai, la surprise, dit Gabriella Bruna.

Elle écarta le bocal, elle retourna la chemise cartonnée et elle lut le nom de l'affaire, le nom du suspect, calligraphié à l'encre violette comme on le faisait alors dans la police, une combinaison de caractères qu'elle n'avait cessé d'espérer lire depuis qu'elle travaillait avec la Légalité révolutionnaire, depuis que jour et nuit elle manipulait des procès-verbaux d'instruction et depuis que sous ses yeux défilaient des listes de détenus, de prévenus, de témoins, de meurtriers, de voleurs, de brutes, de criminels politiques, de proxénètes, de propagandistes de l'économie capitaliste, d'ennemis du peuple, de trafiquants, de sadiques, d'empoisonneurs. Elle lut ce nom qu'elle exécrait depuis une époque qui remontait à avant la révolution mondiale. Un nom de violeur. Gulmuz Korsakov.

– Gulmuz Korsakov, souffla-t-elle.

Les yeux de Jessie Loo pétillèrent.

– Korsakov est un nom très commun, dit-elle.

– Pas associé à ce prénom, dit Gabriella Bruna.

Le dossier Korsakov commençait par une fiche signalétique dépourvue de photogramme et qui ne signalait rien, sinon une cicatrice sous la mâchoire. Venait ensuite une notice biographique. Korsakov avait traversé la guerre sans blessure, d'abord dans la cavalerie puis dans un détachement disciplinaire. Il avait participé à la guerre civile sans se tromper de camp, mais ses faits d'armes aux côtés de la révolution mondiale étaient fort maigres et, en regard de la rubrique extermination des Ybürs, l'enquêteur avait inscrit : « activités douteuses ». Au cours des quinze dernières années, il avait occupé des emplois sans qualification. Actuellement, il travaillait comme gardien. C'est parce que des marchandises disparaissaient dans le magasin où, la nuit, il effectuait des rondes, qu'il avait affaire aux magistrats.

— Il est en face, dit Jessie Loo.

— Dans la 44C ? demanda Gabriella Bruna.

— Oui. Ils vont le transférer chez nous sur ma demande. Ça leur est égal de nous refiler le dossier et le bonhomme.

— Gulmuz Korsakov… dit Gabriella Bruna. Après tant de temps, savoir que ce type est maintenant entre mes mains. Ça arrive si brusquement, c'en est presque irréel…

— J'espère que tu vas lui en faire baver, dit Jessie Loo.

— Ne t'inquiète pas, dit Gabriella Bruna.

Derrière la fenêtre, les cabines du téléphérique n'avançaient pas, mais elles se balançaient au-dessus de la Mourdra, entre les pylônes d'une laideur métallique repoussante. Elles étaient peu nombreuses, je l'ai déjà dit, et majoritairement hors d'usage, certaines réduites à l'état de squelettes, d'autres déchiquetées par des balles, sans doute lors d'une ou de plusieurs évasions. Les épaves n'avaient pas été retirées et elles donnaient à l'ensemble du système un aspect calamiteux. Aucune vitre n'était intacte, dans la plupart des fenêtres ne subsistaient que des brisures tremblotantes. En réalité, il y avait seulement deux cabines encore utilisables. Depuis le bureau de Jessie Loo, on ne voyait pas l'endroit précis de la Section 44C d'où elles commençaient leur voyage circulaire, ni la station qui, dans la Section 44B, les recevait et les renvoyait.

Théoriquement, le téléphérique était un moyen idéal pour échanger des dossiers ou des prisonniers entre les deux bâtisses, mais, dans la pratique, il comportait des désavantages. Quand un transfert avait lieu, le prisonnier était flanqué de deux miliciens et il était cadenassé à un montant de fenêtre ou au plafond. Dans l'étroite cabine, les trois hommes étaient debout, la peur au ventre, car tout grinçait, craquait et bringue-balait autour d'eux de façon sinistre. Souvent, et, en particulier, lorsque les moteurs devaient tirer une charge humaine supérieure à un individu, la rotation s'interrompait pour cause de panne. Il fallait rester longtemps en suspens, à la verticale des eaux goudronneuses de la Mourdra, ou un peu plus loin, juste au-dessus de la terre inhospitalière, dure, parfois par un temps détestable, sous les bourrasques de neige ou tandis que la foudre frappait les pylônes les plus proches, ou par temps calme, mais dans une situation ridicule, exposés au regard sans complaisance des promeneurs, des bergers, des réfugiés chinois, des yacks. Après un quart d'heure de pénible attente, on entendait enfin le début des opérations de secours. Des ouvriers ou des tchékistes cognaient sur des parois et des rouages de fer. Ils obtenaient le réveil des moteurs pendant une seconde, une demi-seconde, rarement plus, accompagné d'un tangage terrible et d'une secousse criarde des câbles, puis le système se bloquait de nouveau. Il fallait longtemps pour arriver à bon port.

Autre incident fréquent lors des transferts, les gardiens parvenus à destination n'avaient pas le temps de décadenasser le prisonnier avant que la cabine, un instant immobilisée, se remît en marche dans l'autre sens, en direction de son point de départ. Les miliciens se trouvaient alors séparés de leur prisonnier qui repartait seul, effectuait une rotation complète puis revenait, six minutes plus tard, ne sachant trop ce que l'aventure lui avait apporté, un moment de liberté ou un moment de froid, de vide, de peur, de solitude et d'abandon.

— Je vais bien m'occuper de lui, dit Gabriella Bruna. Il va regretter d'avoir vécu.

— Ne lui fais pas de cadeau, dit Jessie Loo. Donne-lui la nostalgie d'une mort inaccessible. Et ensuite, on réglera ton avenir, à toi. J'ai tout prévu. Je vais t'envoyer

aux Trois-Museaux. Je signerai un ordre de mission pour
que ta disparition soit naturelle. Tu resteras là-bas.

— Combien de temps ?

— Je ne sais pas. Le temps que la révolution mondiale
ressemble à autre chose que ce ratage. Ça peut durer
longtemps.

— Les Trois-Museaux, répéta Gabriella Bruna rêveu-
sement.

C'était la première fois qu'elle entendait mentionner
l'endroit.

— C'est loin, dit Jessie Loo. Dix-neuf jours de téléphérique, trente jours dans des péniches et des trains,
quinze semaines de marche.

— Bon, dit Gabriella Bruna.

— C'est au-delà des camps, prévint Jessie Loo. Si
jamais tu essaies de revenir, il faudra traverser les camps.
Il faudra que tu séjournes dans les camps. Douze,
quinze ans. Je te dis ça pour que tu aies une idée.

— Bon, dit encore Gabriella Bruna.

— Aux Trois-Museaux, tu seras accueillie par un
homme incomparable, dit Jessie Loo. Un ami à moi, un
ami très cher, Toghtaga Özbeg. Nous nous rencontrons
en rêve depuis toujours. J'ai encore rêvé de lui il y a
deux nuits. Ses compagnons de camp l'ont surnommé
Toghtaga Özbeg le Grand. Quand tu le verras, dis-lui
que je pense à lui nuit et jour. Essaie de ne pas trop vite
t'amouracher de lui. Si tu t'amouraches de lui, n'oublie
pas que je pense à lui nuit et jour.

– Compris, dit Gabriella Bruna.

Bien que Jessie Loo fût en train de lui confier des informations essentielles, elle ne parvenait pas à s'intéresser en même temps à ce chamane incomparable qui vivait au-delà des camps, dans les rêves de Jessie Loo, et à Gulmuz Korsakov, cet homme détesté qui n'avait vécu, dans ses rêves à elle, que pour subir une vengeance, et qu'elle allait maintenant terroriser et briser, sans jamais le faire mourir, jusqu'à ce qu'il regrette de ne pouvoir mourir.

Gulmuz Korsakov fut transféré avant midi à la Section 44B. L'escorte une fois repartie par téléphérique, on le conduisit directement dans le local des interrogatoires, où Gabriella Bruna l'attendait. La pièce était située en sous-sol, derrière la chaufferie et les douches. Un tabouret vissé au sol était prévu pour le suspect, en face d'une table où l'enquêteur pouvait s'appuyer, prendre des notes ou boire tranquillement son thé pour meubler le silence ou les cris. Gabriella Bruna fit menotter Gulmuz Korsakov au tabouret et elle ne demanda pas à la sentinelle de rester présente, car dans l'immédiat elle n'avait pas l'intention de faire tabasser Gulmuz Korsakov. Il avait probablement déjà été malmené pendant son incarcération dans la Section 44C, et, pour l'instant, les mauvais traitements ne s'imposaient pas.

Elle fit répéter à Gulmuz Korsakov les éléments qui figuraient déjà sur sa fiche biographique. L'homme n'était pas bavard, mais il répondait aux questions qu'on lui posait. À tout moment, elle pouvait faire assommer cet homme, elle pouvait le faire battre, elle pouvait clore l'affaire en inscrivant dans le dossier des allégations qui le mèneraient devant un peloton d'exécution ou dans un camp à régime sévère.

– Vous savez, Gulmuz Korsakov, dit-elle. Ce n'est pas à cause des vols de marchandises que vous êtes ici.

L'homme ne réagit pas. Plusieurs nuits de prison avaient suffi à le rendre fataliste. Ne disposant plus d'aucun pouvoir sur son destin, il attendait que l'institution lui dictât la conduite à suivre, qu'elle choisît à sa place les conditions de sa survie ou de sa mort. Il savait qu'à tout moment on pouvait le tuer ici même ou dans une cave quelconque, et, au fond, son unique grand espoir désormais était de tenir jusqu'à la fin de l'instruction, et d'atteindre la brève minute de comparution devant un tribunal, où on lui signifierait sa peine.

Gulmuz Korsakov était à présent un quadragénaire finissant, au physique banal, avec un visage aux traits un peu lunaires et, derrière des paupières bridées, noircies par l'insomnie carcérale, un regard qui obliquait de façon fourbe. Quand il parlait, il ne posait pas les yeux sur son interlocutrice. Il levait la tête vers elle, mais il fixait un point situé au-delà d'elle. Sans ce refus caractéristique de croiser le regard avec le sien et sans la cicatrice sous le menton que signalait sa fiche anthropométrique, Gabriella Bruna aurait eu du mal à reconnaître le cavalier qui, un quart de siècle plus tôt, l'avait poursuivie et violentée.

Soudain elle eut envie de lui dire : Gulmuz Korsakov, espèce d'ordure, espèce de chien lubrique, vous avez été le père d'une petite fille que j'ai portée, que j'ai élevée pendant dix-huit ans et qui est morte. Mais elle ne dit rien. Elle revoyait, en vrac, la dernière semaine d'août à Ostrowiec, la jument qui se cabrait dans la cour de l'usine, le viol dans l'écurie, le lendemain du viol, les bombardements d'artillerie de la fin août, les convois militaires, les batailles perdues, l'exode. À cela vinrent se superposer aussitôt les chemins qui menaient vers l'est, ce long périple, cette invraisemblable errance ayant pour objectif mythique les plaines de l'Ourchane, les petites capitales provinciales de la Bielaya, les hameaux tranquilles qui se reflètent dans la Siougne, la Djilime. Elle avait zigzagué à pied d'une route à l'autre, avec les Vassiliev pour commencer, puis sans eux, à partir du moment où ils avaient appris qu'elle était enceinte.

Mille images scintillaient en même temps dans le tremblement désordonné de sa mémoire. Elle se rappelait avec une netteté affolante les bivouacs sales, l'hiver passé à Berezniatchki avec un groupe de réfugiés tsiganes, elle revoyait des épisodes atroces d'extermination, puis l'accouchement, plus tard, près de l'horrible rivière Ourguille. Et d'autres images déferlaient, le nettoyage ethnique, les boucheries où des têtes d'Ybürs étaient pendues à des crochets, les gibets pour Ybürs, les fosses gluantes de sang, puis la tempête consolatrice de la révolution mondiale, les guerres civiles brûlant en même temps sur tous les continents. Et déjà dans cette fresque apocalyptique surgissait la figure de Jessie Loo, déjà brillait l'amitié de Jessie Loo, cette femme qui l'avait rejointe au cœur de l'extermination et avec qui elle avait partagé le bonheur du triomphe de la révolution mondiale, et qui ensuite n'avait cessé de l'accompagner et de la soutenir, recourant de plus en plus souvent à la magie au fur et à mesure que sa malheureuse fille grandissait et sombrait dans la schizophrénie, et au fur et à mesure que la révolution s'approfondissait, que la révolution s'étendait et prenait des formes imprévues, démentes et affreuses, absurdes et affreuses, concentrationnaires et affreuses.

Elle aurait voulu maintenant se jeter sur Korsakov et hurler au-dessus de lui, le terroriser, crier ou chuchoter au-dessus de Gulmuz Korsakov : Après le crime d'Ostrowiec que vous avez commis sur moi, une petite fille a été mise au monde pour souffrir, pour avoir peur et pour mourir. Votre fille n'a rien connu de la vie, sinon le cauchemar d'être enfermée en elle-même et en ses rêves. Elle est morte à dix-huit ans, après dix-huit ans d'isolement, elle est morte sans avoir parlé à quiconque, sinon à elle-même. Et, cette créature misérable, que j'ai longtemps refusé d'aimer mais qu'ensuite j'ai aimée de toutes mes forces, j'ignore où elle est recluse depuis sa mort. Elle ne fait pas signe, elle s'est perdue. C'est ce qui peut arriver de pire. Je ne la retrouve pas dans l'espace noir quand je la cherche chamaniquement, avec ou sans l'aide de Jessie Loo. Il est possible qu'elle n'existe plus, ni dans l'espace noir ni ailleurs, contrairement à vous, Gulmuz Korsakov, et c'est tellement injuste que cela aussi je vais vous le faire payer, Gulmuz Korsakov. Je vais faire en sorte que votre mort se déroule dans l'effroi et dans le dégoût de vous-même, Gulmuz Korsakov, et je m'arrangerai pour que cette mort dure infiniment, même si je ne suis plus là pour vous l'infliger personnellement. Cette mort sera pour vous le début d'une longue existence sans issue. Sans perspective et sans issue. Je vous préviens, Korsakov, ce ne sera pas une promenade agréable. Voilà ce qu'elle aurait voulu crier.

Mais, pendant un moment, elle ne dit rien.

Elle examinait le prisonnier qui fixait toujours le même coin du mur, avec obstination, comme s'il était aveugle ou déjà exécuté. C'était un homme sans importance, enchaîné à un tabouret, vil et taciturne, mais qui d'autre peut-on écraser, contre qui d'autre, finalement, peut-on exercer sa vengeance, sinon contre de tels êtres ou contre les blattes, dit Dondog, pour reprendre le terme qu'utilisent les détenus et les gardiens quand ils tentent de se situer eux-mêmes sur l'échelle animale ou humaine, contre qui d'autre?…

Elle se préparait à lui annoncer qu'elle allait lui en faire voir de toutes les couleurs pendant les séances d'interrogatoire, et qu'ensuite, lorsqu'il aurait écopé d'une peine très lourde, elle veillerait à ce qu'on le tue plusieurs fois au cours de son séjour en camp, jusqu'à ce qu'il soit si totalement métamorphosé en blatte que quelqu'un finirait par l'écrabouiller par inadvertance sous sa chaussure. Et elle désirait lui expliquer aussi que très bientôt elle allait entreprendre un déplacement magique loin des désastres de la révolution. Je vais partir, s'apprêtait-elle à chuchoter méchamment devant Gulmuz Korsakov, je vais voyager dix-neuf jours en téléphérique, trente jours dans des péniches et des trains, et après cela marcher et cheminer durant quinze semaines. J'atteindrai un havre magique où la révolution et les camps seront plus purs, plus propres. Et, une fois là-bas, je m'arrangerai pour obtenir votre transfert, Gulmuz Korsakov. Je m'arrangerai pour qu'on vous transfère au lieu-dit Les Trois-Museaux, et vous serez de nouveau à ma merci. Elle ne savait pas encore comment elle mettrait sa menace à exécution, mais elle savait qu'à partir du moment où il serait aux Trois-Museaux, elle lui en ferait baver le plus possible, qu'il soit déjà mort ou non, encore vivant ou non, capable de bouger et de penser librement ou non, capable de se libérer de ses cauchemars ou non. Elle avait cela au bord des lèvres.

Dans un premier temps, tu pouvais le faire assommer

à coups de crosse, petite sœur, suggère Dondog. Il suffisait d'appeler le soldat qui se trouvait derrière la porte.

Mais elle n'arrivait pas à parler.

Elle pouvait, raconte Dondog, le faire assommer à
coups de crosse, elle pouvait l'accuser de sabotage
contre-révolutionnaire et de tentative d'évasion, elle
pouvait lui confier, avec des intonations sarcastiques ou,
au contraire, sans aucun théâtre, d'une voix neutre, tout
ce qu'elle avait au bord des lèvres. Elle savait qu'elle
ferait cela. Mais, dans un premier temps, elle n'arrivait
pas à parler, et elle le dévisageait sans rien dire.

X. LES TROIS-MUSEAUX

Le chauffeur était petit, avec un regard hargneux et des joues grêlées par des cicatrices de variole. Il s'approcha de la portière avant de l'autocar et il pressa le bouton rouge qui commandait l'ouverture pneumatique. La porte soupira violemment et se replia violemment pour lui laisser le passage. Il monta et il se réinstalla derrière son volant, l'air renfrogné, tenant à montrer que le délai imparti pour la visite lui semblait trop généreux et qu'il avait hâte de reprendre la route. À sa suite, les touristes retournèrent s'asseoir à leur place, par petites fournées ou par couples. Ils essayaient de caser dans les filets à bagages les objets qu'ils venaient d'acheter sur la place du village, des plateaux tressés ou des paniers qui déjà se révélaient encombrants et inutiles. Ceux qui n'avaient rien acheté racontaient ce qu'ils avaient vu aux deux matrones endimanchées qui étaient restées dans le car pendant la halte. Elles avaient refusé de quitter leur fauteuil, sous prétexte que leurs jambes avaient enflé pendant le voyage, alors que leurs jambes étaient en réalité déjà enflées au début du voyage et que, si elles avaient renoncé à la visite, c'était tout simplement parce qu'elles avaient eu peur du village, peur à cause des fadaises que la guide avait débitées, et peur des autochtones dont elles ne parlaient pas la langue.

Sur la place du village, l'animation à présent n'était plus qu'un souvenir. La marchande d'artisanat donnait l'impression d'attendre encore près du tourniquet des cartes postales, mais plus aucun chaland ne venait déranger les boules de verre coloré, les théières en cuivre et les T-shirts. Avec la pâtisserie, la boutique d'artisanat avait connu la plus grosse affluence. Bien qu'ayant quartier libre pour une demi-heure, les touristes ne s'étaient pas égaillés dans les ruelles. Ils avaient préféré s'attarder devant les commerces en conservant le car au coin de l'œil, et surtout sans trop s'éloigner de la guide. Celle-ci, après avoir narré deux anecdotes prétendument historiques, s'était appropriée l'unique table de terrasse de la pâtisserie, et elle y avait passé une demi-heure à boire une grenadine. Si on résume, la plupart des touristes avaient flâné exclusivement sur la place. Ils avaient pris en photo l'ancienne Maison du Peuple, anxieux de retrouver dans leur objectif la même lumière et la même composition que celles des cartes postales en vente dans le village. Ils avaient aussi immortalisé les corbeilles en rotin empilées devant la vannerie, et ils s'étaient photographiés les uns les autres devant le car et à côté de la guide.

Jeune et jolie, vêtue comme une inspectrice de camp un jour d'enquête internationale, la guide nourrissait à notre égard une vive aversion, qu'elle avait réussi à transmettre aux passagers du car grâce à des allusions humoristiques bien ciblées. Ses sarcasmes avaient vite allumé chez eux le carburant raciste, toujours prêt à flamber dans le moteur humain quelles que soient les circonstances. Tous les désagréments du voyage nous avaient été imputés et, dans le car, l'atmosphère avait pris des formes de plus en plus agressives. Avant de descendre, par exemple, on nous avait accroché dans le dos des pancartes signalant sans ambiguïté que nous étions Ybürs.

L'étape du village nous avait permis de souffler un peu. Nous savions qu'une fugue était impensable et qu'il nous faudrait bientôt remonter dans le car, mais nous avions ressenti du soulagement en posant le pied sur la terre desséchée du parking, en face de la Maison du Peuple. Nous avions fait semblant d'écouter la brève conférence imbécile de la guide, et ensuite, sans tenir compte de ses avertissements, nous avions entrepris d'explorer le village par nous-mêmes.

Au début de la visite, nous étions six, mais, assez rapidement, deux d'entre nous s'étaient fait acculer dans un coin par des paysans. On les avait écharpés à la machette, on leur avait fendu les mains et le visage,

et, pour finir, leurs cadavres avaient été traînés sur
le sol répugnant, parmi les brins de paille crottée, dans
l'huile de moteur, dans la poussière. Sur la pancarte
qu'un des cadavres avait encore au cou, les paysans
avaient écrit avec du sang : Y A PLUS L'ERREUR. Une
troisième victime, une adolescente nommée Sabiha
Baalbekian, avait disparu dans les toilettes muni-
cipales. Elle avait eu besoin de s'isoler et, pour la rassurer, nous lui avions promis de ne pas nous éloigner
et d'attendre qu'elle ressorte. Nous ne pouvions pas
l'accompagner, puisqu'elle était entrée dans le bâtiment des femmes. Au bout de dix minutes, comme
elle n'avait pas donné signe de vie, nous nous étions
enhardis et, sur la pointe des pieds, nous étions entrés
dans la partie réservée aux femmes. Nous l'appelions
en chuchotant. Toutes les portes étaient ouvertes.
Il n'y avait personne dans les latrines, et, parmi les
macules d'excréments et de sang, rien n'était clairement
identifiable.

Nous n'étions plus que trois : Schlumm, Yoïsha et
moi.

— Vous vous rappelez, quand on a traversé la
grande rue en pente, cette espèce de construction
bizarre? dit Schlumm. Ce truc qui ressemblait à un
temple tibétain?

— Non, dis-je.

— Une grande bâtisse avec des piliers, dit Schlumm.
En haut de la pente. Allez-y en courant, mais sans faire

de bruit. Faites des zigzags pour éviter les paysans. Je vous rejoindrai, je vais passer par les ruelles.

– On pourrait rester ensemble, fit remarquer Yoïsha.

– Oui, dis-je. Ça serait mieux si on restait ensemble.

Schlumm ne répondit pas. Son caractère indépendant l'avait toujours poussé à aller au désastre par ses propres moyens, sans compter sur quiconque, dans la plus grande des solitudes.

Déjà il avait commencé à se déplacer, le dos et la pancarte frottant contre le mur des toilettes, comme dans les films quand il y a une fusillade. Je vis qu'il approchait d'une venelle minuscule, un passage étroit entre deux parois en adobe. Il voulait s'introduire là-dedans.

– On va t'attendre là-bas, dis-je.

Schlumm agita la main d'une manière amicale et ensuite il fut hors de vue. J'entraînai Yoïsha jusqu'à la rue dont Schlumm avait parlé, qui n'était pas très large et qui montait. Nous tentions, Yoïsha et moi, d'avancer le plus discrètement et le plus vite possible. Les panneaux de carton nous tapaient à chaque pas contre les épaules. Nous ne parlions pas. Nous étions seuls. Le village paraissait abandonné. En haut de la pente, il y avait plusieurs édifices qui correspondaient vaguement à la description de Schlumm. L'un d'eux avait une façade haute, avec un toit qui avançait, soutenu par des piliers de bois. Nous arrivâmes à

proximité, essoufflés par la course, par l'angoisse. Yoïsha
s'accrochait à moi. C'était une grange dont le seuil se
prolongeait vers l'extérieur par quatre ou cinq mètres
d'une estrade poussiéreuse. Nous étions petits et,
pour voir ce qu'il y avait dans la grange, il aurait fallu
grimper sur l'estrade.

Nous restâmes indécis, tout d'abord. Plus bas dans le
village, des paysans allaient et venaient. J'essayais de ne
pas les capter dans mon champ de vision. Schlumm
n'arrivait pas. Nous nous engageâmes sur les planches.
Le bois craquait, grinçait. Persuadés que les craquements
risquaient de mettre en rage de nouveaux villageois,
nous nous hissâmes au plus vite sur le seuil, auquel
on accédait par une rampe grossière, faite de planches
bruyantes, elle aussi.

Aussitôt, Yoïsha poussa une exclamation étouffée,
mais il ne dit rien. Le spectacle qui s'offrait à nous
n'était ni lugubre ni inquiétant. Il contredisait ce que
nous avions aperçu jusque-là dans notre excursion.
Nous nous attendions à découvrir un vaste local
encombré de bottes de paille, ou un garage abritant des
machines agricoles hérissées de lames effrayantes et de
piques, et voilà que nous nous trouvions à la lisière
d'un monde tranquille, comme si nous allions entrer
dans une image magnifique. L'arrière de ce qu'il faut
continuer à appeler la grange, qu'il faut continuer
à appeler ainsi pour se faire comprendre, n'était
pas fermé et ouvrait directement sur un paysage de

montagnes dont il émanait une sensation de liberté presque palpable. Le sol de la grange s'abaissait, il suivait une inclinaison douce sur une vingtaine de mètres, jusqu'à l'emplacement d'un mur qui avait été comme retiré en totalité, puis à ce sol protégé par le toit succédait une large plate-forme extérieure, tapissée de mousses d'un vert lumineux, tendre, chaleureux. Ensuite tout s'interrompait. On devinait un vide dont on ne pouvait pas évaluer la profondeur. Une dénivellation d'un mètre de haut ou un précipice. À cheval sur la limite entre la grange et la plate-forme se dressait une cage de tôle, un objet qui avait peut-être été autrefois un habitacle de dirigeable et qu'on avait modifié pour en faire une cabine de téléphérique. En réalité, il n'y avait aucun mécanisme ni câble à proximité, aucune poulie gigantesque, absolument rien de ce genre, mais l'idée du téléphérique s'imposait : un jour, cet objet non volant s'envolerait lentement avec une charge humaine ou sous-humaine, par exemple avec nous, pour traverser les gouffres et nous emmener en lieu sûr, vers les montagnes.

Un jour, mais pas aujourd'hui.

Nous ne savions pas si nous avions le droit d'entrer dans la grange, et ce qui nous arriverait si nous le faisions. Tout se taisait devant nous. Dans la rue, en revanche, des frottements de semelles, des cliquetis et des marmonnements étaient déjà perceptibles. Les humains se rapprochaient.

Schlumm ne se manifestait toujours pas.

Yoïsha me serrait très fort la main. Nous demeurions immobiles. Nous ignorions si nous devions aller ou non jusqu'à la cabine du téléphérique. Nous n'osions pas nous introduire dans la grange. Quant à retourner nous asseoir dans le car, nous avions décidé d'en écarter l'idée le plus longtemps possible.

À ce moment, le klaxon du car retentit, un beuglement acariâtre qui s'adressait aux retardataires pour les insulter. J'imaginai sans peine le visage grêlé du chauffeur et celui, joli et cruel, de la guide. Je me retenais de pleurer pour ne pas affoler Yoïsha, qui tremblait au bout de mon bras. Je pressentais que nous ne nous sortirions pas de ce mauvais pas, et, en attendant la fin, je ne savais comment assumer mes responsabilités, quelle décision prendre pour nous deux, comment protéger Yoïsha.

– Qu'est-ce qu'on fait ? demandai-je.

J'étais l'aîné. C'est une question qu'on ne pose pas à son petit frère.

– Je ne sais pas, dit Yoïsha.

De là où je me tenais, je ne voyais presque pas la pancarte que la guide lui avait accrochée dans le dos quand il était descendu du car. La mienne me gênait, identique, et, tout à l'heure, tandis que nous visitions les ruelles ou les latrines, elle n'avait cessé déjà de me déranger et de me faire honte. Soudain, Yoïsha se détourna. Il sanglotait, mais il désirait ne pas montrer ses larmes.

Je pus ainsi lire une nouvelle fois le texte de la pancarte, pour la quinzième ou la centième fois, ce texte
que je connaissais par cœur : CI-GÎT UN YBÜR. S'IL NE
GÎT PAS ENCORE, C'EST QU'IL Y A UNE ERREUR QUELQUE
PART.

Au même instant, dit Dondog, avec cette image
précise en tête, Gabriella Bruna ouvrit les yeux. Une
angoisse épouvantable l'étreignait, et, pendant plusieurs secondes, elle eut l'impression qu'elle ne méritait
pas d'avoir survécu, qu'elle devait se recroqueviller de
froid et de tristesse entre les draps, qu'elle devait rester
sans respirer, agitée de frissons, écrasée par le malheur
des siens, par le malheur des Ybürs. Toute tremblante,
elle tâtonna pour sentir sous sa main le corps rassurant
de Toghtaga Özbeg. Le corps n'était pas là. Le lit était
tiède. Toghtaga Özbeg venait de se lever.

— Özbeg, murmura-t-elle.

La chambre était complètement noire. Gabriella
Bruna se haussa sur un coude. Au fond de sa gorge,
les mucosités avaient une saveur de glaise. Elle renifla,
des larmes coulaient sur son visage. Elle ne voulait pas
les essuyer ou les combattre.

— Mes petits… Oh, c'est horrible !… Mes pauvres
petits, gémit-elle.

Elle ne cherchait pas à comprendre si elle parlait
de ses enfants ou de ses petits-enfants. Une immense
tendresse la liait à ceux qu'elle venait de voir en rêve,

qui n'étaient pas encore nés mais dont déjà elle connaissait le nom, Dondog, Yoïsha et Schlumm.

— Mes pauvres petits, répéta-t-elle.

Hors du lit, l'obscurité était coupée par des lignes gris sombre. Elle se redressa et s'assit. On avait les chairs glacées dès qu'on rejetait les couvertures. De l'autre côté des murs, dans la cour de la ferme, rien ne bougeait ; un froid de loup paralysait la nuit. Par contraste, les bruits infimes qui montaient depuis la cuisine semblaient violents. Toghtaga Özbeg était en train de s'habiller pour sortir et ordonner au jour d'apparaître. Il s'était débarbouillé sans allumer la lampe et, parfois, il heurtait une chaise ou la cuvette posée dans l'évier.

Gabriella Bruna se mit debout, elle trouva près du lit un gilet de laine qu'elle enfila par-dessus sa chemise de nuit, un lourd gilet qui la couvrait comme une houppelande. Elle grelottait. Elle se hâta de glisser les jambes dans des bottes en fourrure de chien. Elle désirait raconter son rêve à Özbeg et lui demander comment il l'interprétait. Si, comme elle le redoutait, il lui attribuait un caractère prémonitoire.

— Une deuxième extermination, soupira-t-elle. Il va y avoir une deuxième extermination des Ybürs.

Elle poussa la tenture qui fermait la chambre et s'engagea sur les escaliers, mais, au même moment, Özbeg quittait la maison.

La porte claqua.

Maintenant, on était dehors, dit Dondog.

La porte claqua. On était dehors. Trois poules qui avaient survécu aux températures sibériennes de l'hiver et à la température glaciale de la nuit, et qui attendaient l'aube en se tassant l'une contre l'autre, s'écartèrent devant Özbeg, devant celui que pendant un temps les nomades du lac Hövsgöl ont appelé le président Özbeg, et que depuis toujours, avant et après sa mort, ses compagnons de camp ont surnommé Toghtaga Özbeg le Grand.

Le ciel avait sa rude texture non veloutée des nuits de début mars. Des étoiles y clignotaient, dessinant des constellations fort communes et d'autres, beaucoup plus étranges, qu'Özbeg n'avait pas le temps de déchiffrer, ce matin-là, car il estimait qu'il était en retard sur l'horaire. L'ombre régnait. Les poules frigorifiées ne caquetaient pas, ne gloussaient en aucune manière. Dans la cour, seul le croustillement des bottes sur le sol troublait l'obscurité, quand elles martelaient la terre et quand elles écrasaient les saletés, les crottes des animaux et les herbes que le verglas avait rendues sonores.

Sur le mur nord de l'écurie s'adossait un appentis fabriqué avec des planches et des tombées de feutre. Özbeg en ouvrit la porte et il fit un pas à l'intérieur. Le réduit était vide et, en dépit du froid qui atténuait les odeurs, il exhalait une haleine fétide. Dans le sol, une fosse avait été creusée. Sur la fosse, une grille avait été scellée. Sous la grille, un type somnolait, de cette somnolence fataliste des morts que la sorcellerie a privés à jamais de repos.

— Tu es là, Gulmuz Korsakov ? lança Özbeg.

— Oui, dit l'autre.

— Je ne te pisse pas dessus tout de suite, dit Özbeg. Je suis pressé. J'ai une minute de retard.

Gulmuz Korsakov émit un acquiescement. De l'endroit où il se trouvait, il ne voyait pas Özbeg. Il ne voyait rien. Il s'en fichait.

— Ne me regarde pas comme ça, fit Özbeg. Une minute, ça se rattrape. Personne ne va en mourir. Reste en place. Je reviens.

Au-delà des bâtiments en dur, qui formaient un vaste rectangle d'inspiration sovkhozienne, des yourtes avaient été dressées. On y logeait les réfugiés et les commissaires du peuple en surnombre. Özbeg dépassa tout cela qu'on distinguait à peine de la ténèbre. Dès que l'on franchissait la limite du campement, la steppe s'étendait. Özbeg se mit à marcher d'un bon pas au milieu du fourrage noir et des chardons noirs, jusqu'à une petite butte qu'il contourna, retrouvant du côté de l'est le sentier que les bêtes empruntaient quand elles allaient se désaltérer. La piste menait à un étang dont les eaux avaient la faculté de ne geler qu'en surface, quelque mordantes que fussent les attaques de l'hiver. D'un coup de museau ou de poing on crevait aisément la glace.

Özbeg s'arrêta. Il ne comptait pas se rendre au bord de l'eau pour casser la glace et se purifier les mains, puisque aujourd'hui le temps lui faisait défaut. Il resserra le col de son manteau et s'emplit les poumons d'air frais.

Le vent sifflait sur la butte. Cette musique sibilante, aigrelette, se prolongea sept secondes puis s'interrompit et, pendant l'instant suivant, seul le froid souffla.

En raison du relief qui maintenant cachait les tentes et les constructions gouvernementales, on se serait cru sur des hauts plateaux déserts, juste au centre du monde, en pleine steppe, exactement à vingt-trois mètres du nombril de la terre tel que le décrivent les historiens du Hövsgöl : un tas de cailloux plutôt rondouillard, pelé en hiver, herbu à la bonne saison, pas très haut. Et nullement remarquable, quand on y pense.

Özbeg consulta son chronomètre. C'était un oignon avec une chaîne en argent qu'il avait réquisitionné sur un banquier d'Irkoutsk au début du siècle, en un temps où l'armée prétendument Rouge ne lui tirait pas dessus chaque fois que, par extraordinaire, il faisait une apparition au bas des montagnes.

– Disons, grommela-t-il. Disons qu'on va dire que c'est l'heure.

D'un air soucieux, il fixait la moitié orientale de l'horizon. Aucune pâleur nulle part n'ébréchait encore la nuit. Alors, il se décida à écarter les bras, et il les allongea dans le prolongement de ses clavicules. Il était très raide, très massif, sans la moindre souplesse. Comme s'il allait exécuter une variante de polka, il leva le genou droit. Quatre fois il cogna le pied droit contre le sol. L'orient ne réagit pas.

– Je sais, dit-il. Une minute de retard.

La bise avait recommencé à souffler. Pendant de longues minutes, il maugréa une supplique à la Grande-nichée pour que celle-ci ne lui tînt pas rigueur de ce décalage avec lequel débutait la cérémonie. Il calait ses diphtongues sur la mélodie du vent dans les herbes mortes.

Maintenant, il intériorisait un chant nasal. Il s'adressait à Dame lumière. Il lui demandait de bien vouloir se réveiller et d'avoir l'obligeance d'accoucher du jour.

De nouveau, il heurta le sol avec le talon.

Il chamanisait pesamment et sans excès de gestes. Il surveillait le ciel à travers ses cils, et, comme à présent le ciel se modifiait, il entonna un hymne un peu différent, plus efficace. Il s'était mis à vagir des triphtongues qu'il combinait avec des liquides rétroflexes. Puis il se tut.

Les étoiles se dissolvaient dans le ciel déjà d'un beau gris-bleu abyssal. Autour de l'étang que ternissait une mince pellicule, des oiseaux commencèrent à pépier. Je crois qu'il s'agissait de traquets des steppes, mais, à cette altitude, je n'en mettrais pas ma main au feu, dit

Dondog. Des bêlements fusèrent depuis les étables, un hennissement retentit. Une cuvette de fer fut déséquilibrée à l'intérieur d'une yourte et tomba, et, dans la seconde qui suivit, on entendit la Mémé Oudval, dont le quatrième siècle d'existence était déjà plus qu'entamé, proférer un juron effroyable.

Le jour frémissait enfin.

– C'est pas trop tôt que ça naisse, dit Özbeg en hochant la tête.

Il se relâchait, maintenant que l'essentiel s'était accompli. On l'entendit soupirer, expulser de l'air par plusieurs orifices.

Il avait rabattu les bras le long de ses flancs et il fouillait dans une de ses poches, désirant en extraire un objet qu'il ne dénichait pas, sans doute un paquet de cigarettes ou la liste des tâches qu'il devrait répartir entre les commissaires du peuple lors de la prochaine réunion, ou encore un morceau de fromage de yack, compact et gris, qu'une crampe d'estomac lui commandait de croquer sans délai, ou peut-être aussi une prière aux Dix-sept Grands Ciels noirs, qu'il avait composée pendant la nuit et qu'il n'avait pas eu le temps d'apprendre par cœur.

Révélé enfin par l'aube, le décor n'avait rien de spectaculaire : collines rases, ondulations jaunâtres, d'un brun boueux, prairies décolorées, comme semées de flaques de mercure. À l'ouest, une frange assombrissait

la terre, obscurcie encore par un reste de nuée nocturne. C'était la taïga, les premières rangées de mélèzes.
La forêt immense débutait là, pour s'étendre sur des
milliers de kilomètres, jusqu'aux clôtures des camps et
jusqu'à l'obscène parodie de révolution qui avait remplacé la révolution mondiale.

Une route effacée allait dans cette direction, une
route déserte douze mois sur douze. Or Özbeg, en y
promenant par hasard les yeux, y distingua soudain
une sorte de bâtonnet minuscule, un homme que la
distance avait réduit à cela, à une paillette noire verticale dans une image : autant dire à rien.

– Quoi que c'est, ça ? s'interrogea le président
Özbeg.

Ses paupières effilées se rapprochèrent. Pour voir
le mieux possible, il imagina qu'il était un rapace à la
vue perçante, en suspens au-dessus de la taïga, là-bas,
mais la distance était énorme. Ses rétines ne rece-
vaient rien d'interprétable. Il faudrait plusieurs heures
encore avant que le voyageur pût ressembler à quelque
chose.

– Quand il sera arrivé aux Trois-Museaux, on verra
ce qu'on en fait, de celui-là, dit Özbeg.

L'odeur du fumier qui brûlait dans les poêles avait
commencé à se répandre. Les bêtes s'agitaient autour
des yourtes, entravées, ou dans leurs enclos, ou dans
les étables du sovkhoze. Plusieurs chameaux vaguaient

en dehors du cercle des tentes. Habillés de nippes vingt fois rapiécées, trois commissaires du peuple allaient et venaient, transportant des seaux ou parlant avec les bêtes, multipliant sur le dos des bêtes les tapes fraternelles. La Mémé Oudval était déjà assise sur un petit banc, à l'entrée de sa yourte. Toute chenue et comme perdue dans un manteau beaucoup trop ample pour elle, elle fumait sa première pipe de la journée et elle surveillait le réveil des Trois-Museaux.

Özbeg vint la saluer, écouta d'elle un récit de rêve, ainsi que le nouvel argumentaire idéologique qu'elle avait conçu pendant la nuit pour lutter contre la social-démocratie, puis il se rendit dans la cabane qui jouxtait l'écurie et, à travers la grille, il urina sur Gulmuz Korsakov. Celui-ci s'ébrouait, car, comme tous les matins, Gabriella Bruna venait de verser sur lui un seau hygiénique.

— Tu vois, dit Toghtaga Özbeg. Je t'avais bien dit que je reviendrais.

Il refermait sa braguette, et ensuite, comme si Gulmuz Korsakov avait émis des objections morales à propos du traitement qu'on lui infligeait, comme si Gulmuz Korsakov se plaignait une nouvelle fois de ne pas avoir une mort tranquille, il ouvrit la bouche pour parler.

— Je sais, Korsakov, dit-il. La vengeance individuelle n'a aucun sens quand on la compare à la vengeance collective, et toi, tu n'es même pas un important responsable du malheur. Mais c'est comme ça. Pour toi, c'est écrit comme ça.

Dans la cour, Gabriella Bruna vint à lui. Elle avait sur les épaules une pelisse décorée de fleurs rouges, une vieille pelisse que le Commissariat du peuple à l'Équipement lui avait attribuée bien des années auparavant, quand elle était arrivée aux Trois-Museaux.

— J'ai fait un rêve abominable, dit-elle.

— Ne reste pas avec ça dans la tête, conseilla aussitôt Özbeg. Raconte-le.

— C'étaient mes petits-enfants ou mes enfants, je ne sais pas, dit-elle. Des petits. Mes pauvres petits. Ils essayaient d'échapper à une deuxième extermination des Ybürs. Tu te rends compte ? C'était comme pendant une deuxième extermination.

Elle lui raconta son rêve. Ils étaient tous les deux dans le vent et le froid, drapés dans des manteaux sales, qu'elle avait passé des semaines et des semaines à broder ou à doubler de feutre et de peaux de chiens. Il la regardait avec affection et il se demandait comment il allait lui annoncer que son rêve était à cent pour cent prémonitoire.

— Je ne peux pas continuer à exister ici, à faire la révolution sans m'occuper de rien et loin de tout, alors que dans le monde réel se prépare une deuxième extermination des Ybürs, dit Gabriella Bruna. Il faut que je retourne là-bas, près des miens.

Toghtaga Özbeg l'attira contre lui, contre sa poitrine, et il la serra.

— Si tu quittes Les Trois-Museaux, dit-il, tu devras faire au moins quinze ans de camp avant de te retrouver dans la réalité, parmi les humains.

— La réalité, c'est les camps, dit Gabriella Bruna. Il n'y a plus que ça partout. La réalité, c'est les prisonniers, c'est les blattes, du nord au sud. Je ne vois pas le rapport avec les humains. Tu vois des humains, toi, dans la réalité, là-bas ?

— On les appelle comme ça, dit Özbeg.

Il la consola encore. Il avait aimé plusieurs femmes au cours de sa vie et après, et en rêve il avait connu Jessie Loo, mais il savait qu'il ne se consolerait jamais d'avoir perdu Gabriella Bruna, et que la nostalgie d'elle serait destructrice, obsédante, accablante, jusqu'à la fin.

Ils rentrèrent à la maison. Toghtaga Özbeg caressa la tête de Gabriella Bruna, il l'embrassa avec tendresse, puis il se mit à baratter le thé au beurre et au sel.

— Tout de même, je n'arrive pas à croire que la révolution, même très dégénérée, ne réussisse pas à prévenir un deuxième massacre des Ybürs, dit-il.

— La révolution ? explosa Gabriella Bruna. Où tu as vu une révolution ?

Özbeg fit la moue et ne répondit pas. Maintenant, ils buvaient à petites gorgées le liquide bouillant. Ils se brûlaient les lèvres, la langue.

— Un type va venir aujourd'hui aux Trois-Museaux, annonça Özbeg. Il a débouché de la taïga un peu avant l'aube.

— Heureusement, au moins, il y a les camps, dit Gabriella Bruna.

Elle n'avait pas entendu ce qu'il avait dit. Elle n'avait prêté l'oreille qu'à ses propres ruminations.

— Une fois qu'on a appris à y survivre, continua-t-elle, on peut s'y installer durablement. C'est moins risqué qu'à l'extérieur.

— N'idéalise pas les camps, dit Özbeg. Les camps, c'est pour les blattes et pour les morts.

— Donc c'est pour nous, dit Gabriella Bruna.

Plus tard, à l'entrée de la cour, le voyageur fit son apparition. La Mémé Oudval l'avait invectivé lorsqu'il était passé devant elle sans la saluer, mais il n'en avait pas tenu compte. C'était un soldat rouge en piètre état, qui avait manifestement traversé nombre d'épreuves. Avant de pénétrer sur le territoire des Trois-Museaux, il avait tenté de se décrotter et même de recoudre les manches de sa capote militaire, et il avait glissé un pistolet dans le cuir abîmé de son ceinturon afin de proclamer son appartenance à un pouvoir invincible, mais, d'une manière générale, il n'évoquait pas sous un jour prestigieux les institutions et les organes qui l'avaient envoyé jusqu'ici.

Toghtaga Özbeg l'accueillit au nom du gouvernement. Derrière son président se tenait la petite foule des habitants des Trois-Museaux, les commissaires du peuple, les démobilisés, les réfugiés et les chamanes, ainsi que des bergers et des éleveurs qui avaient rejoint le sovkhoze. Tous examinaient le soldat qui avait une tête de dur et qui leur rendait leurs regards sans ciller, alors qu'il devait être épuisé par des semaines de voyage, de froid polaire, lunaire, et de faim.

— Le reste du détachement a été dévoré par les loups, expliquait le soldat. Nous étions venus arrêter quelqu'un. Les autres sont morts. Maintenant, c'est moi qui représente ici la révolution mondiale.

— Bon, dit Özbeg.

— Ne résistez pas, dit le soldat. Remettez-moi la personne que nous recherchons.

Les commissaires du peuple s'esclaffèrent.

— Qui recherches-tu ? demanda Toghtaga Özbeg, avec un sourire aimable, car l'insolence et le courage du soldat forçaient l'admiration.

— J'ai un mandat, dit l'autre.

— Montre-moi ça, dit Özbeg.

Le soldat mit un certain temps à extraire la feuille de papier qu'il conservait sous ses haillons intérieurs. Ses gestes manquaient de force. Il avait été mordu par les fauves, les blessures se rouvraient à la moindre occasion, on voyait qu'il luttait contre le tournis et la fatigue. Il tendit le document à Özbeg.

— Remets-moi la prisonnière, dit-il.

Toghtaga Özbeg déplia le papier. C'était un ordre d'arrestation qui avait été établi dans la Section 44B de la Légalité révolutionnaire. Il portait de nombreux tampons, ainsi que la signature très lisible de Jessie Loo.

— C'est un mandat en blanc, fit observer Özbeg.

— Notre commandant était seul habilité à le remplir, dit le soldat. Mais ensuite, il s'est fait déchiqueter. Quant à moi, ce matin, je me suis rendu compte que je n'avais rien pour écrire. Et puis ma main a été mordue, elle n'est plus bonne pour rédiger les documents officiels. Tu sais écrire ?

— Oui, dit Özbeg.

— Alors écris, ordonna le soldat. Mets un nom là où il y a une ligne à compléter.

— Quel nom ? dit Özbeg.

— Je ne sais pas, dit le soldat.

De nouveau, les commissaires du peuple éclatèrent de rire. Tout le monde riait, à l'exception de Toghtaga Özbeg et du soldat.

— Le commandant ne nous a pas mis dans ses confidences, dit le soldat. Quand il m'a confié le papier, les loups nous encerclaient. Ils lui avaient déjà mangé la moitié de la gorge. Il ne pouvait plus articuler quoi que ce soit. Il m'a fait un signe et il est mort.

Le document circula de main en main, les commissaires du peuple l'auscultèrent, puis il revint vers les chamanes. Gabriella Bruna l'examina à son tour et,

quand elle aperçut tout en bas la signature de Jessie
Loo, elle comprit de quoi il s'agissait : son amie
lui donnait une chance de revenir dans le monde,
au milieu des affreuses réalités du monde, pour être
avec ses petits pendant les massacres et dans les camps.
Et cette chance, il lui fallait la saisir tout de suite, sans
tergiverser.

— Ce ne serait pas Marfa la Noire, par hasard, cette
criminelle que vous deviez arrêter ? demanda-t-elle.

— Peut-être bien, dit le soldat.

— Elle est accusée d'avoir abandonné son poste
pendant la lutte contre les ennemis du peuple, lut
Gabriella Bruna.

— Oh, on met ça parce qu'il faut bien mettre
quelque chose, dit le soldat.

— Ça veut dire quinze ans de camp, avec au moins
sept ans de régime sévère, dit Toghtaga Özbeg.

— C'est le tarif, effectivement, dit le soldat.
Il vacillait, des gouttes de sang coulaient le long de
son bras et s'éparpillaient par terre, à côté de sa jambe
gauche, toute déchirée de crocs et de chutes. Mais il
serrait les mâchoires, et il s'obstinait à croire que son
uniforme et le papier à en-tête impressionnaient les
bandits contre-révolutionnaires qu'il avait en face de
lui.

Gabriella Bruna échangea un long regard avec
Özbeg. Ils discutaient sans paroles. Le nom de Jessie
Loo les avait tous deux énormément troublés, et ils

en discutaient, à l'intérieur d'une sphère privée, hors de l'espace et du temps, chacun d'eux profitant de l'occasion pour évoquer longuement et tendrement leur vie commune, les liens qui les avait liés aux Trois-Museaux et qui continueraient à les enchaîner l'un à l'autre, quelles que soient la durée et la nature de la séparation à venir. Gabriella Bruna regardait Özbeg avec amour. Özbeg essayait de la raisonner et de la retenir. Elle ne cédait pas à sa prière. Ils s'embrassaient passionnément, mais elle lui avait communiqué une fois pour toutes que sa décision était irrévocable. Il la supplia encore sans rien dire, pendant plusieurs journées et plusieurs nuits qui parurent se limiter, devant les témoins de la scène, à un grand quart de seconde. Elle ne cessait de lui rappeler son cauchemar de la nuit, et la lâcheté qu'il y aurait eu à rester en lieu sûr quand, en deçà des camps, se préparait un deuxième massacre des Ybürs.

– C'est moi, dit-elle brusquement au soldat. Je suis Marfa la Noire.

– Bien, dit le soldat. Je t'arrête.

La Mémé Oudval grommela. Les habitants des Trois-Museaux et, en tout cas, les chamanes mâles et femelles, comprenaient ce qui se passait. Ils savaient ce qu'allait signifier pour Gabriella Bruna le retour à la révolution mondiale sans passer par l'espace noir. Ils n'avaient pas de mal à imaginer les souffrances et les difficultés qui l'attendaient, Gabriella Bruna. Déjà ils la voyaient anonyme parmi les blattes, réduite à rien, malheureuse. Cela dit, elle était libre, et elle avait ses raisons. Ils aimaient tous beaucoup Gabriella Bruna, mais ils la respectaient assez pour ne pas se lamenter en public sur le choix qu'elle venait de faire.

Özbeg avait son masque des mauvais jours. Lui non plus ne pouvait pas s'opposer à la décision tragique de Gabriella Bruna. Il avait épuisé tous ses arguments et, maintenant qu'il avait frappé le sol de son talon et que la lumière brillait sur Les Trois-Museaux, il ne disposait plus d'aucune énergie sorcière.

— Allez, soldat, dit-il. Avant que tu l'emmènes avec toi, on va te conduire à l'infirmerie. Quant à Marfa la Noire, elle ne va pas partir comme ça. On va lui faire une fête d'adieu. C'était une femme qui nous était très chère.

— Je vais où? bredouilla le soldat, qui vacillait de plus en plus.

— Le commissaire du peuple à la Santé va s'occuper de toi, dit Özbeg. Des blessures de loup, ça se soigne en moins d'une heure.

Plus tard encore, la fête d'adieu se déroula.

Toghtaga Özbeg ne montrait pas qu'il avait le cœur lourd, le soldat ne montrait pas que l'idée de repartir avant la nuit lui déplaisait, Gabriella Bruna ne montrait pas que tout en elle était brisé de chagrin et de peur.

Toghtaga Özbeg avait sorti dans la cour le phono-
graphe à cylindres, et l'une après l'autre sonnaient
aux Trois-Museaux les chansons révolutionnaires de
notre enfance. De temps en temps, la Mémé Oudval
plaquait des accords sur son petit accordéon. Tout
le monde dissimulait sa peine, et la fête avait une
atmosphère en apparence joyeuse, mais personne ne
voulait s'éloigner vraiment de Gabriella Bruna, et les
bergers s'étaient arrangés pour faire paître les bêtes à
immédiate proximité de la ferme et des yourtes, afin
de participer aux réjouissances sans en manquer une
miette.

À un moment, Gabriella Bruna voulut hisser un
très large drapeau rouge au mât qui occupait le centre
de la cour. Un coup de vent fit gonfler l'andrinople
comme une voile en colère et Gabriella Bruna se
retrouva entièrement enveloppée dans l'étoffe, dans le
vermeil aux ondulations admirables. Le soldat aussitôt
se mit en souci, car il redoutait que sa prisonnière lui
échappât à la suite d'un tour de magie, et, effectivement, le drapeau l'avait fait disparaître. Le soldat était
brave et il avait survécu aux loups, mais, éduqué par
une propagande un peu grossière, il confondait encore
illusionnisme et chamanisme.

– Hé! Marfa la Noire! appela-t-il d'une voix
rauque.

Le vent soufflait, un chant de Komsomol déchirait
l'air autour de nous, le soldat était debout, inquiet, la

main sur son pistolet sans cartouches. Gabriella
Bruna avait été avalée dans les vagues très rouges. Et
finalement, non, elle se débattait, elle écartait ce qui
se plaquait sur elle, sans doute avait-elle aussi séché
les larmes qui noyaient ses yeux, et déjà elle s'était
dégagée, déjà de nouveau on voyait son visage.

Voilà. C'est tout pour Gabriella Bruna, dit Dondog.
C'est tout pour Gabriella Bruna.

TROISIÈME PARTIE

CAMPS

XI. MARCONI

C'est tout pour Gabriella Bruna, pensa quelqu'un à proximité. Bon. On ne reviendra plus dessus. Et Gulmuz Korsakov, alors?... La page Gulmuz Korsakov, on pourrait aussi la tourner, non?... Que ce soit tout pour lui aussi?

Qu'est-ce que... sursauta Dondog.

La sueur coulait sur lui. Il avait la tête vide et laiteuse comme à la fin d'une transe. L'interrogation sur Korsakov s'était formée directement dans son cerveau, sans avoir cheminé par l'oreille.

— C'est vous, Marconi? demanda-t-il.

Sa voix ébrécha le silence du quatrième étage. Effrayées, neuf mites décollèrent du sofa contre lequel il s'adossait.

À Parkview Lane, dans le 4A, il faisait clair. Un nouveau jour s'était levé, gris, pas moins péniblement humide et chaud que le jour précédent. On étouffait comme la veille dans l'atmosphère épaisse de l'appartement, parmi les moisissures en suspension. Les papillons promenaient leurs frémissements ternes d'une tache noire à l'autre. De l'air arrivait par la porte-fenêtre du balcon, mais le matin n'avait apporté aucune fraîcheur. Dehors, derrière le plomb du ciel, un soleil invisible flambait.

Dondog écarquilla les yeux. Lors de l'évocation de Gabriella Bruna, il avait pleuré et beaucoup transpiré sans s'en rendre compte. Sous les cils, des cristaux de saumure le gênaient.

– C'est vous qui avez parlé, Marconi? lança-t-il encore.

Il avait du mal à articuler. La chaleur l'affaiblissait, autour de lui sa veste formait un carcan spongieux. Il entama une série de mouvements pour s'en débarrasser puis il abandonna. L'entreprise était au-dessus de ses forces.

Tout à l'heure, l'aube ne poignait pas encore, et maintenant la lumière était là. Il avait dû s'assoupir entre deux clignements. Il n'était pas fier de ce moment de somnolence. Perdre conscience, alors qu'on doit consacrer toutes ses forces à la vengeance!... Dormir, alors qu'on va vers sa fin!... Alors que chaque seconde de survie est un miracle!... Car il sentait bien qu'il ne lui restait plus guère de temps avant l'extinction : une poignée d'heures, tout au plus un ou deux jours. Il poussa un gémissement. À quoi bon disposer d'un délai de grâce quand on ne trouve en soi ni l'énergie morale ni les ressources physiques indispensables pour définir l'ennemi et l'éliminer ? À quoi bon durer encore ?

C'est malheureux, dit Dondog, mais, qu'on prenne l'histoire par son début ou par sa fin, Dondog avait droit à un destin de blatte et à rien d'autre. La question de la survie n'avait donc pour lui qu'un sens réduit, et, s'il la posait, c'était surtout parce qu'il profitait mécaniquement de son temps de parole. Prenons l'anecdote par sa fin, par exemple, dit Dondog. Par le chapitre qui débute sur la sortie du camp, avec l'entrée dans la Cité. On le voit bien : dès qu'un Untermensch comme Dondog franchit les portes des camps après y avoir été détenu une vie entière, le dégoût de l'existence le gagne, et il meurt. Et ensuite, la fatigue lui tombe dessus brutalement, et il s'éteint. Je parle en connaissance de cause, dit Dondog.

– Marconi ? appela-t-il.

Marconi ne répondait pas. Il était hors de vue.

Dondog considéra l'endroit où Marconi était resté assis pendant les heures noires, jambes allongées, échine appuyée sur cette porte indéblocable, comme si quelqu'un l'avait barricadée de l'intérieur. Entre l'empreinte des fesses de Marconi et la porte, un cafard agonisait, sur le dos, les pattes tricotant avec lenteur une ultime démonstration inutile de boxe chinoise. En raison de l'humidité que dégorgeaient les surfaces du 4A, les traces sur le sol étaient légèrement brillantes. On avait l'impression qu'un randonneur

avait dérapé çà et là, avec de grosses semelles imbibées
de bistre.

Dondog se mit sur pied. Pour lui aussi, la nuit avait
été salissante. Son propre site était strié de glissades
charbonneuses. Sur ses vêtements, sur son visage gris,
les insectes écrasés dessinaient des tigrures.

En quelques secondes, il eut exploré l'appartement.
Marconi n'était nulle part.

J'émis un nouveau gémissement, dit Dondog.

Je n'arrivais pas à admettre, dit Dondog, que mon
sommeil avait été profond au point de favoriser la
disparition de Marconi. Certes, j'avais passé la nuit à
fouiller dans les souvenirs de Gabriella Bruna et à me
les approprier en remuant des images antérieures à
ma naissance ou à celle de Schlumm, mais, ce faisant,
je continuais à surveiller Marconi du coin de l'œil,
que celui-ci fût immobile ou en déplacement dans
l'obscurité. Je l'avais surveillé minute après minute,
me semblait-il.

Dondog suivit les empreintes de pas, dit Dondog.
Il ouvrit la porte palière et il sortit, convaincu que
Marconi n'avait pas pu aller loin. Le palier ne grouillait
pas de cafards, mais il en hébergeait une douzaine qui
décampèrent aussitôt. Ils se coulèrent à grande vitesse
dans le 4B et le 4C, produisant au passage un frotte-
ment qui avait des allures de murmure. Les marques
laissées par Marconi conduisaient à l'escalier.

Un demi-étage plus bas, Marconi était assis par terre, affalé jambes écartées, et il respirait fort, comme quelqu'un de grassouillet qui a couru ou que la peur tenaille. Au-dessus de sa tête, le vide-ordures béait, exhalant des remugles épouvantables.

— Ah, vous voilà, Marconi, dit Dondog. Je me demandais où…

— J'avais besoin d'air, dit Marconi. Sur le balcon, c'était déjà torride. J'ai préféré l'escalier.

— Vous auriez pu me prévenir, dit Dondog.

— Je ne voulais pas vous interrompre, souffla Marconi. Vous parliez dans votre sommeil. Vous racontiez des choses parfois insoutenables. J'ai préféré sortir.

— Je ne dormais pas, dit Dondog.

— C'était tout comme, dit Marconi.

Dans la cage d'escalier, une cigale équatoriale lança une longue stridulation, puis le dialogue put reprendre. Au loin, comme pendant la nuit, on continuait à entendre le martèlement des pompes, les coups d'un tambour chamane. Une brise immonde ronflait dans le conduit du vide-ordures.

— À un moment, vous avez parlé de Gulmuz Korsakov, dit Marconi.

— Et alors? dit Dondog.

— Il a été décapité au sabre, et ensuite il a été battu et fusillé pour sabotage, et ensuite, tous les matins pendant des années, on lui a pissé dessus, s'échauffa Marconi.

— Et alors ? dit Dondog.

Marconi haussa les épaules. D'énormes gouttes de sueur roulaient sur son front. Sa chemisette et son pantalon de baroudeur étaient répugnants.

— Il n'a même pas participé à l'extermination des Ybürs, argumenta Marconi. Ce n'était même pas un second couteau. Juste un pauvre type crapuleux et cruel, comme il y en a des milliards sur terre.

— Je sais, dit Dondog. Il paie pour les autres.

— Mais vous, Balbaïan, vous qui aviez des idées égalitaristes, comment pouvez-vous admettre…

— Je sais. S'acharner ainsi sur lui, c'est indéfendable.

— Ah, vous voyez ? dit Marconi.

— Je le fais surtout en mémoire de Gabriella Bruna, dit Dondog.

Marconi se releva. Il suffoquait, sa replète et banale physionomie montrait une fatigue extrême. Aux endroits où elle n'était pas maculée de moisi, sa peau avait une couleur de papier mâché. Ses mains trem- blaient. Il avait l'air d'un aveugle qui a reçu une correction. Il se cramponna à la bouche puante du vide-ordures pour se redresser. Il rampait à la verticale et, quand il fut debout, il continua à tâtonner et à se rassurer en touchant les charnières démolies, le cadre de métal rouillé, l'intérieur du conduit. Pendant sa première manœuvre, son regard flottant rencontra par hasard celui de Dondog et immédiatement s'échappa. Ses yeux sans vivacité n'accommodaient sur rien de précis.

À côté de nous, dit Dondog, la cigale reprit son chant sans rupture, térébrant. Incapable de reprendre son souffle, Marconi grimaçait.

Il y eut une minute pénible.

Le silence se rétablit, rythmé, dans le distance, par les coups réguliers du tambour.

— Et puis, dit Dondog, comment voulez-vous que je me venge vraiment de ce qu'ils ont fait subir aux Ybürs ? De la première extermination, de la deuxième?… Et comment se venger du capitalisme, hein?… Comment se venger des camps? D'une vie de camps?…

Marconi approuvait avec mollesse. Il avait sous le menton une boursouflure que Dondog n'avait pas remarquée, jusque-là. Un bourrelet plus pâle que la peau alentour, cinq centimètres de balafre blême. Soudain, cette vieille cicatrice établissait une forte corrélation entre Marconi et Gulmuz Korsakov.

— Je serais de vous, j'arrêterais de pourchasser Korsakov, dit Marconi.

— On verra, dit Dondog.

Il louchait vers le menton de Marconi.

La ressemblance entre la cicatrice de Gulmuz Korsakov et celle de Marconi le consternait. Il s'empressa d'abord de la nier, puis, devant l'évidence, il considéra qu'elle était peut-être fortuite. Assimiler Marconi à Gulmuz Korsakov, c'était devoir entreprendre immédiatement une action concrète, c'était devoir se colleter avec Marconi, avec cet infirme, ce mourant aveugle, insignifiant. C'était tuer quelqu'un avec qui on avait passé tranquillement des heures de récit et de mémoire, au milieu des pestilences et des parasites, dans la nuit étouffante, au milieu des blattes, comme des blattes.

Au fond, plus qu'une proximité entre Korsakov et Marconi, Dondog décelait une proximité entre Marconi et lui-même. Il n'était pas prêt à s'attaquer tout de suite à Marconi et, même si Marconi et Gulmuz Korsakov ne faisaient qu'un, il préférait attendre le plus possible avant d'en tenir compte et d'en découdre.

— On verra ce que Jessie Loo dira, compléta-t-il.

Sans se presser, ils remontèrent le demi-étage et ils pénétrèrent de nouveau dans le 4A, provoquant ici une course panique, là un envol tourbillonnaire. Je ne décris plus les bestioles, dit Dondog. J'en ai assez dit sur elles.

Dondog alla se désaltérer dans la cuisine, Marconi aspira quelques gouttes à sa suite. À tous les deux, ils avaient fini d'émietter le robinet.

— Comment être sûr que Jessie Loo viendra, dit Dondog.

— Il faut l'attendre, dit Marconi. Si vous vous ennuyez, vous n'avez qu'à grommeler vos histoires de camps.

— Vous savez, Marconi, se plaignit Dondog, je ne me souviens de rien. Après l'extermination et avant les camps, ma mémoire s'est comme vidée, et ensuite plus rien n'a réussi à s'y accrocher de façon durable ou contrôlable. C'est comme ça. Je crois savoir qu'avant les camps je travaillais dans une organisation qui voulait transformer la révolution mondiale en un vaste châtiment radical et jusqu'au-boutiste. On voulait faire intervenir les masses pour que notre vengeance ait un caractère de classe. Ça a foiré, je ne me rappelle même plus comment et pourquoi. J'ai tout oublié. Ensuite, j'ai commencé mon existence de prison en prison et de camp en camp. Je ne saurais pas vous dire à quelle date on m'a transféré en pays chaud. Je confonds tout.

– Grommelez quand même, suggéra Marconi.

Ils ne dirent plus rien ensuite pendant des heures.

Dehors, la matinée s'étirait, dans la chaleur et les cris d'insectes. Les nuages torréfiaient le paysage sous leur chape incandescente. Personne ne se manifestait sur les décharges envahies de lianes. Cockroach Street, l'endroit où, selon Marconi, Dondog allait mourir, était plongée dans l'inertie. On voyait parfois des oiseaux noirs quitter un arbre, ou atterrir au ralenti sur une des toitures goudronnées, mais la vie humaine paraissait étrangère à la rue, comme si pendant la nuit des tueurs avaient nettoyé la zone sans oublier âme qui vive.

Dondog aussi de temps en temps écoutait les bruits en provenance de la Cité, tout ce qui venait à travers les murs et qui avait pour origine le dédale des habitations agglomérées les unes aux autres, il s'intéressait de temps en temps à ces cognements indistincts, à ces vibrations qui rappelaient que des gens existaient au cœur de la pénombre, dans de vilaines caves sans fenêtres et sans eau, dans des immeubles dépourvus d'extérieur, derrière des boucliers de béton et derrière des grilles, au secret des galeries et des couloirs non éclairés, avec, à proximité, des puits, des passages carbonisés, des passages étroits, avec des cages d'ascenseur privées d'ascenseur, avec des pompes hydrauliques que la mafia administrait, et avec des salles profondes où des chamanes frappaient et frappaient du cuir et chantonnaient.

Nous entendions cela, dit Dondog.

Parfois nous y prêtions l'oreille, parfois non, dit Dondog.

Quand nous ne nous taisions pas, nous parlions, dit Dondog.

J'avais décidé d'éclaircir mes relations avec Marconi, dit Dondog, quitte à le brusquer un peu. Pendant les temps morts, dit Dondog, j'interrogeais Marconi à propos de Gulmuz Korsakov. Il me disait que Gulmuz Korsakov avait quitté Les Trois-Museaux au cours d'une transe chamanique, qu'il avait abouti à la Cité, et qu'alors Jessie Loo l'avait choisi pour compagnon. À l'en croire, Jessie Loo estimait que la vengeance de Gabriella Bruna n'avait plus lieu de se prolonger, que

Gabriella Bruna avait assez fait souffrir Korsakov, qu'elle l'avait assez pourchassé de mort en mort, qu'il fallait éteindre cela, désacharner la vengeance et l'éteindre. Vous comprenez ? me demandait-il. Je n'étais pas sûr de comprendre. J'exigeais une narration complète. Aux Trois-Museaux, Gulmuz Korsakov avait perdu la vue à force d'avoir le visage arrosé de pisse, racontait alors Marconi. En le recueillant près d'elle, dans Black Corridor, Jessie Loo avait pardonné à Gulmuz Korsakov le mal qu'il avait causé à Gabriella Bruna. Jessie Loo avait pris Korsakov sous son aile, disait Marconi. Maintenant, dans le monde sans vie ni mort de la Cité, tous deux cohabitaient en bonne entente : à peu de choses près comme un vieux couple.

Voilà ce que me confiait Marconi, dit Dondog.

Il m'arrivait de pousser l'interrogatoire. J'adaptais à la situation les techniques que Gabriella Bruna avait utilisées jadis, au temps où elle luttait contre les enne-mis du peuple. Marconi m'avouait alors que Jessie Loo nourrissait une certaine amertume à l'égard de Gabriella Bruna, qui dès son arrivée aux Trois-Museaux avait séduit Toghtaga Özbeg, dont elle-même, Jessie Loo, avait été depuis toujours très amoureuse. Jessie Loo avait eu des relations oniriques passionnées avec Toghtaga Özbeg. Elle en voulait un peu à Gabriella Bruna d'être devenue la compagne de Toghtaga Özbeg. Marconi expliquait ainsi, par une sorte de représaille, la magnanimité dont Jessie Loo avait fait preuve envers Korsakov quand celui-ci avait été transféré dans la Cité, quand il avait abouti, aveugle et couvert de pisse, dans un recoin de Black Corridor.

J'avais expliqué à Marconi, dit Dondog, que je ne cherchais pas à établir un lien entre lui et Korsakov, et que, s'il s'avérait que Korsakov et lui ne faisaient qu'une seule et même personne, j'éprouverais des difficultés à le mettre à mort. Mais, en même temps, je lui avais impérativement déconseillé de ruser pour échapper à ma surveillance. Gulmuz Korsakov faisait toujours partie des gens que je désirais assassiner avant de mourir, et, s'il tentait de filer hors du 4A, je ne répondrais plus de rien, disais-je. Je ne cessais de le mettre en garde à ce sujet. S'il bougeait, disait Dondog, je le suivrais et je le tuerais, par instinct. Par instinct plus que par conviction, disais-je.

Marconi se défendait de vouloir fuir. Il niait toute relation entre lui et Gulmuz Korsakov. Avec maladresse il le niait. Il essayait de détourner la conversation en m'invitant à raconter ma vie dans les camps, et, comme je lui rétorquais que mes souvenirs étaient défunts, il m'invitait à creuser dedans comme s'il s'agissait de pure fiction. Il me rappelait que j'avais écrit des romans et des pièces post-exotiques pendant mon incarcération, et que je pouvais très bien essayer de me souvenir de mes livres, à défaut de ma vie. À certains moments, je me laissais convaincre, et, d'une voix lasse, je lui livrais quelques images.

Parfois, il profitait des heures où j'étais occupé à parler pour faire une tentative d'évasion. Je m'interrompais, je le poursuivais sur le palier, dans les escaliers, dans la colonne du vide-ordures. Je l'agrippais, je le maîtrisais et je mettais fin à son escapade. Nous revenions ensuite dans l'appartement, essoufflés et sales. La sueur gouttait sur nous sans discontinuer.

Parfois aussi, je m'assoupissais au milieu de mon récit et je rêvais.

Il y avait de longs moments de blanc sonore entre nous.

Nous attendions ensuite Jessie Loo en regardant le jour décliner, car déjà le crépuscule s'annonçait, un deuxième crépuscule du soir. Quand Marconi me posait des questions, il le faisait avec insistance, mais plus comme un acolyte bavard que comme un policier. Je ne sais pas si je répondais. Quand je lui avouais des images, je ne sais pas si je les émettais mentalement ou à haute voix ou non.

Souvent je prétendais avoir du mal à ressusciter en moi l'histoire des camps. J'y avais passé plusieurs décennies essentielles, mais je prétendais être incapable d'organiser à partir de là mes souvenirs et ma vengeance.

— Concentrez-vous à partir de points annexes, Balbaïan, conseillait Marconi. En priorité décrivez des éléments secondaires. Le reste viendra tout seul.

— Quels éléments ? demandais-je.

— Je ne sais pas, disait Marconi. Des éléments mineurs. Vos relations avec les femmes, par exemple. Ou les romans que vous avez publiés dans le camp.

— Bah, disais-je.

— Vous avez bien aimé et écrit, là-bas, non ?

— Je ne me souviens pas, mentais-je.

— Parlez de ça, insistait Marconi. Le reste viendra tout seul.

Nous étions face à face, assis par terre, sur le moisi et dans la sueur. Finalement, j'avais ôté ma veste. Je n'étais plus dérangé par les surfaces qui gluaient dans mon dos, dit Dondog.

Parfois aussi, alors que nous devisions ou que nous étions muets ou que je développais des éléments mineurs, Marconi sursautait. On avait l'impression qu'il allait roter, et que le rot allait surgir non de son estomac, mais de toutes les profondeurs de ses muscles et de ses cauchemars, de tout son corps, membres et mauvais rêves compris. La chair de Marconi, dans son ensemble, rotait ainsi des pieds à la tête. L'éructation durait plusieurs secondes. La chemisette dégoûtante de Marconi gonflait, les bras nus de Marconi se couvraient, pendant un instant, d'une couche de plumes gris-vert, puis, avec un chuchotement d'éventail qui se referme, le duvet retournait dans le néant d'où il avait émergé, c'est-à-dire sous la peau de Marconi.

Marconi s'excusait.

— Pardon, bougonnait-il. Je n'ai pas pu me retenir.

— C'est quoi, ça ? s'étonnait Dondog.

— Du duvet, disait Marconi avec réticence. Ça apparaît trois secondes et ça disparaît.

— C'est une maladie ?

— Non. Juste un sortilège de rien du tout. Quand Jessie Loo m'a soigné, elle s'est trompée dans un dosage, répondait Marconi. Elle avait oublié la bonne formule.

— Ah, disait Dondog. Elle avait oublié, elle aussi. C'est donc que ça n'arrive pas qu'à moi.

La nuit s'était assombrie jusqu'à devenir compacte. Ils suffoquaient. Les coups sourds se répercutaient dans les murs, depuis des taudis insituables, dans la tête de Dondog, très loin.

— Allez, Balbaïan, grommelez vos souvenirs de camp, ordonna Marconi, à un moment. Allez-y. Faites comme si vous étiez endormi et seul. Ne vous occupez pas de moi.

Il devait être autour de minuit.

— Grommelez tout, dit Marconi. Grommelez vos trous de mémoire. Le reste viendra.

XII. PRIÈRE AU CAMP DES BLATTES

Quand je sus que Khokhot Maltchougane allait peut-être violer Irena Soledad avant moi, j'en conçus un profond déplaisir, grommelle Dondog.

Mais lorsque j'eus sous les yeux une lettre qui m'informait que le forfait avait déjà eu lieu, mon déplaisir se mua en désespoir. Je ne pus retenir un mugissement de blessé grave, dit Dondog. J'étais dans le bureau du directeur, derrière le directeur, presque appuyé sur le fauteuil du directeur, et je découvrais la dénonciation en même temps que lui. Le mugissement continuait. Le directeur se retourna vers moi et me chassa.

– Dites donc, Balbaïan, hurla-t-il, quelqu'un vous a autorisé à lire par-dessus mon épaule ?... Allez, déguerpissez !

D'après l'informateur, Khokhot Maltchougane et Irena Soledad se retrouvaient chaque soir avant le couvre-feu, à la lisière des barbelés, près du baraquement des femmes, et, sous les sapins, dans le silence que

rompaient les éclats de voix venus du club culturel,
tantôt ils s'allongeaient sur les aiguilles mortes, tantôt
ils restaient debout contre l'écorce, profitant du crépuscule et du relâchement de la discipline à cette heure
de loisir, profitant de chaque seconde de répit pour
échanger des baisers lascifs et des étreintes. Signé Khrili
Untz, avec mes salutations respectueuses.

J'allai à la fenêtre. Pendant un instant, les yeux
embués, je fus immobile en face de l'automne. Un
unique mirador émergeait du paysage, bancal et
comme rabougri au pied des majestueux mélèzes. Je
contemplai cela en grinçant. Mes épaules, des sanglots
les bousculaient. Irena. Sanglot. Soledad. Sanglot.

— Allez-vous-en, Balbaïan! se fâcha le directeur. Je
n'ai pas le temps de m'occuper de vous. Retournez au
bloc sanitaire! Vous m'entendez, Balbaïan?

— Oui, dis-je.

Je quittai les appartements du directeur sans rien
voir, bras écartés pour conserver un semblant d'équilibre. Je me cognais contre les portes, les angles.
Étourdi de désarroi, écumant, j'aboutis dans le hangar
où les prisonniers avaient empilé des bûches pour le
chauffage de la maison du directeur. J'étais couvert de
bave et de terre, sans force dans les jambes, l'esprit
vide. De temps en temps, Irena Soledad se glissait sous
mes paupières, boudeuse, appétissante, mais presque
aussitôt Khokhot Maltchougane arrivait à sa suite, la
serrait contre lui et la pelotait avec fureur.

Je m'accroupis et me mis à gémir entre deux stères de bois, dans les odeurs de sciure humide et de champignons.

À cette époque on me tenait pour insane, dit Dondog, et, faute de volontaire pour m'euthanasier, on m'avait relégué à l'infirmerie en attendant que mon état s'améliore. J'avais des crises de chamanisme, des troubles de la personnalité, une mémoire entièrement détruite, et si peu d'énergie physique que ma dispense de travail était renouvelée de semaine en semaine depuis des mois. En réalité, on ne savait que faire de moi. Les armoires à pharmacie du bloc sanitaire contenaient de quoi soigner les incidents de bûcheronnage, amputations à la hache et autres écrabouillages, mais, quand il fallait apaiser mes angoisses schizophrènes les plus bruyantes, l'infirmier de service fouillait en vain parmi les fioles. Il rugissait des jurons obscènes et me renvoyait dans le dortoir sans piqûre. Faute de traitement chimique, on avait donc préconisé pour moi des promenades, du repos. On me permettait de déambuler à ma guise dans le camp. Je jouissais d'une grande liberté de mouvement, dit Dondog. Comme je n'étais ni très sale ni vraiment désobéissant, on acceptait partout ma présence. On me tolérait aussi parce que j'avais encore assez d'intelligence pour répondre à des questions, et même quelquefois pour soutenir une petite conversation, dit Dondog.

Je restai près des bûches pendant une heure, poursuit

Dondog, puis je décidai de réagir. Dondog, pensai-je, rien ne prouve que tu sois seulement un chamane de pacotille. Vas-y, essaie de mobiliser autour de toi les forces obscures !... Rends-toi dans l'espace noir !... Au lieu de verser des larmes, tu n'as qu'à tordre et distordre et courber le présent jusqu'à ce que Khokhot Maltchougane se sépare d'Irena Soledad !... Allez, Dondog, chamanise, rêve, transforme tout !...

Je me relevai. Le hangar était silencieux. Personne n'avait assisté à mes lamentations devant les bûches. Je m'essuyai le visage, je m'époussetai de la tête aux pieds et je remis de l'ordre dans mon apparence. Irena Soledad se matérialisait devant moi à chaque battement de cœur, charnue et belle, mais, derrière mes paupières, Khokhot Maltchougane déjà ne copulait plus avec elle en permanence. J'avais réussi à les séparer. Maltchougane fumait, adossé à un poteau électrique, pas très loin de la barrière qui séparait le secteur des hommes et celui des femmes, et, dans l'humidité crépusculaire, rien de spécial ne se produisait. On entendait des détenus coréens chanter dans le club culturel. Khokhot Maltchougane examinait la cime des clôtures barbelées et, au-delà, il observait les sapins, les mélèzes. Il était seul. Nulle femme ne venait à lui. Soledad errait ailleurs. Cela au moins, je l'avais réussi.

Je fis un crochet par la buanderie, je voulais me faire offrir un verre de thé par la vieille que tout le monde ici appelait, je ne sais pourquoi, Marfa la Noire. Cette vieille femme à allure de sorcière sibérienne était l'impératrice de tous les services d'intendance. Elle m'invita à m'asseoir dans mon local préféré, la pièce où elle remisait les réserves de linge, les draps, les chaussures en feutre, les manteaux de rechange et les gants supplémentaires pour l'hiver. Par la fenêtre, taillée directement à la cognée dans un mur de mélèzes, tombait une lumière grise. Je m'adossai aux draps des prisonniers, dit Dondog. La lessive n'avait pas suffi à en ôter les relents de sueur, les remugles de forêt à ours, de chantier et de résine.

Marfa apporta le thé. Au fond de mon verre tourbillonnait une cuillerée de confiture de myrtilles. Contre mes dents le récipient tinta. Le thé aussitôt m'ébouillanta les gencives. Ramolli sous l'effet des gâteries de Marfa, j'eus de nouveau envie de geindre. La vieille femme sans impatience dialoguait avec moi. Elle ne me rabrouait pas. Depuis longtemps elle était au courant de mes problèmes.

– Qu'est-ce que tu as à te soucier de cette salope ? dit-elle.

Déjà elle formulait des malédictions pour me faire plaisir. À Maltchougane elle souhaitait un transfert dans un camp à régime sévère, pour Irena Soledad elle imaginait des pustules, des mamelles brusquement affreuses, des vergetures ignobles, la calvitie. Ça serait parfait que du jour au lendemain elle cesse d'être désirable, cette vache, marmonnait-elle. Elle m'encourageait à me choisir une autre femme et, comme je lui avais confié mon intention de distordre le présent en ma faveur, elle me déconseillait de pratiquer le chamanisme. Tu n'as aucune aptitude au chamanisme, me répétait-elle. Au post-exotisme, peut-être, à l'invention de narrats pour détenus, peut-être, mais au chamanisme, pas du tout.

Les myrtilles sucrées éclataient l'une après l'autre sur ma langue.

D'un geste de la main, je fis disparaître la morve qui me mouillait les lèvres. Je comptais et recomptais en face de moi les chemises numérotées, pliées en piles effrayantes, je comptais les draps, les uniformes des gardiens, les caleçons, les paires de moufles, les couvertures. Sur le plancher sombre, je pressais alternativement le devant de mes bottes et leurs talons. Puis j'interrogeais le regard décoloré de la vieille femme qui me consolait, de Marfa, la reine des cuisines, des buanderies et des bains. Maintenant elle énumérait les prisonnières du camp qui, selon elle, méritaient plus ma sympathie que Soledad. Elle me vantait les mérites d'Éliane Schust, la petite bibliothécaire. Puis elle revenait à mon destin. Elle était forcée d'admettre que je n'étais pas né sous une bonne étoile. Et aucune plongée chamanique n'y pourra rien, mon petit, appuyait-elle, et surtout n'essaie pas d'invoquer des puissances qui te dépassent, ne te frotte pas à cela !

– Mon pauvre petit, disait-elle. Comment, toi, tu pourrais modifier le présent ? Même la révolution mondiale n'a rien pu changer à la saloperie du monde. Même elle ne pourrait pas intervenir en ta faveur.

– C'est dire, soupirait Dondog.

Sur ces entrefaites, la nuit passa.

Maintenant le directeur venait de se réveiller. Autour de lui, la chambre sentait les sous-vêtements d'officier, la respiration et les pets. Il ne sortait pas encore de son lit et il écoutait les communiqués à la radio. Sur le front agricole, les avancées avaient été triomphales. Grâce à la nouvelle politique de nos dirigeants, la production de céréales et de pommes de terre se comptait en millions de tonnes même dans les régions du monde où des conditions atmosphériques détestables empêchaient les céréales et les pommes de terre de pousser. L'approvisionnement des camps, un instant menacé, ne serait donc pas interrompu cet hiver.

Dehors, l'herbe et les barbelés scintillaient sous les lampadaires. Le mirador luisait. L'aube tardait.

Le directeur ouvrit la fenêtre de sa chambre.

Assise sur une souche de mélèze, une sentinelle harassée par douze heures de garde somnolait, inclinant sa carabine vers son pied droit comme si elle réfléchissait au meilleur angle de tir pour se mutiler. Le soldat se redressa, dirigea vers le directeur un regard d'acier et ébaucha un salut réglementaire. Comme j'étais déjà sorti du bloc sanitaire et que je me bague-naudais à proximité, dit Dondog, je fis la même chose. Le directeur nous répondit par un geste informel. Derrière le directeur, le son du poste était réglé sur le maximum. En attendant le programme de gymnas-tique matinale, d'immenses mers de maïs et de riz ondulaient, de gigantesques montagnes de betteraves gonflaient sur l'horizon, et rien ne contrariait notre prospérité planétaire, ni grêle ni foudre ni déluge, ni les dévastations dues aux tornades magnétiques et au changement de climat, ni les saboteurs, ni les ennemis du peuple, ni les invasions de vermine mutante, ni les maladies du bétail, ou mentales.

La fenêtre du directeur se referma.

Il était encore très tôt.

— Dégage, Balbaïan, bougonna le soldat.

J'allai m'accroupir devant la clôture, et, quand la sentinelle se fut écartée, je revins vers la souche.

J'avais de nouveau en tête les somptueux balance-ments de hanches d'Irena Soledad. J'ignorais si la jour-née à venir ressemblerait ou non à la précédente. Est-ce qu'Irena Soledad allait encore une fois se donner corps et âme à Khokhot Maltchougane ?... À la pensée de ce coït probable, ma gorge se noua. Je désirais tant un aujourd'hui différent, où Irena ne serait pas un jouet entre les mains de Maltchougane ! Le réel me faisait affreusement souffrir. Allez, Dondog, c'est maintenant ou jamais, me disais-je. Désobéis à Marfa la Noire, plonge dans les univers obscurs! Chante pour que le présent se métamorphose, Marfa la Noire ne t'en voudra pas!...

J'abattis mes poings sur ce qui restait du mélèze mort. Le bois ne résonnait pas. J'entrepris néanmoins de tambouriner et de marmonner des nasales magiques. Il faisait très froid. Il y avait du givre autour de moi. La lampe qui éclairait la pelouse et les fils de fer lançaient des lueurs d'hiver. Je me mis à taper de plus belle. Si quelqu'un m'avait demandé ce qui m'arrivait, j'aurais répondu que je cherchais à me réchauffer, mais, en réalité, je priais. Je n'ai jamais reçu la moindre éducation religieuse et je ne crois à rien, et j'avais oublié le nom des dieux auxquels les blattes et les chamanes s'adressent en cas de détresse, mais il me semble que c'était une prière qui serpentait hors de ma bouche.

Puisque ce n'était pas une lamentation, en tout cas, ce devait être une prière.

Maître mélèze, chantonnais-je bouche presque close, maître, par cette souche que je heurte en chantonnant dans la nuit encore noire, par ce tronc mutilé qui continue à exister dans la terre comme si les haches et la mort n'avaient eu sur toi aucune action néfaste, maître, par ta chair boisée qui refuse de se rendre, par cet aubier et ces racines qui refusent de se rendre et de pourrir, et aussi par le premier cercle des clôtures et par la deuxième enceinte barbelée, et par ces touffes

d'herbe que ce matin le givre brûle, par les nuages que
le vent dans les hauteurs rudoie, par les premières
neiges qu'ils annoncent, je te supplie, maître mélèze,
maître, et tes compères les cent vingt-sept corbeaux, je
vous supplie, par ces étendues de moins en moins
vertes qui agonisent entre les baraquements, par cette
terre qui est sonore sous nos pieds car maintenant
chaque nuit le gel de nouveau la pétrifie, par cette terre
qui nous nourrit toi et moi et nous supporte, toi mort
plus que mort et moi insane plus qu'insane et déjà
mort, par l'écorce de tes congénères qui embaument
au petit matin quand l'escouade franchit les barrières,
par le fil hirsute des barrières contre lequel parfois se
déchirent des mains impatientes, je te supplie, maître
mélèze, je te supplie, par les prairies ignorées et les
trouées que la forêt autorise entre ses murailles, par les
champs de betteraves et par les champs de pommes de
terre que la vermine grâce à nos dirigeants dédaigne,
par les infinitudes que tout-puissant tu administres
d'un point cardinal à l'autre, maître mélèze, que
tu administres avec tes onze fois onze sèves et avec
les forces du vent et de la révolution mondiale, par
l'odeur des champignons qui poussent sous le plancher
surélevé des baraquements, par cette odeur de plein
automne qui sinue maintenant à travers les collines
et les bois, par la ligne des premières fougères au-delà
des barbelés, par le premier maigre rideau de bouleaux
et le premier fossé, maître, maître mélèze, je te supplie,

au nom de la révolution mondiale et de la forêt
profonde, je te supplie, maître, par ces ordres clamés
au lever du jour, par le rituel de la revue, des repas, du
travail, de la rééducation, je te supplie, par les gardiens
et les soldats qui nous surveillent jour et nuit, je te
supplie, par les murmures de la forêt qui met longtemps à s'ébrouer dans les brumes du petit matin, qui
longtemps prolonge la froide rudesse de l'aube, par les
mille et neuf bruits des hommes et des bêtes, par
les échos que produit le détachement quand il marche
sur les chemins jonchés de feuilles noires et rousses,
d'aiguilles brunes et rousses, maître mélèze, maître, par
la musique des cognées et des scies qui blessent et tour-
mentent les troncs, par les voix des détenus qui s'inter-
pellent de vallon en vallon, par les loups silencieux qui
sont tapis près de la coupe et qui attendent le crépuscule pour bouger, par l'amertume des ivraies à l'orée
des clairières, je te supplie, je te supplie, par le cercle
qui ne figure sur aucune carte mais qui, selon la
légende, ferme la zone pénitentiaire, comme s'il pouvait y avoir une extrémité sur une surface sphérique, je
te supplie, maître mélèze, par les sept baraques du
camp des hommes et par les trois baraques du camp
des femmes, par les chants que certains soirs les
détenus entonnent au club culturel, par ces chants
harmonieux et souvent tristes, souvent joyeux, souvent
barbares, je te supplie, je te supplie, maître, maître
mélèze, par le bloc sanitaire où les médicaments sont si

rares, par les bains qui vers la fin de l'été ruissellent de crésyl et de goudron, par les dortoirs encombrés de nippes et de vêtements de travail blanchis de sueur, par la note aiguë de la lame de Khrili Untz qui entame une branche, par la note moins aiguë que tient le vent pendant des heures au sommet des collines, par le martèlement de mes poings sur ton corps de maître, par la vibration de ce tambour muet, je te supplie, par les étendues de maïs et les céréales géantes et indestructibles qui survivent aux incendies des saboteurs et aux rats, par les incantations miraculeuses des agronomes de la révolution mondiale, par l'hiver qui recommence, je te supplie, maître, je te supplie, maître, par les onze fois onze parfums de l'hiver, par les grands froids et la neige qui vont venir, par toutes les cruautés et les morts qui vont venir, par cette saison qui meurt, par ce climat qui s'enténèbre, je te supplie, par les mélodies que soir après soir Éliane Schust la petite bibliothécaire glisse dans le gramophone du club culturel, par la nostalgie qui alors nous étreint tous, détenus et gardiens, car ces chansons racontent le passé de la révolution mondiale et le passé des peuples nomades ou sédentaires qui construisaient fraternellement et librement les camps de la révolution mondiale, je te supplie, maître, maître mélèze, je te supplie et je te supplie...

Quelques instants plus tard, comme un gardien se dirigeait vers le baraquement n° 3, je m'interrompis dans ma litanie et je le suivis. Le gardien ne m'accorda aucune attention. Pour lui, j'étais un chien dans la nuit, rien de plus. Je l'accompagnai jusqu'au seuil du dortoir. Il entra, il donna un coup de matraque sur la banquette où reposait le chef de chambrée et il fit de la lumière dans le dortoir. Le chef de chambrée sursauta, un type nommé Djogane Sternhagen, condamné comme moi pour assassinat de tueurs et sabotage.

Sternhagen ouvrit ses yeux de fauve endurci, et sans regret il quitta le monde du sommeil, car comme toutes les nuits il avait rêvé qu'il était entouré d'Ybürs massacrés et qu'il ignorait s'il faisait partie des Ybürs ou des massacreurs. Il rejeta sur ses pieds la pelisse trouée qui lui tenait lieu de couverture et pirouetta souplement pour atterrir face au soldat.

— À vos ordres, chef! claironna-t-il.

Debout sur le plancher glacé, il ressemblait à un ours en petite culotte, nu et pelé et grisonnant, ridicule peut-être, mais capable de briser une échine d'un revers de patte. Le froid aussitôt commença à lui mordre le ventre. Le soldat avait laissé la porte grande ouverte. Sternhagen agrandit son sourire faussement servile, dévoilant toutes les caries de ses incisives. Il avait la chair de poule. C'était le doyen des détenus du dortoir.

Le soldat jouait avec sa matraque. La mauvaise humeur grondait dans ses moindres gestes.

— Pas la peine de faire le pitre, Sternhagen. Ta

baraque est en retard. Dis à tes blattes de cesser de ronfler, c'est toi le responsable, non ?

Sternhagen brailla quelques commandements féroces à la cantonade. Après une demi-minute de brouhaha, les seize détenus du n° 3 furent alignés dans les travées, à côté de la masse terne des lits de planches, avec à hauteur de visage les guenilles de travail suspendues, trop légères désormais pour la saison. Les hommes observaient un garde-à-vous approximatif. Ils étaient en petite tenue et ils attendaient l'ordre pour s'habiller. Le courant d'air avait instantanément expulsé toute la chaleur de la nuit. Un frisson général parcourut les rangs.

Le soldat prenait son temps. Il voyait que l'humidité glaciale du dehors indisposait les détenus immobiles. Dans son regard à l'intelligence très moyenne perçait la tentation du sadisme ordinaire, presque inévitable dans cette situation, où un homme en uniforme fait face à des loqueteux à moitié nus et frigorifiés. Le silence se prolongeait.

– On peut se couvrir les fesses, chef ?... Parce que pour grelotter, ce matin, on grelotte ! se plaignit une voix hardie, celle de Khokhot Maltchougane, un gaillard aux côtes saillantes, pas trop remplumé mais vigoureux, condamné comme nous tous pour incitation aux assassinats politiques et banditisme. Il avait des canines encore blanches, l'ivoire peu démoli encore par la mauvaise nourriture et les bagarres.

Je me trouvais collé au gardien à ce moment-là, dit Dondog, et je le gênais. Il se débarrassa soudain de moi avec brutalité. Je fis deux pas vers l'extérieur, mais je continuais à suivre les événements seconde par seconde.

— Tiens donc, Khokhot Maltchougane qui grelotte! commenta le gardien.

Il eut d'abord un rictus, puis il se renfrogna pour ruminer. Pupilles étrécies, il réécoutait ce que Khokhot Maltchougane avait dit. S'agissait-il d'une simple marque d'irrespect, ou d'une rébellion? Il en soupesait le poids d'insolence. La rouspétance, passe encore, mais toute attitude séditieuse devait être signalée au directeur, qui la sanctionnait automatiquement et sans pitié. La chambrée se tenait coite. Tout le monde attendait. Une minute s'écoula, ou peut-être beaucoup moins, ou peut-être un peu plus. Le soldat ne donnait même plus de coups de matraque dans la paume de sa main gauche. Un tic lui harcelait la joue. Méditer en imposant, mine de rien, une brimade collective, devait lui apporter une certaine joie. Dans le dortoir, des dents claquaient. Les hommes tremblaient. Ils ne s'étaient pas réhabitués encore aux basses températures.

— Khokhot qui grelotte, ça doit être son petit cœur qu'a la branlotte! hasarda Sternhagen.

Il avait trop froid. Pour son propre bénéfice plus que pour celui de la chambrée ou de Khokhot, le voilà qui se décidait à intervenir. Et alors, ainsi que l'avait prévu Sternhagen, comme toujours quand quelqu'un utilise des mots où l'image sexuelle du branlement est présente, il se fit entre les mâles une complicité fangeuse, graveleuse, toute en images sales et en souvenir de sensations solitaires.

Le soldat avala sa salive. Une expression de rouerie lubrique apparut sur son visage niais.

– Allez, dit-il, remuez-vous les fesses ! Tout le monde au réfectoire dans dix minutes !

Khokhot Maltchougane cherchait le regard de Djogane Sternhagen, il voulait remercier celui-ci d'un clin d'œil. Mais le chef de chambrée à présent triait quelques nippes qui constituaient sa garde-robe pour les premiers froids. Il les examinait avec soin, puis il les enfilait ou les accrochait à un clou du bat-flanc. Il ne voyait pas Khokhot, il ne s'intéressait pas à lui. Et ainsi, par ce souci théâtral de régler en priorité les choses intimes de sa vie, il manifestait son intention d'être rémunéré pour le service qu'il venait de rendre.

Et d'être rémunéré autrement que par un clin d'œil.

Et cela n'échappait pas à Khokhot Maltchougane, car, comme toutes les blattes, il connaissait les usages et les tarifications en vigueur.

Djogane Sternhagen avait-il vraiment sauvé Maltchougane d'une grave punition ? Son intervention avait-elle vraiment été décisive ? Pendant toute la journée, la question fut débattue entre les détenus, dans le bloc sanitaire ou ailleurs. J'écoutais les éclopés, les malades, j'allais et venais dans le camp que les prisonniers avaient déserté pour rejoindre les chantiers d'abattage. De l'avis général, la diversion de Sternhagen avait empêché Maltchougane de sombrer dans le malheur. Elle lui avait évité quelque chose comme un transfert en zone minière avec rallonge disciplinaire de cinq ans. Des invalides citaient le Code des blattes pour déterminer le prix du service rendu. D'après eux, Sternhagen pouvait exiger beaucoup de Maltchougane, Sternhagen avait désormais le droit de demander à Maltchougane de lui céder sa petite amie pour quelques soirées, et même pour toujours.

Je traînais à la buanderie, mais Marfa la Noire refusait de répondre à mes interrogations sur les amours et la danse nuptiale en atmosphère concentrationnaire. Elle ne m'incitait même plus à oublier Irena Soledad, elle ne me vantait même plus les mérites d'Éliane Schust en comparant celle-ci à Irena Soledad. Elle me servait des verres de thé en maugréant et elle retournait dans les magasins et la buanderie préparer la grande distribution des effets d'hiver. Elle me parlait à peine. Elle m'en voulait de lui avoir désobéi, d'avoir tapé sur le mélèze comme un chamane alors que je ne possédais pas l'art des chamanes. Quelqu'un lui avait rapporté mes activités d'avant le lever du jour, ou bien elle m'avait entendu. Pour des raisons qu'elle ne me confiait pas, sans doute parce que cela touchait en elle des souvenirs enfouis, elle ne supportait pas mes crises de chamanisme.

Au milieu de la matinée, Irena Soledad fut convoquée par l'autorité. Je la vis franchir la barrière du secteur des femmes, flanquée d'un gardien avec carabine. Je les rejoignis et les accompagnai tous deux jusque dans le bureau du directeur. Je me dandinais à très petite distance, à leur rythme, sans les déranger. J'étais leur ombre. Ils n'attachèrent aucune importance à mes gesticulations.

J'entrai en même temps que la prisonnière.

Je me glissai derrière le directeur et je restai tranquille.

Irena Soledad rêvassait en face de nous. Elle tripotait les franges de son châle qui avait glissé, une grande pièce de laine placée de travers sur ses épaules. Le soldat s'ennuyait dans un coin, la carabine négligemment pointée sur le plafond.

– Irena Soledad, vous m'écoutez? demanda le directeur.

Elle avait un air buté. En sus de l'hostilité naturelle dont les prisonnières font preuve quand on les interroge, on distinguait surtout de l'indolence dans son attitude. La clarté de ses iris, d'un brun pâle rarissime, illuminait l'espace qui nous séparait, mais, il faut le reconnaître, aucune intelligence ne venait briller aux frontières de ce regard paresseux, inattentif.

Le directeur utilisait l'argot des camps pour que le

contact intellectuel fût meilleur. Il mettait en garde la jeune femme contre la loi des détenus, le Code des blattes, et contre l'application que Khokhot Maltchougane et Djogane Sternhagen pourraient en faire. Il lui rappelait que le règlement du camp la protégeait contre les sévices et que son corps n'était pas une marchandise échangeable entre détenus mâles. Vous êtes ici pour vous rééduquer, pas pour vous dégrader, moralisait-il tout en louchant sur elle. Il l'encourageait à venir se plaindre immédiatement si quelqu'un voulait lui imposer par la violence des relations affectives ou sexuelles.

Irena Soledad ne répondait pas à ce discours. Elle triturait son châle, elle se balançait, elle amenait ses mains à la naissance de ses seins opulents, les promenait jusqu'à son cou, ses joues, elle déléguait un doigt au coin de ses lèvres pulpeuses, afin d'y essuyer une perle de salive. Elle ne souriait pas. Elle soupira. Ses hanches dansotèrent. Elle faisait comme si le directeur n'existait pas. Elle ressemblait à une jeune paysanne en excellente santé, sourde et muette.

Vexé, le directeur se tut, puis il la congédia. Entre ses mains frémissait le dossier d'Irena Soledad, condamnée comme nous autres pour prostitution avec récidive et complicité à groupe terroriste.

La prisonnière pivota et sans un mot elle se dirigea vers la sortie, précédant le soldat d'escorte qui n'ouvrait pas la bouche, lui non plus. Je leur emboîtai le pas. Tous les trois en silence nous traversâmes la pelouse, le chemin de terre, puis nous dépassâmes un buisson de groseilliers, quatre bouleaux, et nous longeâmes la cour sablonneuse où les escouades avaient tracé un réseau de sentiers parallèles pendant l'appel. Le camp était écrasé de nuages. Un front continu roulait bas sur les mélèzes, bousculant au passage les choucas et les corneilles qui guerroyaient par petits groupes contre le vent. L'air sentait la neige.

Au lieu de la reconduire dans le secteur des femmes, le soldat abandonna Irena Soledad devant le club culturel. Je m'élançai sur les talons du soldat, mais celui-ci me houspilla avec des vocables et des gestes orduriers, m'ordonnant de disparaître ou sinon. Finalement, je pris à mon tour le chemin du club.

Dans la bibliothèque, les radiateurs venaient d'être allumés. Ils répandaient un parfum irrespirable, de fonte huileuse et de poussière torréfiée. Irena en chaloupant du postérieur alla s'asseoir sur le radiateur le plus proche. Ses joues avaient rosi. Elle toussa.

— Ça serait temps qu'on nous distribue des manteaux, commenta-t-elle.

La responsable du travail culturel, Éliane Schust, condamnée comme moi pour assassinats de tueurs et trafic de faux papiers, fronça son museau fouineur et s'étonna :

— Comment que ça se fait que t'es pas partie avec le détachement, Soledad ? T'as passé à l'infirmerie pour une dispense ?

– Mais non. C'est que j'ai été convoquée par le directeur.

Éliane Schust siffla entre ses dents.

– À cause que tu fréquentes des hommes ? dit-elle.

Elle s'exprimait en blatnoï, avec un accent ybür qu'elle forçait jusqu'à la caricature. C'était une jolie fille, une petite brune qu'on avait affectée à la bibliothèque parce qu'elle était menue, fragile, incapable de supporter la dureté des chantiers en forêt. Dès qu'elle travaillait à l'extérieur, ses os se cassaient. Elle accumulait les fractures, et, comme fréquemment elle séjournait au bloc sanitaire pour ses plâtres, j'avais eu mainte occasion de faire sa connaissance.

J'avais même une fois dormi sous son lit, dit Dondog.

Il lui arrivait de s'adresser à moi, dit Dondog. Elle feignait de ne pas remarquer ma présence et elle évoquait à haute voix son enfance. Je ne réussissais pas, en réponse, à lui raconter la mienne. Sur les années d'avant les camps rien ne franchissait jamais mes lèvres. J'avais oublié, ou je ne pouvais rien dire.

Pour satisfaire sa curiosité, j'inventais néanmoins de brèves autobiographies que je recopiais sur des feuilles de journal pliées en huit ou en seize. J'écrivais entre les lignes imprimées. J'allais ensuite subrepticement glisser cela sur les rayonnages de la bibliothèque, entre les volumes officiels. J'ignore si Éliane Schust avait remarqué mon manège. J'ignore si elle lisait ma prose.

Elle n'abordait jamais le sujet devant moi. Elle s'intéressait assez peu à l'écriture concentrationnaire. Elle
préférait la vie réelle, je suppose. Elle ne manquait pas
une occasion de cancaner sur les amourettes et les
menues tragédies du camp.

— Non, c'était comme ça, pour rien, dit Irena
Soledad.

D'un air méprisant, Irena Soledad inspecta le local
culturel : la table centrale, les murs de rondins avec les
affiches idiotes qui appelaient à préserver la forêt et sa
faune, et, sur les étagères, des revues scientifiques et des
classiques de la littérature, dont les pages servaient en
priorité à rouler des cigarettes de lichen, d'herbes
sèches. J'allai fouiller de ce côté-là pour voir si quelqu'un avait emprunté le texte que j'avais inséré la
semaine précédente parmi les reliures crasseuses, un
mince chiffon post-exotique intitulé *Schlumm*. Mais il
avait glissé hors de portée des lecteurs, derrière *Les
Mille et Une Nuits*. Personne n'y avait touché. Personne
n'avait touché à *Schlumm*, je veux dire. Le titre, peut-
être, avait eu un effet dissuasif. Ou le papier, moins
attirant encore que le titre.

— Il est très à cheval sur le règlement, continua Irena
Soledad.

Éliane Schust de nouveau fronça le bout de son nez.

— T'es sûre que c'est pas plutôt sur toi qu'il aurait
envie d'être à cheval ? fit-elle.

Soledad pouffa.

Dondog s'appliquait à remettre *Schlumm* en évidence sur l'étagère.

Je pense que je donnais l'impression de reclasser les livres par ordre alphabétique, dit Dondog. Mais, de près, mes mains avaient des spasmes. Mes doigts tremblaient. La proximité d'Éliane Schust me bouleversait, dit Dondog. Les pages de *Schlumm* m'échappèrent, elles se déchiraient et se froissaient. Je me mis à mouliner des bras, dit Dondog. Je devais être au bord d'une crise, une crise impétueuse. En moi soudain il faisait chaud et noir. Éliane, murmurai-je. J'essayais d'avancer prudemment en direction d'Éliane Schust. Mes jambes ne m'obéissaient pas. La distance était infranchissable. Éliane Schust riait, elle aussi, comme Soledad, mais sans la vulgarité de Soledad. Elle tendait vers moi sa physionomie lumineuse de petit animal, puis je m'aperçus que son regard ne s'arrêtait pas sur moi. Elle ne me voyait pas. Je n'existais pas. En tout cas, je ne comptais pas pour elle.

Les radiateurs craquaient autour de nous. Maître mélèze, je te supplie, balbutiai-je. Je me rappelais quelques bribes de l'enfance d'Éliane Schust, je me rappelais m'être glissé un jour sous son lit du bloc sanitaire et m'y être endormi, je me rappelais les appréciations élogieuses que Marfa la Noire avait formulées à propos d'Éliane Schust. L'obscurité autour de nous sentait les sous-bois, les renardes, les taupes. Devant moi, à un pas, inaccessible, Éliane Schust riait. J'avais l'impression que cette fille avait été très proche de moi, sans doute avant les camps, et qu'ensuite nous nous étions perdus de vue sans nous oublier complètement, et que, maintenant, enfin, le destin s'apprêtait à nous réunir. Toutefois, j'avais beau m'agiter, l'espace qui nous séparait encore ne se réduisait pas. J'eus l'idée de meugler un appel pour qu'elle m'entende. Je n'aurais pas osé lui avouer que je la trouvais merveilleuse, mais lui meugler quelque chose, ça, je le pouvais, dit Dondog.

À peine eus-je fini de crier que les deux femmes cessèrent de rire. Elles paraissaient dégoûtées soudain par mes manifestations sonores ou mon aspect physique. Elles s'étaient emparées d'un balai pour me repousser vers la sortie. Elles me balayèrent en vociférant. La brosse me tapait tantôt sur le dos, tantôt sur la tête. Derrière moi, la porte du club culturel claqua, dit Dondog.

Dondog roula sur les marches et resta allongé par terre quelques minutes. Il s'appuyait sur un coude, il regardait la cour, les baraquements, les barbelés, la barrière entre le secteur des hommes et celui des femmes. Puis les escouades apparurent sur le chemin de la forêt et s'approchèrent de l'enceinte. Les détenus franchirent les portes, déposèrent le matériel entre les clôtures, toujours en bon ordre traversèrent la cour sablonneuse, et, quand l'appel eut été effectué devant les dortoirs, ils s'égaillèrent.

Dondog se remit à quatre pattes, puis à deux. Le camp alentour bruissait des activités de la fin d'après-midi. Dans la bibliothèque entraient ceux qui avaient besoin des classiques de la littérature pour leurs cigarettes, puis ils ressortaient. Les hommes du baraquement n° 2 faisaient la queue devant le bâtiment des douches. Sur le gramophone du club tournait déjà le rouleau préféré des Coréens, un pansori interprété par une chanteuse de l'entre-deux-guerres. On voyait Marfa la Noire et un soldat recruter des volontaires près du baraquement n° 6 pour transporter des piles de linge propre, des ballots énormes. Les sentinelles venaient d'être relevées en haut des miradors. La plupart des détenus étaient vautrés sur leur paillasse. Ils pensaient à la cantine, à leur fatigue et au soir à venir.

Le ciel était de plus en plus gris. Un dirigeable bleu foncé le traversait d'est en ouest, luttant contre le vent qui souffle en altitude, gigantesque, chargé de troncs très sombres.

Ainsi que cela se produit parfois au milieu du brouhaha, il y eut quelques secondes de silence. Un loup aboya dans un vallon des environs, à moins d'un kilomètre. Et alors, comme si c'était le signal qu'elles attendaient pour reprendre, les rumeurs reprirent.

Djogane Sternhagen sortit du baraquement n° 3 et il se dirigea vers l'arrière du club culturel. Il alla jusqu'au bosquet de sapins. Entre les barbelés et les arbres, il y avait un espace tranquille. Il s'adossa à un sapin et tira une cigarette de sa poche, et il la pétrit pour qu'elle redevienne à peu près cylindrique.

Je contournai la bibliothèque et je le rejoignis, dit Dondog. Sous mes pieds, le sol crissait, des pommes gémissaient. Comme Djogane Sternhagen ne m'ordonnait pas d'aller me faire pendre ailleurs, je cessai de sautiller à côté de lui, dit Dondog. Je m'adossai à un tronc voisin, je me figeai. Je respirais les odeurs âcres du sous-bois, les parfums riches. Un renard avait uriné ici la veille ou l'avant-veille, sur le tapis des aiguilles mortes.

Maintenant, Djogane Sternhagen avait allumé sa cigarette d'herbes sèches. Il la fumait en observant, à travers les branches, les nuages, car le dirigeable était à présent hors de vue. Ensemble nous prêtions l'oreille, dit Dondog, aux bruits du camp avant le crépuscule, et nous écoutions le pansori que les Coréens avaient remis sur le gramophone.

Après une minute environ, Khokhot Maltchougane dépassa l'arrière du bâtiment culturel et se dirigea vers Djogane Sternhagen. Dès qu'il fut près de nous, dit Dondog, il baissa les yeux et attendit sans rien dire, comme l'exige le Code des blattes quand le moment est venu de savoir à combien s'élève le prix du service rendu.

Sternhagen haussa les épaules, puis il proposa une cigarette à Maltchougane. L'autre accepta d'un geste.

Ils se mirent à fumer l'un en face de l'autre. L'ombre était bleutée sous les sapins. Je voyais très bien le visage jeune et dur de Maltchougane et, de profil, la tête du vieil ours baroudeur qu'était Sternhagen. J'avais l'impression qu'aucune conversation ne se nouait, mais, ensuite, je constatai qu'ils s'étaient mis à discuter à voix basse. Ils chuchotaient en argot des camps. Leurs lèvres ne remuaient presque pas.

— Ta petite amie, c'est bien la bibliothécaire? répétait Sternhagen.

Je percevais tout juste la moitié de leurs paroles, et, quand je me concentrais, j'en percevais moins encore.

— Oui, disait Maltchougane. Ça a changé. Maintenant, c'est la bibliothécaire.

— Bon, dit Sternhagen. Tu me la refiles pour l'hiver.

— Oui, dit Maltchougane.

— C'est le prix, dit Sternhagen.

Ils fumaient en regardant les nuages à travers les branches, ils évitaient de croiser les yeux, et pourtant ils avaient l'air assez à l'aise l'un avec l'autre.

— D'accord, dit Maltchougane. Mais je la reprends au printemps.

— Si t'estimes qu'elle en vaut toujours la peine, dit Sternhagen.

L'ombre avait bleui encore.

Je me mis à taper sur l'écorce du sapin. Éliane. Sanglot. Schust. Sanglot. J'assénais mes poings sur les rides et les crevasses dures de l'écorce. Je m'agitais. Je ne saisissais pas très bien ce qu'ils disaient, peut-être même pas le dixième. Je comprenais simplement que Djogane Sternhagen allait violer Éliane Schust avant moi, et cela me causait un profond déplaisir, et, à force de cogner sur l'arbre, le déplaisir se muait en désespoir.

XIII. LE MONOLOGUE DE DONDOG

Lorsque le système des camps se fut universalisé, l'aspiration à fuir cessa de nous obséder. L'extérieur était devenu un espace improbable, même les blattes les plus instables avaient cessé d'en rêver ; les tentatives d'évasion s'effectuaient à contrecœur, dans des minutes d'égarement, elles ne menaient jamais nulle part. Les années ensuite s'égrenèrent, sans doute un peu différentes l'une de l'autre, mais je ne me rappelle pas en quoi, précisément. Les barbelés rouillaient, les barrières désormais restaient ouvertes, les miradors tombaient en ruine. Les transferts se déroulaient sans escorte. Pour les amateurs de nouveauté, seule la mort pouvait désormais ouvrir de véritables perspectives. On commença alors à se sentir mieux dans sa peau, et même ailleurs.

C'était comme si chacun de nous avait enfin trouvé une justification à l'existence. Tout allait bien, il suffisait d'attendre son trépas pour que ça change. En vérité, dans mon cas, la sensation d'avoir perdu la mémoire gâchait un peu mon espérance. J'avais tendance à considérer qu'au bout du chemin l'amnésie me handicaperait, et que, une fois décédé, je ne saurais pas quoi faire. Je m'accrochais à des plans de vengeance pour conserver l'envie de survivre jusque-là, mais j'avais peur d'ignorer, le moment venu, comment me venger et de qui. Au contraire de mes codétenus, je n'étais absolument pas sûr que ma mort transformerait ma destinée de façon satisfaisante. J'avançais dans cette direction sans connaître avec certitude le nom, le visage et l'histoire de ceux qui avaient été tués, et dont pourtant je me promettais de punir les tueurs. Quant à ceux-ci, les criminels à abattre, j'avais tout oublié sur eux.

C'était angoissant, dit Dondog.

Par chance, il y avait des moines tantriques qui rôdaient entre les baraquements, condamnés comme moi pour propagande mensongère, et, dans la mesure où ils respectaient les animaux autant que les humains, j'avais eu moi aussi accès à leur bonne parole. J'avais lu les notices sacrées qu'ils distribuaient. J'avais appris par cœur les modes d'emploi. Après ton décès, expliquait la doctrine, il te restera un moment de Bardo avant l'extinction : un temps de passage qui précédera ta mort terminale proprement dite. Ta lucidité sera plus grande, assuraient les notices, ta mémoire sera de nouveau comme un livre non effacé. Je m'étais mis à spéculer à partir de là, dit Dondog. Je comptais sur ce délai pour traquer les criminels et les exécuter, dit Dondog. Gulmuz Korsakov et Tonny Bronx, par exemple. Pour ne prendre qu'eux dans la liste. Les lamas affirmaient que je les retrouverais dans le Bardo, si je m'en donnais la peine et si j'en avais vraiment le désir.

Ça me portait un peu en avant, cette idée, dit Dondog.

Ça me donnait confiance pour la suite, dit-il. Pour les exécutions à suivre.

Il soupira. Quant à Éliane Hotchkiss, reprit-il, son nom me trottait dans la tête, mais je ne savais qu'en penser, sous quelle rubrique l'inscrire.

– Bah, j'ai déjà dit tout ça tant de fois, gronda-t-il.

À côté de lui, Marconi écoutait ou feignait d'écouter, avec de brefs épisodes pendant lesquels il se couvrait de plumes. J'ai déjà signalé ce phénomène, dit Dondog. Il y avait ce plumage qui surgissait et s'évanouissait avec un bruit d'épingles, un chuchotis d'épingles remuées dans une boîte, et ensuite Marconi proférait des excuses. On le voyait de moins en moins : à la fin du crépuscule, un orage avait éclaté, absorbant les dernières lueurs. Il fallait profiter des zébrures de la foudre pour vérifier si Marconi était toujours là.

La pluie crépitait sur le balcon. Elle était chaude et noire. La température ne baissait pas. Nous cuisions dans les ténèbres. Je me sentais égaré dans une palabre circulaire, sans conclusion possible, dit Dondog. J'espérais que bientôt Marconi interviendrait et qu'il m'interrogerait, dit Dondog.

Affolées par l'averse, des bestioles de toutes sortes s'étaient repliées dans le 4A. Les geckos en avaient profité pour chasser, et maintenant, crocodilement alanguis en haut des murs, ils digéraient. Les blattes, elles, en tous sens furetaient. L'arrivée de la nuit les avait excitées. Elles bruissaient. Leur nombre s'était accru. Ni Dondog ni Marconi n'avaient remué depuis des heures, et elles trottinaient le long de leurs jambes, et, quand Marconi se couvrait de duvet et demandait pardon dans le noir, elles s'en fichaient.

Marconi avait encore plusieurs fois essayé de s'éclipser, mais je l'avais toujours rattrapé. Je lui courais après sans hargne particulière. Je le poursuivais dans l'escalier jusqu'à la bouche du vide-ordures, je lui frappais sur les artères comme les Coréens du camp me l'avaient appris, aux endroits qui étourdissent, et je l'agrippais sous les aisselles pour le ramener dans l'appartement et l'obliger à se rasseoir. Aucun sang n'était versé.

Que Marconi fût ou non Korsakov, je n'avais pas envie d'égorger Marconi, dit Dondog. Égorger Marconi avait quelque chose de scabreux, maintenant que nous avions partagé de la nuit, du silence et du langage. J'ai déjà dû dire cela quelque part, dit Dondog. Mais même l'égorgement de Korsakov me semblait moins nécessaire qu'autrefois, après tout ce que j'avais raconté sur lui.

En évoquant devant Marconi la figure de Gabriella Bruna et celle de Gulmuz Korsakov, Dondog avait sans le savoir pris le risque de devoir mettre sa vengeance en veilleuse, dit Dondog.

Mais pour des raisons plus naturelles encore, sa volonté d'agir faiblissait, des raisons liées à son état de fatigue extrême, note Dondog. Comme souvent on l'observe chez les défunts, il n'éprouvait plus le besoin de continuer, et cela même s'il remettait la fin à plus tard. Il chuchotait par pure inertie, sans savoir quoi ni pourquoi, au point de ne même plus avoir assez d'énergie pour se taire.

— Lorsque le système des camps se fut étendu à l'ensemble des continents… dit Dondog. Puis, pour se montrer à lui-même qu'il n'était pas totalement déjà mort, il s'obligea à ne pas terminer sa phrase.

Ils restèrent tous deux muets pendant d'épaisses minutes, sans rien d'autre pour orner leur existence que de la sueur et de la respiration oppressée. Des éclairs sans tonnerre les maquillaient en blême furtif, de temps en temps.

— Quand on vous entend parler des camps, dit Marconi pour rompre le vide, on a l'impression que vous étiez salement insane, à un moment.

— Oui, dit Dondog. Mais ensuite j'ai connu un mieux.

— Vous étiez très atteint, insista Marconi. Même pour une blatte. Vous aviez sombré nettement en dessous des normes humaines. Ou je me trompe ?

— Oh, les normes humaines, moi… fit Dondog.

Il y eut un ultime éclair. La pluie cessa. L'obscurité torride les drapait. Loin derrière les murs, le tambour chamane ne s'était pas interrompu. Déjà, dans Cockroach Street, les éclats de voix nocturnes renaissaient. Quelqu'un hurla de rire avant de refermer une porte.

Dondog se taisait.

— Allez-y, Balbaïan, imaginez que vous avez encore quelque chose à dire, suggéra Marconi.

— Le séjour en camp avait eu des effets bénéfiques sur ma santé, haleta Dondog. Je n'avais pas retrouvé la mémoire, mais j'allais mieux. Le présent me paraissait moins étrange. Après des années difficiles, on m'avait remis au travail là où j'avais le plus de compétences, tantôt dans la récupération du plomb sur les batteries de camions, tantôt dans le creusement de tunnels. J'avais retrouvé un rythme d'existence à peu près normal. Pendant mes loisirs, j'avais enfin le goût d'écrire. Je m'occupais de livres et de théâtre, je fréquentais des clubs de sport où des Chinois, des Japonais et des Coréens m'apprenaient à tuer n'importe quel adversaire avec ou sans lame. Plusieurs décennies s'écoulèrent ainsi, sans aventures.

Le climat changeait. Il n'était plus nécessaire

de voyager très au sud pour être trempé de sueur en permanence. Les conditions politiques aussi se modifiaient. La fraction Werschwell, qui avait organisé les massacres, avait été anéantie depuis près d'une génération. On ne parlait plus nulle part ni de la fraction Werschwell, ni de la deuxième extermination des Ybürs. C'était reposant, en un sens. On ne parlait jamais plus des Ybürs, non plus. Ils avaient été assassinés dans leur quasi-totalité, à l'exception d'une poignée qui avait abouti dans le sanctuaire barbelé des camps, et on n'en parlait plus.

Je ne me souvenais de rien, dit Dondog. Tout ce qui était situé avant le présent disparaissait au fur et à mesure. Même le contenu de mes livres ne se fixait pas en moi de façon durable. Je devais constamment en réécrire d'autres pour me rappeler les histoires que j'avais déjà racontées. Mes personnages s'appelaient toujours un peu de la même manière, tantôt Schlumm, tantôt Schruff, tantôt Schlupf ou Schlums, ou Schlump, et même parfois Stumpf ou Schwuch. Ou Schmunck. Cela ne me troublait pas, puisque chaque composition était pour moi comme si je n'avais jamais pris la plume auparavant, et cela ne prêtait pas non plus à conséquence dans mes relations avec le lectorat. Lecteurs et lectrices ne me demandaient jamais de comptes. Mes livres n'étaient que rarement diffusés à plus de trois exemplaires, ce qui suffisait pour répondre à la demande et même pour saturer le marché, dit Dondog. Le lectorat ne me sommait jamais de m'expliquer sur quoi que ce fût et je n'avais pas besoin, pour lui échapper, de me dissimuler derrière un pseudonyme indécryptable. Je signais Schlumm, et personne ne me reprochait rien à ce sujet, même pas la police. Personne ne venait pinailler en ma présence sur la question des orthonymes et des hétéronymes.

En revanche, lorsque je montais une pièce dans un des théâtres amateurs du camp, je me retrouvais crûment exposé à la présence du public et des comédiens, ce qui me conduisait à ruser avec mon identité. J'avais l'impression que le théâtre était plus dangereux pour moi que la prose normale, dit Dondog. Il fallait que je me protège, que je prenne des précautions spéciales.

Parfois, des inconnus s'approchaient de moi pour discuter à propos des pièces qu'ils avaient vues, dit Dondog. Par exemple, ils m'interrogeaient sur *Le Monologue de Dondog* ou sur des farces et impromptus moins fameux encore. Je niais toujours avoir écrit ces pièces, m'abritant derrière le nom que j'avais choisi pour les signer, c'est-à-dire pour me camoufler et pouvoir nier. Souvent mon mensonge était percé dès la première minute. Souvent on me faisait la leçon, on m'accusait à la fois de m'être masqué et de ne pas savoir me servir de mon masque. Souvent aussi mes interlocuteurs faisaient comme si je ne niais pas, comme si mes explications devant eux n'avaient aucune espèce d'importance. Même alors, je continuais à nier toute relation personnelle entre moi et le dramaturge qui avait conçu *Le Monologue de Dondog*. Je m'obstinais lugubrement. Mon pseudonyme pour le théâtre était Puffky. Sur ce nom, que j'avais voulu clownesque afin de ne pas être reconnu, se greffait un prénom que j'ai oublié. Peut-être John. Disons John. John Puffky. C'est là-derrière que je m'abritais, dit Dondog.

— Parlez-moi du *Monologue de Dondog*, dit Marconi.

— Oh, dit Dondog, c'est un sujet qui n'intéresse pas grand monde.

— Puisque nous en sommes là, insista Marconi.

Dans Cockroach Street, des femmes crièrent, des hennissements de rire ou d'horreur jaillirent en bouquet, puis une porte là-dessus se ferma. Dondog se souvint que bientôt il serait là-bas, mêlé aux autres, pour clore sa vie.

— Oui, dit-il, c'est maintenant ou jamais. Autant en parler, en effet. *Le Monologue de Dondog* a été monté en septembre par le Big Grill Theatre, dans la banlieue ouest du Camp 49-111, et il est resté à l'affiche quatre semaines.

— En septembre de quelle année, demanda Marconi.

— Je ne sais plus, dit Dondog. En tout cas, c'était avant ou après l'année où les tempêtes ont réduit l'Amérique du Nord à l'âge de pierre.

— C'est d'un précis, vos chronologies, dit Marconi.

— Ne m'interrompez pas tout le temps, se rebella Dondog. Je ne suis pas historien du théâtre. Je fais ce que je peux avec le très peu que me distille ma mémoire.

Au loin, les rires reprirent puis s'atténuèrent. Des gens devaient entrer dans une des tavernes de Cockroach Street. Marconi craqua, son corps fit un bruit d'éventail qui s'ouvre et se referme. Sans s'adresser à personne en particulier, il demanda pardon. On ne voyait rien de lui ni de ses plumes, ni de son regard aveugle. Il haletait. Même si son nom servait de masque absurde à Gulmuz Korsakov, on avait envie de le plaindre plus que de l'étriper.

— Où en étais-je, dit Dondog. Ah, oui... Je disais que *Le Monologue de Dondog* était resté à l'affiche près d'un mois.

Le spectacle n'a pas été donné tous les soirs, car la troupe se composait d'amateurs qui étaient souvent réquisitionnés ailleurs ou faisaient défection sans prévenir. À plusieurs reprises, l'absence de comédiens a conduit à annuler le spectacle. Les spectateurs étaient alors remboursés avec ce qui restait dans les caisses, à savoir quelques canettes de bière ou de soda, ou des exemplaires de romans post-exotiques. Il y a eu, en tout et pour tout, huit représentations.

Les publications spécialisées n'ont pas rendu compte de l'événement. Qu'elles aient été continentales ou locales, elles n'en ont pas dit un mot. Même le *Bulletin culturel du Camp 49-111* a oublié de le mentionner. Il faut donc s'en remettre aux seuls dires de l'auteur pour avoir une idée des réactions de la critique et des spectateurs. L'auteur, John Puffky, a prétendu que le public avait accueilli très favorablement *Le Monologue de Dondog*. On l'a entendu le dire. Il s'en est vanté, avec une flamme maladroite, devant le magnétophone portable d'une étudiante qui réalisait une enquête sur *Parole et pantomime chez les survivants ybürs*. La flamme était maladroite parce qu'elle était sincère. L'étudiante s'appelait Nora Makhno et elle avait été condamnée comme moi pour prostitution et meurtres d'industriels.

Nora Makhno avait une cousine qui jouait dans la pièce, qui jouait le rôle d'Éliane Hotchkiss. Sur la cassette enregistrée, on entend Puffky lui exposer en quoi son *Monologue* s'écarte des conventions théâtrales jusque-là admises comme indispensables à la réussite d'un spectacle. Il défend aussi l'idée que, malgré tout, tous les ingrédients magiques du théâtre sont là. « Toute la magie du théâtre est là », déclare-t-il avec grandiloquence.

Au cours de cet entretien, Puffky ne maîtrise ni son émotion ni son discours. Il est intimidé par ce magnétophone qui représente pour lui un contact, même indirect, avec l'univers des médias. Il est bouleversé par le caractère irréversible des propos qu'il livre au ruban magnétique. Il est impressionné par l'étudiante, aussi. C'est pourquoi ses phrases tremblent et ne s'achèvent pas toujours. Il passe du coq à l'âne, il s'égare dans des considérations confuses. En tant qu'interview, c'est l'unique qu'il ait jamais accordée, mais c'est sans doute la pire.

De cette masse désordonnée ressortent pourtant quelques points forts.

Quand il veut décrire *Le Monologue de Dondog*, Puffky se réfère à une autre pièce, donnée lors de la saison précédente par le même Big Grill Theatre. Cette œuvrette, intitulée *Dialogue pas pour l'ennemi*, inaugurait, selon Puffky, une tradition théâtrale nouvelle que *Le Monologue de Dondog* s'est contenté de suivre. L'étudiante n'a jamais entendu parler de cette première pièce. Puffky le lui reproche avec des sarcasmes dont il aurait pu faire l'économie. Il lui demande depuis combien de temps elle vit dans les camps, et pourquoi, si elle ne connaît rien à l'actualité du post-exotisme, elle le tourmente avec du matériel magnétique sophistiqué. Il lui demande si elle a partie liée avec la police du camp. Il lui demande si elle habite encore chez ses parents. La fille, Nora Makhno, ne répond pas.

Puffky s'épanche sur le dédain dont il a été l'objet depuis *Dialogue pas pour l'ennemi*. Il se plaint de l'écrasant silence qui toujours a accueilli ses pièces. Son amertume est agressive, et communicative quand il s'emporte contre les valeurs consacrées du Camp 49-111. À un moment, il vante les mérites du système dramatique novateur qu'il a créé, et il montre qu'il y est viscéralement attaché. Sa violence verbale empire. Cette sauvagerie dans l'éloge malheureux de soi-même, ce plaidoyer furieux domine alors sa harangue.

Même sur cette gravure de mauvaise qualité, la douleur de Puffky est évidente. Les sanglots menacent entre chaque phrase. Nora Makhno est mal à l'aise et elle pose peu de questions. Puffky essaie de paraître détendu et spirituel, il déclare plusieurs fois qu'il est un vieux routier des interviews, mais ses efforts échouent. C'est que la matière sur laquelle il s'exprime lui tient trop à cœur. Il s'engage sans arrêt sur des chemins intimes et, dans la crainte de trébucher et de se mettre à pleurer, il les quitte abruptement. Par exemple il commence à parler de l'extermination des Ybürs, puis il poursuit en dissertant sur le destin de l'artiste dans un environnement asphyxiant et hostile, puis il bifurque sur la couleur des cheveux de Nora Makhno, ou tout à trac il se plaint du mauvais éclairage du Camp 49-111 pendant la nuit. Ou encore, il commence à parler de la mort du frère de Dondog, et bientôt il s'embrouille. On ne sait plus s'il parle du frère de Puffky ou du frère de Dondog, ou encore du frère de Schlumm. C'est la toute dernière partie de l'enregistrement. Il tente de reprendre son évocation sous un angle moins personnel, mais il n'y parvient pas. Avec une totale absence d'à-propos, il se tait.

Le silence dure. On peut imaginer qu'il se conclut par un geste sans réplique, car l'étudiante ne relance pas le dialogue et appuie sur le bouton OFF.

Ted Schmerk m'a battre. Cabuco le Nain m'a tuer. Ou presque. Cabuco le Nain presque m'a tuer. Les frères Bronx aussi m'ont battre. Schielko, le petit, et Tonny Bronx, son frère aîné. Eux aussi m'ont battre. Blodshiak l'institutrice est partir tabasser les autres dans la rue. Éliane Hotchkiss je crois elle aussi m'a battre. Elle m'a peu battre. Ou presque. Éliane Hotchkiss m'a peu tuer.

Ainsi débute *Le Monologue de Dondog*.

Dondog est assis sur un minuscule tabouret, comme autrefois les vendeurs de nouilles froides sur les marchés de Pékin, au temps où Pékin existait encore. Au lieu d'un bol, il a devant lui un livre. Sans vraiment s'incliner vers le livre, il continue à parler sur un ton monocorde.

Éliane Hotchkiss m'a très peu battre, continue Dondog, mais elle a dire de me battre. Elle a dire de tirer mon corps dans une école vide, dans une salle de classe, dans la salle de classe de l'institutrice Blodshiak, et elle a dire d'être méchant avec moi sous la boîte à craies, sous les cartes de géographie en carton dur. J'ai crier, j'ai braire de peur. Ted Schmerk m'a saisir le cou par-derrière avec une écharpe, Cabuco le Nain m'a taper sur le front, m'a ouvrir le front d'un coup de chaise. Je me suis taire sous l'écharpe serrée, sous les coups de Cabuco le Nain, sous le sang, sous les craies. Éliane Hotchkiss m'a frotter la figure avec le chiffon à craie, elle m'a tordre le nez plein de morve et de sang. Éliane Hotchkiss a dire : « Dondog, tu sens le vieux champignon ybür, comme ton petit frère, comme lui tu vas mourir. » J'ai braire encore. J'ai dire : « Pas touche à Yoïsha ! Pas mon petit frère ! » Tonny Bronx m'a cogner sur la poitrine, Schielko Bronx m'a tordre les doigts. Éliane Hotchkiss a regarder par la fenêtre. Éliane Hotchkiss a dire : « Dehors on voit des Ybürs couchés dans leur sang, dehors ils crèvent les Ybürs, dehors dans la rue tout le monde crève les Ybürs ! » Schielko Bronx a dire : « Je ferai pipi sur toi quand tu seras seulement de la viande couchée par terre. » Ted Schmerk a serrer encore plus fort l'écharpe. J'ai vouloir rugir au secours. J'ai entendre mon filet de voix ridicule. Alors Tonny Bronx a dire : « Maintenant, on crève Dondog. »

En continu, du lever au coucher du rideau, ce compte rendu de lynchage se déroule. On voit parfois Dondog tourner une page, mais c'est rare. Le livre est plutôt là comme un instrument rituel, un artifice chamanique pour se transporter dans le monde du passé et des cauchemars. Le texte dit par Dondog n'est pas écrit, il est ânonné dans la langue estropiée et pauvre du souvenir.

Ainsi, commente Puffky, une voix va dessiner un fond sonore ininterrompu. Une voix murmurée et monotone construit l'espace dramatique de référence. Cette voix va contrarier en permanence le silence. Elle se glisse de façon totalitaire dans tout silence.

Sur cette première charpente textuelle, comparable à une basse continue, vient se greffer un motif plus ouvertement encore rythmique et musical : un solo de flûte, mélancolique et persistant.

La flûte est liée à l'évocation de Yoïsha, le frère de Dondog, dit Dondog. Yoïsha a été martyrisé pendant la deuxième extermination des Ybürs, dit Dondog. Avant le massacre, il avait montré des aptitudes exceptionnelles à la musique. Il promettait d'être un instrumentiste virtuose, dit Dondog. En insérant là un long solo de flûte, Puffky donne la parole à Yoïsha, dit Dondog. Lui non plus n'accepte pas la mort de Yoïsha, dit Dondog. Alors il lui donne la parole avec de la musique. Il est si écrasé par la mort de Yoïsha et sa disparition au-delà de l'espace noir qu'il ne réussit pas à ressusciter la présence de Yoïsha avec de la parole, explique Puffky à l'étudiante.

Alors il confie à la musique ce soin, répète Dondog.

Le Monologue de Dondog s'enrichit rapidement de voix qui se superposent sans tenir compte les unes des autres, poursuit Puffky après un sanglot. Elles se superposent et elles sont indépendantes, mais elles s'harmonisent pour former une seule pâte tragique, dit Puffky.

Comme à l'intérieur d'une unique mémoire, prétend-il.

Il y a tout d'abord le récit d'Éliane Hotchkiss.

Éliane Hotchkiss a été entraînée dans les massacres ethniques et elle a participé à ceux-ci du côté des massacreurs, mais elle livre avant tout des éléments sur son amour passionné pour Yoïsha et, en guise d'ersatz tardif, sur son amour pour Dondog. Elle décrit la lumière que Yoïsha entretenait en elle, une lumière de beauté sensuelle qui ne s'est jamais rallumée au contact de quiconque, et certainement pas quand elle a souhaité une consolation ambiguë entre les bras de Dondog. Elle fait ressortir le génie musical de Yoïsha, mon petit frère, dit Dondog. Elle a aimé Yoïsha, elle l'a aimé avec une tendresse sans rivage, une sincérité fougueuse, et, après l'avoir fait assassiner, elle a perdu le goût de vivre. Elle a sombré dans la folie, elle a essayé ensuite de rechercher en Dondog ce qui subsistait de Yoïsha, et, dans les camps où elle a erré, munie d'un sauf-conduit et de la dernière adresse connue de Dondog, elle n'a retrouvé ni Yoïsha, ni Dondog, ni la raison.

Le récit d'Éliane Hotchkiss se vrille en spirale durant toute la pièce, bredouille Puffky dans le magnétophone. Il se ramifie en plusieurs niveaux de folie et de douleur.

À ce monologue féminin se mêlent des tableaux où ce que raconte Éliane Hotchkiss est mis en scène, explique Puffky. Plusieurs espaces sont réservés pour cela dans la salle, en principe sur la scène, mais aussi au milieu du public quand la place manque. Des personnages donnent chair à des épisodes de la vie d'Éliane Hotchkiss pendant et après l'extermination et les camps. Ils en profitent aussi pour mimer le lynchage de Dondog tel que la basse continue l'évoque. Ces tableaux reprennent des techniques théâtrales traditionnelles. Ils sont assez courts. Lorsqu'ils sont terminés, ils peuvent être de nouveau rejoués, si on en a le temps et les forces.

Par ailleurs, complète Puffky, une autre fraction des comédiens s'occupe de dépeindre le contexte historique dans quoi les drames individuels se sont déroulés. Les comédiens reconstituent un procès comme on en a instruit contre les massacreurs lorsque, beaucoup trop tard, la révolution mondiale s'est décidée à mettre la fraction Werschwell hors d'état de nuire. C'est un procès local, qui a lieu dans un tribunal de quartier. Devant les juges et les drapeaux rouges passent successivement des bourreaux ordinaires, des coupables de petite envergure, tels que Cabuco le Nain ou Tonny Bronx. Chacun entame le récit odieux des années de massacre ethnique. Assez vite, les interrogatoires, les plaidoiries et les scènes d'exécutions se chevauchent.

— Je me demande, dit Marconi.
— Quoi, sursauta Dondog.
— Je me demande si le spectateur pouvait distinguer ces multiples couches de voix superposées, dit Marconi.

— Pour que la scène ne s'emplisse pas d'une clameur éclatée et inaudible, expliquait Puffky, dit Dondog, chaque voix proférait son texte à un niveau sonore qui la situait juste un peu au-dessus du chuchotis, entre chuchotis et marmonnement, si vous voyez ce que je veux dire. Puffky exigeait cela des acteurs. Et, bien entendu, il demandait à chacun de jouer très distinctement sa partie au sein de la masse sonore collective. Avant chaque séance, il les suppliait de ne pas transformer sa pièce en cacophonie. Malheureusement, les acteurs étaient sourds à ses supplications. Ils venaient jouer par amour du théâtre d'avant-garde, certes, mais surtout parce que des sandwiches étaient distribués par les gardiens avant la séance. Puffky leur demandait aussi de ne pas manger pendant le spectacle, afin de ne pas jouer la bouche pleine. Sur ce point aussi, l'autorité de Puffky était battue en brèche, dit Dondog.

— Je suis sûr que c'était éreintant, pour les comédiens, dit Marconi.

— Oui, dit Dondog. C'était éreintant pour tout le monde. Et, même si Puffky dirigeait la troupe avec une précision de chef d'orchestre, c'était inaudible. Ça demeurait bruyant et inaudible du début à la fin.

— Ah, vous voyez, dit Marconi. C'est bien ce que je craignais.

— La troupe n'était jamais au complet, s'attrista Dondog. Il y eut des séances où en l'absence de tous Puffky devait interpréter en même temps tous les rôles, mais cela n'arriva pas plus de quatre ou cinq fois, heureusement. Dans les autres cas et selon les jours, il y avait sept, neuf, ou même vingt voix qui parlaient en même temps pendant toute la durée du spectacle. Sur ces voix se plaquait le solo de flûte. Certains soirs, l'orchestre local venait prêter main-forte au flûtiste, mais cette collaboration défigurait le projet initial de Puffky.

— Quels instruments ? se renseigna Marconi.

— Des accordéonistes, soupira Dondog. Puffky ne pouvait pas les chasser. Ils s'entraînaient dans une salle attenante. Avant leur répétition, ils pointaient le nez dans le théâtre. On devait les ménager. C'était notre seul public.

— Ah, dit Marconi.

— Oui, dit Dondog. Dondog mis à part, qui attendait toujours la fin du spectacle avant de partir, c'était notre seul public.

— Je ne sais pas combien ils étaient, ces accordéonistes, dit Marconi. Mais tout de même, ça devait faire une belle quantité de personnes.

— Oui, dit Dondog.

— C'est l'avantage du théâtre, dit Marconi. On touche immédiatement une foule énorme.

— La même histoire narrée avec de la prose de livre, ça n'aurait pas eu le même écho, c'est sûr, confirma Dondog.

Dans le 4A, le silence s'instaura, piqueté de craquements et de crissements comme les blattes les engendrent, ainsi que les personnes qui se couvrent de plumage durant quelques secondes, puis redeviennent normales. De temps en temps, après de telles bouffées, Marconi bégayait une excuse.

– C'est pourtant de vos livres que vous auriez dû parler plutôt que de vos pièces, dit-il. Quand on y pense, vous avez écrit beaucoup plus de petits romans que de piécettes.

– Bah, dit Dondog. Écrire. Pour ce que.

– Des romans d'amour, des post-exotiques, haleta Marconi.

– Bah, dit Dondog.

Il resta mutique pendant une grande heure. Il luttait contre le sommeil et l'oubli, et il essayait de penser à l'étudiante qui était réapparue dans sa mémoire, à Nora Makhno plutôt qu'au théâtre et aux livres. Il avait envie de parler d'amour plutôt que de romans d'amour. Il avait envie de parler, mais il ne savait plus si être déjà mort voulait dire continuer à parler ou continuer à se taire.

– Écoutez, Marconi, dit-il enfin. Maintenant, ça me dérange de fouiller dans mes livres. Personne ne l'a jamais fait, et maintenant, moi, je n'ai plus le temps de le faire. C'est fini.

– Ça appartenait à votre vie, intervint Marconi. Ça doit bien contenir des éléments utiles à votre vengeance.

– Non, dit Dondog. Ça n'a jamais appartenu à rien. Ça n'a jamais rien contenu. On s'arrête là.

C'est tout pour la littérature.

XIV. ÉLIANE HOTCHKISS

Un jour, commença Dondog, puis il demeura un moment hébété, sans idée, la bouche ouverte.

– Ou plutôt une nuit, reprit-il. Il y a longtemps. Une femme vint à moi.

– Oui, l'encouragea Marconi.

– Je ne l'avais jamais vue auparavant, dit Dondog.

Il hésitait. Ses mots n'avaient plus aucune force, ils atteignaient à peine la silhouette affalée de Marconi.

– Allez, Balbaïan, dit Marconi.

– C'est que je ne me rappelle rien de cette histoire, atermoya Dondog. J'ai dit « Il y a longtemps » parce qu'il faut bien situer l'époque. Mais pour le reste, je ne me souviens de rien.

– Ça vous reviendra en parlant, dit Marconi.

– Et si ça se trouve, dit Dondog, c'était il y a seulement quelques jours.

Il se sentait inerte dans le noir et le moisi du 4A. L'histoire était là, également inerte et noire, et il ne voyait pas pourquoi il la retiendrait en lui, ni pourquoi il lui donnerait naissance. Il n'avait aucune raison de parler ni de se taire. La question ne se posait pas en ces termes. Il avait surtout sommeil.

— Ne vous endormez pas, le brusqua Marconi. Il ne faut jamais s'endormir pendant la nuit qui précède l'extinction.

— Ah ? demanda Dondog.

— Ça porte malheur, compléta Marconi.

— Bah, dit Dondog. Au point où.

— Rassemblez vos forces, Balbaïan, s'emporta Marconi. Vous allez bientôt mourir, ce n'est pas le moment de craquer. Faites comme si Jessie Loo était là. Comme si vous deviez faire bonne figure devant elle.

— Jessie Loo, dit Dondog. Comment croire encore qu'elle viendra, celle-là…

— Elle est peut-être déjà ici, dit Marconi.

Dondog émit des réserves.

— Derrière la porte, suggéra Marconi. En train de chamaniser derrière la porte.

— Je n'entends rien, dit Dondog.

— Faites comme si vous entendiez son tambour, dit Marconi. Facilitez-lui la tâche, Balbaïan. C'est pour vous aider qu'elle est ici. Déballez les images qui vous restent. Peut-être qu'elle en tirera quelque chose d'utile.

Il y eut un silence. Il dura deux bonnes heures. Aucune pensée ne me venait. J'essayais de percevoir le tambour ou les soupirs sorciers de Jessie Loo derrière la porte. Je n'entendais rien.

— Allez, insista Marconi. Une ultime page de lucidité avant l'extinction.

— Avant la vengeance, rectifia Dondog.

— Ah, vous ruminez sur ça encore, regretta Marconi.

— Oh, dit Dondog. C'était juste pour dire quelque chose.

Il prit une inspiration. L'air charriait plus de déchets que de gaz. La moiteur était grumeleuse.

— Courage, Balbaïan, le poussa Marconi.

— Je vous préviens, dit Dondog. C'est une histoire d'amour. Je sens qu'elle sera pénible.

— Peu importe, dit Marconi. Jessie Loo vous écoute.

— Bon, dit Dondog, puis il raconta.

Une nuit, dans la touffeur d'un jardin mal éclairé, une femme inconnue vint à moi, et, en une langue que je n'avais pas pratiquée depuis l'enfance, en ybür, elle me dit que je lui avais manqué, que je lui avais manqué infiniment, et qu'elle m'aimait toujours.

On se trouvait à deux kilomètres du portail sud, dans le Camp 21. On approchait de minuit, le jardin public était désert. De l'eau courait dans les canalisations souterraines, sous les buissons. Un orage avait éclaté au crépuscule, mais il ne pleuvait plus. Pressées par l'obscurité et la chaleur, les feuilles des figuiers embaumaient, et çà et là, quand sur elles tombait la lumière d'un des lampadaires de la rue, elles brillaient.

L'inconnue lâcha son discours d'une traite, comme si elle récitait un message appris par cœur. Mais l'émotion altérait sa voix, et, dès la troisième phrase, ses cordes vocales la trahirent. Les mots s'abîmèrent, devinrent inaudibles. L'ombre épaisse m'empêchait de lire sur ses lèvres. Puis elle se tut.

Je ne sus comment répondre, tout d'abord. Il est si inhabituel de se voir interpeller en ybür, au cœur d'une nuit brûlante, par une femme que l'on n'a jamais rencontrée et qui vous aime.

Au-delà des arbres s'étendait la zone Crowk, un ensemble pavillonnaire où des filles délabrées parfois proposaient à Dondog de misérables services sexuels. L'idée que je me faisais racoler m'effleura, je la chassai aussitôt. Bien sûr que non. Cette femme ne me parlait pas d'amour à un dollar.

Sur l'avenue toute proche, une Jeep munie d'un haut-parleur passa à allure d'escargot et elle aboya une phrase policière, et ensuite le calme revint, feuillu, moite et sans mystère.

– Vous m'avez confondu avec quelqu'un d'autre, dis-je.

La chaleur ténébreuse stagnait. Je sentais des ruisselets sourdre partout sur mon corps. Je n'avais pas parlé depuis longtemps et mon élocution était pâteuse. J'eus honte. Honte de ma voix, de ma sueur, de l'épave que j'étais devenu, si vite, en quarante ans à peine de détention.

— Je parle à Dondog Balbaïan, murmura-t-elle, comme si quelqu'un lui demandait de décrire ses faits et gestes.

— C'est bien ce que je… dis-je. Il y a méprise.

Des insectes criaient au-dessus de nous. Je ne compris pas sa réplique, quelques mots qu'elle avait prononcés à voix basse.

Une branche bougea. Un rayon clair frappa le haut de son nez et, pour la première fois depuis qu'elle s'était arrêtée en face de moi, je croisai ses yeux. Ils m'interrogeaient avec angoisse. Ils luisaient. On dit que le regard des femmes ybüres, lorsque la luminosité ambiante est faible, émet un reflet rouge. Les prunelles de l'inconnue n'avaient pas ce chatoiement de rubis qui lève les doutes sur l'appartenance ethnique. Elles étaient simplement très noires.

Plusieurs secondes s'écoulèrent. Les insectes limaient des tubulures de fer dans des branches, tout près. Il n'y avait aucun souffle de vent, mais les arbres ont leurs propres mouvements, la branche remuait, et la physionomie de la femme s'effaça brusquement, puis de nouveau elle s'éclaira. Elle ne m'évoquait rien, sinon les beautés d'Asie qui souvent visitent mes proses, des femmes magnifiques et sans âge, dont les traits ne se modifient ni entre le début de la vie adulte et la vieillesse, ni après. Je la scrutai pendant un bref

instant. Des rides minuscules se ramifiaient aux com-
missures de ses paupières. Elle avait été en contact avec
les cruautés de la vie. Elle les avait regardées en face.

Les insectes venaient de mettre fin à leurs stridences.

– Nous avons été séparés, Dondog Balbaïan et moi,
murmura-t-elle. Je n'osais même plus espérer le
retrouver. Souvent, dans les camps où je le cherchais,
on me disait qu'il avait été euthanasié. Je n'ai jamais
cru mes informateurs.

– Il est mort, dis-je. Il a purgé ses trente ans incom-
pressibles et ses dix ans de relégation, et ensuite, le jour
où il devait franchir les portes du camp, un schwitt
s'est collé à lui et l'a tué.

– Ah, fit-elle.

– Je suis désolé, dis-je.

Mon cœur battait. Elle était magnifique et sans âge,
elle était émue, elle était émouvante. Elle ne me croyait
pas. Il y a des jours où je réussis à mentir avec élégance,
sans que nul ne s'en rende compte, mais, ici, ma gêne
se voyait. Je transpirais, je trébuchais sur toutes
les syllabes. Je ne contrôlais plus mon immobilité.
Je ne contrôlais ni mon immobilité ni mon mensonge.
Je ne sais pourquoi, nous avions rapidement adopté un
ton de conversation très assourdi. Nous murmurions
comme un dormeur et une dormeuse allongés côte à
côte. Nous bavardions comme deux amants qui ne
souhaitent pas se réveiller totalement. Cette complicité
nocturne me paraissait saugrenue, infondée, et, en

résumé, elle me rendait anxieux. Je n'ai jamais été expert en relations humaines ou autres. Je ne savais pas interpréter ce qui se passait entre nous.

J'aperçus encore une fois les sillons qui rayonnaient au départ de ses yeux en amandes. Avec déplaisir, je songeai aux cruautés de la vie que cette femme non ybüre avait peut-être, au temps de la deuxième extermination, regardées en face. Elle avait assisté à des chasses aux Ybürs. Mais dans quel groupe s'était-elle rangée quand la chasse avait commencé ? Avec les meurtriers ou avec les meurtris ?

— Il est impensable que l'homme que j'aime ne me reconnaisse pas, dit-elle.

— Qu'est-ce que… dis-je.

— Je suis Éliane Hotchkiss, dit-elle.

— Éliane Hotchkiss… répétai-je sur un ton de prudence neutre.

Son nom ne me disait rien. Éliane Hotchkiss se mordait les lèvres. Mon comportement la déprimait.

— Écoutez, proposai-je, allons plus loin. Retournons dans la rue.

Je lui frôlai le bras afin de lui indiquer la direction à suivre. Elle pivota et se mit à marcher dans l'allée à côté de moi. Elle avait l'air triste. Elle regardait devant elle, devant ses pieds, mais elle n'évitait pas les flaques et elle entrait dans l'eau avec ses sandales, mouillant sans réagir ses pieds nus, osseux, pas vraiment petits. Elle était vêtue comme nous tous, comme toutes les blattes, dans des haillons de récupération, mais sa manière de les arranger lui avait donné une classe indéniable, et, en fin de compte, sa tenue ressemblait à une création d'avant-garde, comme on pouvait en voir des exemples à la télévision, dans les défilés de mode de l'entre-deux-guerres.

Elle me plaisait, elle venait de me dire qu'elle m'aimait infiniment, mais j'étais depuis des lustres si répugné par la réalité concentrationnaire et par moi-même que je n'envisageais pas de profiter des circonstances, de l'attirer dans mes bras et de la conduire je ne sais où, dans mon dortoir, par exemple, ou dans un baraquement vide, pour faire je ne sais quoi, l'amour, disons, ou des corvées sexuelles avec ou sans déshabillage, avec ou sans pénétration, ou, si rien de cela ne lui convenait, pour parler avec elle jusqu'à l'aube.

Dès que nous fûmes sur l'avenue et bien en évidence sous les lampes, la Jeep de la patrouille nous remarqua et fit demi-tour. Elle ne s'était guère éloignée depuis son passage devant le jardin. Le haut-parleur s'adressa à nous, il nous ordonna de ne pas bouger. Il y avait des années que j'avais perdu l'habitude de désobéir. Nous restâmes sur le trottoir sans rien dire. La voiture roulait en notre direction avec une grande lenteur. J'avais envie de prendre la main d'Éliane Hotchkiss dans la mienne, pour la rassurer et lui témoigner un peu de tendresse trouble. Je n'avais pas songé à l'entraîner dans un espace clos, mais lui saisir la main, cela, oui, j'y pensais. Toutefois, je me rappelai à temps mon apparence physique et mentale, et je n'esquissai même pas le geste.

Quand les glapissements du haut-parleur eurent fini de se répercuter entre les bâtiments, la tranquillité se rétablit dans tout le quartier. Le silence n'est jamais complet dans le camp, et, pendant les nuits d'été où nul ne rencontre le véritable sommeil, il est sans cesse troublé par des conversations, mais ici, près du jardin, régnait un calme relatif. Le moteur de la Jeep ronflait sans pétarade. Dans les baraquements des environs, on entendait bavarder des insomniaques. Les grillons stridulaient doucement un peu partout. Puis, de la zone Crowk, un autre bruit monta, sordide et familier : un fou était arrivé devant une des nombreuses barrières qui transforment le camp en dédale et il la secouait, vociférant contre le destin et les fils chargés d'épines.

La Jeep se gara près de nous. Le fou hurla. La Jeep empestait le métal surchauffé, l'essence, la gomme. Un soldat se pencha par la portière et il mentionna le couvre-feu, puis il nous réclama la pièce d'identité plastifiée que les blattes ont la naïveté d'appeler leur passeport. Éliane Hotchkiss tendit le sien. On le lui rendit sans commentaire après un examen rapide. Le mien disparut dans les entrailles de la voiture.

La radio de la patrouille émettait un grésillement continu, coupé par des faux contacts et des lambeaux braillards de chiffres. Personne dans la Jeep ne prenait le micro pour discuter avec le centre de commandement.

Je levais sans arrogance la tête vers les soldats qui aus-
cultaient mon passeport. J'étais en règle : les malades
mentaux et les détenus libérables ont le droit d'errer à
leur guise, sans respecter le couvre-feu.

Éliane Hotchkiss s'était écartée de deux pas. Elle
attendait la fin des formalités me concernant.

— Tu vas être libéré ? me lança le conducteur.

— Oui, dis-je.

— Dans combien de temps ?

— C'est indiqué sur mon, dis-je. Onze ou douze
jours.

— Prépare-toi au pire, dit le soldat. Il y a des schwitts
près des portes. Ils n'attendront même pas que tu
sortes.

— Je sais, dis-je.

— Même maintenant, douze jours avant, ils peuvent
commencer à s'intéresser à toi.

— Je sais.

— Tu ferais mieux de retourner te coucher, dit le
soldat.

On me restitua mes papiers. La Jeep redémarra et
reprit sa précautionneuse navigation en surface de
l'avenue. Elle faisait des détours pour ne pas s'engager
dans de trop grosses flaques, et quand, sur le ciment
troué, jonché de débris, ses roues abordaient lentement
des nids-de-poule, elle ressemblait à un module d'ex-
ploration lunaire. Au bout d'une minute, elle obliqua
entre deux baraques et disparut.

Nous nous étions rapprochés, Éliane Hotchkiss et moi, mais nous évitions de nous toucher, et, plutôt que de demeurer statiques et maladroits sous les lampadaires, nous amorçâmes une sorte de flânerie. Nous marchions en direction du portail sud. Les projecteurs au loin barbouillaient le ciel en bleu sale. Nous allions sans hâte. Rien ne nous pressait. Les bâtiments concentrationnaires se succédaient à droite et à gauche, en général habités, bruissant de chuchotis et de plaintes dus à l'insomnie ou à des rêves. Certains étaient vides.

J'ignorais quel genre de conversation je devais mener avec Éliane Hotchkiss. Je ne voyais pas pourquoi elle s'obstinait à rester en ma compagnie, du moment que j'avais nié être Dondog Balbaïan. Je me demandais ce qu'elle espérait de moi. Je ne me rappelais rien d'elle, aucune image, aucune sensation. Même son nom avait le plus grand mal à persister dans ma mémoire immédiate. J'évitais de le prononcer quand je me tournais vers elle. Souvent il me sortait de l'esprit. Il y avait aussi des moments où je confondais Éliane Hotchkiss avec Éliane Schust. J'aurais aimé établir une claire différence entre les deux femmes, mais aucun souvenir ne se présentait quand j'énonçais l'identité de l'une ou de l'autre. Je les invoquais en vain. Je les inversais au petit bonheur. Pas un seul écho du passé ne venait à mon aide. Si l'une d'elles avait joué un rôle dans mon existence, je ne savais pas de quoi ni de qui il s'agissait. À deux reprises, je priai Éliane Hotchkiss de me redire comment elle s'appelait, puis, craignant de la blesser, je m'abstins de le faire une troisième fois.

Ces difficultés mises à part, notre dialogue avait des côtés qui l'apparentaient à un dialogue normal.

Elle me raconta qu'elle avait connu Dondog Balbaïan dès l'enfance, dès le temps de la petite école, et qu'à la sortie de la guerre elle avait vécu avec lui dans une commune anarchiste, jusqu'à la première arrestation de Dondog pour continuation clandestine de la guerre, et qu'ensuite, pendant plusieurs années, quand Dondog Balbaïan avait entamé sa longue carrière de blatte, bourlinguant de chantier en chantier et ne quittant les isolateurs spéciaux que pour rejoindre les zones sous régime sévère, elle l'avait suivi de loin, autant que faire se pouvait, cherchant sans relâche à le repérer dans l'univers des barbelés, à connaître sa position sur la carte démesurée des camps.

— Et puis, la vie nous a séparés, dit-elle. Même à l'extérieur, il y avait des transferts continuels.

— Au temps où l'extérieur existait, précisai-je.

Nous étions maintenant à cent mètres d'un carrefour que les blattes, observant ainsi une tradition post-exotique à l'origine pour moi inconnue, appelaient le Buffalo. Une grosse voiture de la police stationnait sous un lampadaire, tous phares éteints, et sous la lumière acide elle avait surtout un aspect de ruine métallique massive. J'aperçus de loin les quatre passagers qui y étaient installés. Immobiles sur leurs sièges, ils surveillaient la nuit. Le conducteur sortit la main pour régler son rétroviseur. Il avait dû annoncer aux autres notre approche. Brièvement ceux-ci se retournèrent pour nous voir.

Je prévins Éliane Hotchkiss. Nous étions arrivés trop près du Buffalo pour faire demi-tour sans nous rendre immédiatement suspects. Nous allions donc passer à côté de la voiture et commencer à traverser le carrefour, mais il y avait un risque malgré tout que la police nous cherche noise. Au-delà du Buffalo s'étendaient des terrains vagues. Ils annonçaient la première enceinte, un no man's land, puis la deuxième enceinte, puis le portail sud.

— Mais tu es libérable, dit Éliane Hotchkiss. Dans ton cas on n'est plus soumis au couvre-feu, on peut aller où on veut.

— Je n'ai pas envie qu'on me colle une tentative d'évasion, dis-je. C'est sept ans.

— Sept ans de plus, ça vaut mieux que de se faire saigner par un schwitt le jour de sa sortie, dit Éliane Hotchkiss.

— Boh, dis-je. C'est pareil.

Nous contournâmes la voiture sans jeter le moindre coup d'œil sur ses occupants. Nous voulions donner l'impression que nous n'avions rien à nous reprocher et que la proximité de la police ne nous faisait ni chaud ni froid. Nous longeâmes le flanc métallique en nous taisant. La peinture était rayée, l'aile avant cabossée. Les inspecteurs nous observaient en silence. Quand nous nous fûmes éloignés de cinq ou six mètres, deux portières s'ouvrirent puis claquèrent.

Une fine couche de sable recouvrait le trottoir, la chaussée. La pluie ne l'avait pas entraînée vers les égouts et, maintenant, sous les chaussures, elle crissait.

Deux hommes nous suivaient. Ils se mirent à marcher derrière nous, sans essayer de nous rattraper, comme des noctambules que seul un hasard avait placés sur notre chemin, mais ils ralentissaient quand nous ralentissions et, dès que nous accélérions, ils accéléraient.

Je me dirigeai avec Éliane Hotchkiss vers une étroite avenue sur notre droite. Nous n'avions pas traversé le Buffalo. Nous n'allions plus vers la sortie du camp, nous revenions vers les épaisseurs urbaines, vers la zone Crowk, avec autour de nous, de nouveau, des alignements de dortoirs sans étages, aux toits goudronnés, et parfois des allées de palmiers, des figuiers, des sophoras, des tilleuls. Les voies étaient souvent interrompues par des séparations barbelées qui dataient des décennies précédentes, par des barrières et des chicanes que l'on avait ouvertes sans les démolir. Il n'y avait presque personne nulle part. De temps en temps, les vociférations démentes et les grincements de

grillage reprenaient. Le fou se manifestait dans le voisinage. Il concluait ses crises de rage par des sanglots,
puis il se taisait. Tout était éclairé par des ampoules
puissantes qui rendaient les ombres très franches, très
cassantes. Nous parcourûmes ainsi trois cents mètres.

Les policiers ne nous lâchaient pas. J'avais réussi à
contenir mon angoisse pendant les deux cents premiers
mètres, mais, maintenant, elle débordait et me noyait.

Éliane Hotchkiss regarda par-dessus son épaule.

– Ne tiens pas compte d'eux, dit-elle. Si tu ne
montres que de l'indifférence, ils ne te feront pas de
mal.

– Je sais, dit Dondog.

Elle posa sa main sur le coude de Dondog. C'était
la première fois qu'elle m'effleurait ainsi, volontairement, et, comme elle maintenait ses doigts en place,
transformant le simple frôlement en pression amicale,
cela augmenta mon malaise, car la main de cette
femme était sèche, tandis que la peau de mon bras était
répugnante de sueur. Dondog se tourna vers elle. Il
aurait voulu lui dire quelque chose d'aimable, de doux,
mais, comme il avait oublié comment elle s'appelait, il
bégaya une formule confuse et referma la bouche.

– N'aie pas peur, dit la femme. Ils sont derrière
nous, mais ils ne nous écoutent pas. Évite seulement
de parler en ybür. C'est interdit.

– Je sais, dis-je.

– C'est interdit afin de ne pas rouvrir les vieilles plaies, expliqua la femme, comme si elle se sentait tenue de reprendre la didactique officielle.

– Oh, dis-je, je ne m'exprime plus qu'en argot des blattes ou comme un Untermensch. Les autres langues que je connaissais, je les ai oubliées. Tout s'est envolé avec le reste. Avec mon enfance et le reste. Il n'y a plus rien dans ma tête. Ma mémoire ne peut... Ma mémoire ne...

– Calme-toi, dit la femme.

Elle se coula vers moi. Je sentis sa chaleur contre moi, son bras nu, la chaleur de sa hanche. Nous avancions dans une petite rue silencieuse. Sur un arbre, des oiseaux soudain gloussèrent comme des poules. J'ignore de quels oiseaux il s'agissait.

Les pas des deux policiers crissaient derrière nous.

– J'ai été battu sur la tête, ma mémoire s'est éteinte. On m'a laissé pour mort.

– N'aie pas peur, dit la femme en me comprimant avec affection les alentours du coude, sans montrer son dégoût pour ma peau humide. Je suis là.

– On m'a battre, dis-je. Ma mémoire s'est éteindre. Une fois pour toutes elle s'est éteindre.

– Retrouve ton calme, dit la femme. Ça va bientôt finir.

– Ma peau est devenir mouillée, dis-je. Mes souvenirs en entier se sont dissoudre. On m'a laisser pour fou.

– Oublie tout ça, dit la femme. Ça va finir. Je suis là pour ça, pour que ça finisse. Je t'ai retrouvé. Je t'aime.

L'angoisse ne cessait de gonfler en moi.

Je ne me rappelais toujours rien de cette femme, je ne savais toujours pas si elle avait vraiment appartenu à mon passé, je ne savais pas si je l'avais autrefois désirée ou non, je ne réussissais pas à répondre à son discours amoureux, les phrases s'arrêtaient dans ma gorge.

Conscient que je devais au plus vite maîtriser mes hésitations et sortir de moi quelques formules sympathiques, je dirigeai la main vers l'épaule de la femme et la touchai avec le moins de lourdeur possible. Mes doigts tremblaient d'une façon grotesque. Nous avions ralenti, nous étions presque à l'arrêt sous l'ombre épaisse d'un tilleul. Il m'était plus facile de la regarder en face quand je ne distinguais pas ses yeux.

À quelques blocs de distance, les pleurs énervés du fou avaient repris de la vigueur.

– Pardonnez-moi, Éliane, finis-je par dire. Tout se brouille sous mon crâne. Je ne me rappelle plus du tout votre nom. Éliane comment, vous m'avez dit ?

Avant qu'elle ait eu le temps de répliquer, les policiers nous rejoignirent. Pantalon gris, chemisette blanche, matraque et menottes à la ceinture, ils se placèrent devant nous et, après nous avoir invités à passer dans un endroit éclairé, ils nous interrogèrent sur notre identité. Docilement, nous tendîmes nos passeports.

– Éliane Hotchkiss, lut d'une voix pensive le premier inspecteur, et il rendit à Éliane Hotchkiss son document plastifié.

Le deuxième se plongea dans la lecture de mon passeport comme s'il avait sous le nez une passionnante fiction post-exotique. La lecture durait. Je ne savais pas si elle était malveillante ou non. Le policier tournait lentement les pages. Les gouttes coulaient de mon front à travers mes cils, la saumure me piquait les yeux.

– Tu as encore une semaine devant toi, dit le policier.

– Oui, dis-je. Onze jours.

– Je serais de toi, je ne ferais pas de bêtises.

– Je ne pense même pas à m'évader, dis-je. Au contraire, je veux encore bien profiter du camp avant de partir.

– C'est en compagnie d'un schwitt que tu veux en profiter ? s'étonna le policier.

– Quel schwitt ? dis-je.

Éliane Hotchkiss aussitôt s'interposa.

– Et alors ? dit-elle. Ça le regarde, non ?

Elle était mécontente.

Et très belle, aussi, sur le trottoir, sous l'éclairage cru, très attirante. Elle me rappelait quelqu'un que j'avais aimé, je ne sais quand, par exemple autrefois, dans un livre ou dans la réalité, ou ailleurs. J'avais envie de le lui dire, mais la présence des deux hommes m'en empêchait.

Le policier hocha la tête. Il n'ajouta rien. Je récupérai mon passeport. Sans remercier ni dire au revoir je contournai les chemisettes blanches, les pantalons couleur de cendre. Nous reprîmes notre marche.

Les policiers nous emboîtèrent le pas.

— Ne t'inquiète pas, dit Éliane Hotchkiss. Parle de manière normale si tu le peux. Oublie-les. Eux aussi, oublie-les.

— Vous êtes attirante, Éliane, dis-je.

— Tu te souviens de moi ? dit-elle.

Je sentis sa main qui, de nouveau, cherchait la mienne. Elle tremblait.

— Oui, mentis-je.

Elle avait perçu mon manque de franchise. Sa main frissonna encore, puis s'écarta. Nous nous étions engagés dans une impasse, nous avions abouti à une palissade très haute, surmontée de fils de fer. Des planches avaient été enlevées. Nous nous penchâmes dans l'ouverture. Le bois sentait la poussière. De l'autre côté, il y avait de la végétation et un baraquement vide, moyennement délabré.

— On pourrait aller là-dedans pour la nuit, dit-elle.

— Où ? demandai-je.

— Dans le dortoir.

Mes lèvres s'agitèrent sur une parole muette. J'étais incapable de trouver des raisons pour acquiescer ou refuser. Alors que la police nous serrait de près, une femme, qui prétendait m'avoir aimé et recherché toute sa vie, me proposait de passer la nuit avec elle dans un dortoir vide. Cela me faisait penser aux petites féeries qui circulaient dans le camp, d'aucunes sous ma signature, et où tout était angoissant et faux et finissait mal, mais, en dehors de cette littérature concentrationnaire à trois sous, rien de stable ne me traversait l'esprit. Soudain, je me préoccupais seulement de refermer la bouche, afin de ne pas être surpris avec un fil de bave entre les dents.

— Viens avec moi, dit-elle.

Je la rejoignis de l'autre côté de la palissade. Elle avait déchiré une toile d'araignée en avançant et elle s'époussetait l'épaule gauche avec violence. Nous n'étions pas dans l'ombre. Le terrain qui entourait la construction était éclairé par les lampadaires de la rue voisine. Les plantes exhalaient des parfums de terre, de bois pourri, de pluie tiède. Elles étaient charnues contre mes jambes.

— Viens, Dondog, dit Éliane Hotchkiss. Je suis contente que tu te souviennes de moi, même si tu n'en es pas très sûr. C'est bien que tu termines ta vie de camps avec moi.

— Bah, dis-je.

— Ça aurait pu être avec quelqu'un d'autre, dit Éliane Hotchkiss. C'est mieux ainsi, avec moi.

Derrière nous, les policiers s'étaient approchés de la palissade. Ils examinèrent les lieux et ils se faufilèrent à leur tour dans la brèche. La discrétion ne les étouffait pas. Ils écrasèrent les herbes dures que nous venions de fouler, les plantes brouillonnes. Il y avait trois marches pour accéder au baraquement. Quand nous fûmes devant le seuil, sous l'auvent, prêts à ouvrir la porte, les policiers nous firent signe et montèrent l'escalier.

— Contrôle d'identité, annonça l'un d'eux.

Ils nous séparèrent, Éliane Hotchkiss et moi. Le contrôle d'identité proprement dit ne dura pas, mais il évolua jusqu'à ressembler à un petit interrogatoire. Chacun de nous se trouvait en face d'un référent qui lui posait des questions à voix basse. Je dus donner le numéro de mon dortoir, le nombre de personnes qui y logeaient, me souvenir du médecin qui avait signé mon attestation de non-simulation, décrire l'itinéraire que j'avais emprunté pour me rendre de mon dortoir à la zone Crowk. Je pense qu'il souhaitait tester ma sincérité. Puis l'homme me demanda pourquoi j'errais dehors après minuit.

— Je ne réussissais pas à m'endormir, dis-je. Je pensais que je trouverais un peu de fraîcheur sous les arbres. C'était une erreur.

En accord avec la réglementation concentration-naire, un projecteur était allumé au-dessus de la porte d'entrée. Nul bâtiment, qu'il soit habité ou non, ne peut se dispenser d'éclairage extérieur nocturne. La lampe était puissante. Des insectes tourbillonnaient autour de nous, avec des trajectoires ivres lorsqu'ils avaient heurté le verre éblouissant. Nous bavardions ainsi tous les quatre, en deux groupes distincts, au milieu des bourdonnements et des frappes de phalènes. De l'autre côté du baraquement, extrêmement proche à présent, le fou hurlait. Il secouait l'obstacle grinçant, il hurlait, il geignait.

– Et elle? demanda le policier en chassant un papillon énorme qui lui attaquait les joues.

– Quoi, elle?

D'un geste de la tête, le policier m'indiqua Éliane Hotchkiss.

– Tu sais qui c'est?

– Oui, dis-je. J'avais oublié, mais maintenant je sais.

– Ah, dit-il.

– On s'est connus autrefois, expliquai-je. C'est une amie de jeunesse.

Tout près, le fou criait.

En raison des questions qu'on me posait, je respirais de manière convulsive. Je ne pouvais pas non plus cacher que je me sentais très fier d'avoir une amie d'enfance à côté de moi, une femme affectueusement complice, belle comme une héroïne post-exotique, très émouvante, très attirante, alors que la nuit d'après minuit inondait le Camp 21 et que bientôt un terme allait être mis à mon existence de détenu, et sans doute à mon existence tout court.

– C'est bête, dit le policier en me rendant mes papiers.

– Quoi? demandai-je.

— Rien, dit-il.

L'autre aussi mettait un terme à l'entretien. Éliane Hotchkiss et lui avaient échangé des phrases dont aucune n'était parvenue à mes oreilles.

Les policiers nous laissèrent ouvrir la porte. Elle n'était pas verrouillée. Elle ne grinça pas. Sous nos pas, le plancher craquait. J'entrai avec Éliane Hotchkiss et un nuage de phalènes dans le bâtiment vide. La lumière de la rue coulait à flots par les fenêtres grillagées du dortoir. Il n'y avait rien d'autre que le treillis métallique pour faire barrage aux rayons blancs des lampadaires. Les lits étaient répartis comme dans une salle d'hôpital. Ils étaient rudimentaires, mais plus larges que des bat-flanc, et sans couchette supérieure. Certains possédaient des paillasses. Dans l'air moussait une forte odeur d'urine et de renfermé. Éliane Hotchkiss alla ouvrir plusieurs fenêtres, puis elle revint vers moi.

Nous nous assîmes côte à côte sur un lit.

— Mets-toi contre moi, dit-elle.

— Excusez-moi, dis-je. De nouveau, je ne me rappelle plus votre nom.

— Ça ne fait rien, dit-elle.

Le fou gémit tout près de nous.

On le voyait, maintenant. On le voyait bien. Il était au milieu de la rue, juste devant notre baraquement. Il se plaquait contre un fouillis de barbelés et de poutrelles. Une lampe suspendue à un câble, un peu plus loin, projetait son ombre contre les murs du dortoir. Les grincements des fils de fer donnaient l'impression qu'il se balançait avec régularité. Il ne hurlait pas et ne gesticulait pas en permanence. On l'entendait maugréer longuement et renifler, et parfois même, à voix très basse, il chantonnait.

Dans le dortoir s'engouffrèrent des odeurs d'herbe mouillée, de rouille. Les inspecteurs à leur tour faisaient leur apparition dans la pièce. L'ouverture de la porte avait provoqué un courant d'air.

Ils étaient maintenant immobiles, inactifs.

Celui qui avait interrogé Éliane Hotchkiss avait pris place sur une paillasse à dix mètres de nous, il était assis, les mains croisées sur le ventre, comme un illettré qui attend un autobus. L'autre nous tournait le dos. Son ombre nous frôlait. Il s'était accoudé en pleine lumière, et il regardait le spectacle de la rue, les barbelés au milieu de la rue, le fou qui fredonnait pour lui-même une chanson des camps, et qui ensuite perdait patience et hululait.

Je me serrais contre Éliane Hotchkiss. Je conservais les yeux fermés le plus souvent possible. Elle chuchotait à mon oreille pour que seul moi puisse entendre ses paroles, mais j'étais trop troublé pour traduire en langage ses chuchotements. Je ne comprenais rien de ce qu'elle me confiait. Je désirais surtout me serrer contre elle. Je crois même que je l'enlaçai, à un moment. Je crois même que nous échangeâmes des caresses. Elle était paisible sous mes maladresses. Tout se passait comme dans un rêve.

De temps en temps, les policiers s'approchaient de nous. Ils nous ordonnaient de nous lever, ils contrôlaient notre identité, ils vérifiaient nos documents, ils nous questionnaient. Ils voulaient savoir pourquoi nous nous étions fixé rendez-vous dans un dortoir vide. Ils me demandaient si je faisais exprès, dans mes réponses, de confondre la date de ma sortie du camp et celle de mon trépas. Ils me priaient de dire si je connaissais vraiment le temps qu'il me restait avant ma libération ou avant ma mort. Parfois ils fouillaient nos poches, parfois ils confisquaient le couteau de combat qu'Éliane Hotchkiss portait sur elle, parfois ils le lui rendaient et ils la laissaient tranquille. Quand ils avaient fini de nous déranger, ils se retiraient au fond du dortoir. Nous étions tous baignés par la lumière vive et blême de la rue, exactement comme les gens normaux peuvent l'être par de vifs et blêmes rayons de lune.

Quand le fou ne criait pas, je me rapprochais d'Éliane Hotchkiss, et, quand il criait, je m'en rapprochais encore plus. Je me blottissais contre cette femme dont j'avais renoncé à retenir le nom.

Parfois je bégayais une phrase. Je parlais de mes projets de vengeance.

Elle m'assurait qu'elle s'en occupait. Ne t'inquiète pas, disait-elle. Je m'en occupe. Je vais t'aider à passer de l'autre côté. Je vais te faire sortir en un rien de temps. Tu aboutiras directement dans la Cité. Ça va finir.

Il me semble que nous nous allongeâmes l'un sur l'autre, vers la fin. Je ne sais pas si c'était pour copuler, j'ignore si nous ne fîmes qu'un, comme dans les fables minuscules que j'aimais autrefois écrire ou lire, ou comme dans mes rêves. Une fois sur moi, en tout cas, elle joua avec sa lame de parachutiste et avec moi. Ça allait bientôt finir. Elle m'écrasait un peu, elle acceptait mes mouvements idiots contre son corps, elle supportait mes mains dégoulinantes sur son dos. La posture, en tout cas, évoquait une posture amoureuse. Nous nous chuchotions à l'oreille des promesses idiotes, comme de nous retrouver ensuite dans le monde extérieur, dans la Cité qui était toute proche, dans nos rêves. Elle me disait de me calmer, elle m'assurait que tout allait bientôt finir, que l'attente horrible ne durerait pas, que ce n'était plus qu'une question de minutes et non de jours.

Le fou insultait les barbelés. Je ne le voyais plus, mais j'apercevais encore son ombre sur le mur. Parfois il ressemblait à une grosse phalène engluée dans une toile d'araignée, incapable de s'en dépêtrer, certes, mais décidée à faire du raffut jusqu'à sa mort ou jusqu'à l'aube.

Je ne me souviens de rien d'autre et je n'ai pas envie d'en dire plus, dit Dondog.

La dernière chose que j'aie enregistrée, c'est une phrase. Elle avait une voix que la tendresse ou l'effort éraillaient. Elle me disait que c'était bon, maintenant, que c'était en train de finir. Je ne savais pas si je devais la croire, mais j'aimais sa voix.

Voilà, c'est tout pour Éliane Hotchkiss. Et pour les camps.

C'est tout pour les camps.

QUATRIÈME PARTIE

BLATTES

XV. SMOKY

Autour de Jessie Loo, les plumes d'aigle et les petites têtes momifiées de belettes se balançaient avec frénésie, pratiquement à l'horizontale. Elles étaient accrochées par des lanières à la couronne de fer de la chamane. Jessie Loo les entendait froufrouter et ricocher contre les murs, et elle poussa un cri rauque : le dernier de sa transe.

Jamais elle n'avait autant transpiré pendant la danse, ou alors il fallait remonter très loin dans ses existences précédentes, jusqu'aux bals des Komsomols de sa jeunesse ou jusqu'aux interrogatoires des ennemis du peuple pendant l'entre-deux-guerres. Elle se secoua encore une fois avec violence. Les gouttes de sueur partirent dans toutes les directions comme une poignée de graines et se collèrent on ne sait où sur les ténèbres. Elle ne cognait plus sur son tambourin magique. L'instrument était aussi beau qu'une lune pleine et il en avait les dimensions, mais il ne diffusait aucune lumière. Des sonnailles l'encerclaient, elles tintinnabulèrent encore trois secondes.

Il faisait atrocement sombre comme au fond d'une mine. On se trouvait dans un espace clos. En réalité, c'était une salle de bains où personne n'avait pénétré pour faire sa toilette depuis au moins quarante-neuf années et des poussières.

Quand le tonnerre eut répété son ultime fracas dans les tuyauteries et le ciment, quand la pomme de douche eut cessé de trépider, quand le brutal silence fut moins brutal, quand les minuscules crânes pointus des bêtes carnivores eurent renoncé à claquer des dents et des mâchoires, quand le sifflement de l'espace noir se fut de nouveau fondu dans la rumeur de la nuit ordinaire, quand la sueur ne gicla ni ne ruissela plus sur le carrelage, quand elle eut retrouvé ses esprits, quand elle eut sous les jambes l'impression que la terre qui la soutiendrait était ferme et réelle, Jessie Loo se sépara de son tambour sorcier, elle l'appuya contre la baignoire et elle écouta l'ultime cliquetis des grelots de fer. Puis elle se mit à marcher vers la porte et elle l'ouvrit.

Cette porte, précisément, ni Marconi ni moi n'avions réussi à la débloquer depuis notre installation dans le 4A. Jessie Loo l'ouvrit de l'intérieur sans difficulté. Elle devait posséder une clé, ou une connaissance des passages étroits qui nous avait manqué. Il y eut un bruit pneumatique comme lorsque dans un sas les gaz de l'extérieur s'engouffrent. Au moment où le panneau s'écarta, une crasse chevelue se détacha du chambranle et tomba.

Marconi sommeillait là, juste en dessous, sur le seuil. Il reçut entre peau et chemise ce paquet de poussière et il réagit par un râle. Les cafards avaient été dérangés par la brusque apparition de Jessie Loo et, Marconi et moi exceptés, ils s'étaient mis à fuir en tous sens, au risque de se piétiner ou de se tamponner douloureusement. Je les entendais s'interpeller sans ralentir leur course. Ils n'aimaient pas Jessie Loo, et ils le disaient.

La vieille femme s'inclina vers Marconi. Elle l'agrippa au hasard. Sa main se referma sur un bout d'oreille, sur de la chemise souillée, du gras d'épaule. Marconi frétilla pour se dégager et aussitôt retourna à son inertie obscure. Elle le lâcha. Elle répandait l'odeur des taudis de Black Corridor. Elle empestait les remugles de la traversée, l'incendie, le voyage en téléphérique ou à dos de yack, les clairs de lune, les abîmes chamanes fétides.

— Alors?... Tu ne crois pas qu'on a bien travaillé, mon Gulmuz? demanda-t-elle.

Marconi remua la main.

— Il n'a dégorgé que des foutaises, gémit-il.

Il parlait de moi. Les ténèbres trop chaudes avaient aggravé son essoufflement. Il s'interrompait toutes les deux syllabes pour respirer.

— Ah, tu trouves? dit Jessie Loo.

– Sur Schlumm, on a appris quelque chose ? Sur Yoïsha Balbaïan ? Non. Quand il parlait de Gabriella Bruna, on ne savait jamais de qui il s'agissait. De sa mère, de sa grand-mère ou de la mère d'un autre. Sur sa grand-mère, on a appris quelque chose ?

– C'est très secondaire, tout ça, fit Jessie Loo.

Dans la salle de bains, une goutte tinta sur on ne sait quelle surface d'émail : une larme d'humidité lourde ou une goutte de sueur.

– Il simulait, reprit Marconi. Son amnésie était feinte. On aurait dû le tabasser. Quand on tabasse, on a les réponses qu'on veut. D'un bout à l'autre il simulait.

– Bah, dit Jessie Loo. Ça nous a fait gagner du temps. Tant qu'il racontait ses histoires, il ne te courait pas après avec un couteau. C'est déjà ça. Il épuisait paisiblement ses forces. Il se rapprochait de Cockroach Street.

– Il nous a bien eus, s'obstina Marconi.

– Mais non, mon Gulmuz. Sa mémoire a toujours été malade, et là, elle était vide. Mais il se méfiait. Il savait qu'on l'écoutait. Alors il a parlé d'autre chose.

– C'est de bonne guerre, remarque, approuva Marconi. On a tous fait ça, dans le passé. Pendant les interrogatoires.

– Oui. On a tous fait ça, confirma-t-elle.

Ils émirent en même temps un long soupir. Ils avaient peut-être tous deux la nostalgie des nuits de garde à vue, dans les locaux où se déroulait la lutte contre les ennemis du peuple, au temps où inquisiteurs et interrogés s'efforçaient de parler d'autre chose le plus longtemps possible.

— Et maintenant ? demanda Marconi.

— Fini, assura-t-elle. Il ne dira plus rien.

Sur moi elle avait à peine jeté un coup d'œil. Elle s'assurait simplement que je n'avais pas changé de place. Son dédain de vieille me déplut. J'avais cessé de fabuler, c'est exact, et mes organes désormais bougeaient rarement, en particulier les pulmonaires. Et alors ? Je n'en avais pas terminé avec l'existence. Je gisais dans mon coin, mais j'avais parfois une pensée en tête. J'aurais pu discourir encore, mugir. C'est quelque chose qu'elle aurait dû diagnostiquer et mentionner.

— Il ne dira plus rien, ajouta Jessie Loo, mais un sursaut est encore possible. Il a des réserves. Il peut encore brûler sa dernière énergie pour se venger.

— Ah, cette vengeance, cette vengeance, bougonna Marconi. Toujours cette vengeance idiote.

— Oui, dit Jessie Loo. Ça ne lui est pas sorti du crâne, malheureusement…

Marconi émit une plainte.

— Quoi qu'il arrive, poursuivit Jessie Loo, je le guiderai jusqu'à Cockroach Street. Pour terminer tout. J'ai l'obligation de le faire. Par égard pour Gabriella Bruna.

— Quoi qu'il arrive, haleta Marconi. Tu veux dire quoi ?… Même s'il a trouvé encore la force de me tuer, hein ?… C'est ça que tu veux dire ?

— Oui, dit Jessie Loo. Ça me crève le cœur, mon Gulmuz. Mais il y a des choses à quoi je ne peux pas m'opposer.

— Mais oui, bien sûr, haleta Marconi avec amertume. Des choses. Bien sûr.

Marconi et moi, nous avions beaucoup rapetissé pendant la nuit. On s'en rendait compte quand on nous comparait avec Jessie Loo. La chamane avait au-dessus de nous la taille d'une adulte penchée sur des enfants ou des chiens. Elle ressemblait à la centenaire qui m'avait renseigné deux jours plus tôt au sujet de Black Corridor et de ses habitants carbonisés ou saufs. À la réflexion, je pense que ce devait être la même personne, même si ici elle avait l'air formidablement plus âgée et plus lourde, moins vulnérable. Elle portait un antique manteau mongol dont une manche avait été arrachée par l'usure. Elle avait ôté sa couronne de fer et elle l'avait accrochée à sa ceinture. Les sonnailles et les petits os de carnassiers engendraient un tintement continuel. Tout cela grelottait à la hauteur de nos oreilles, quand nous tendions la tête vers elle.

Puis Jessie Loo et Marconi se querellèrent : un vieux couple qui se fichait des témoins éventuels.

Marconi était comme moi trempé de sueur comme avant l'instant suprême. Il avait peur. Il savait qu'il ne survivrait pas à une dernière mort. Jessie Loo lui expliquait que désormais elle ne pouvait plus intervenir dans son destin. Elle invoquait des raisons techniques. Il la coupait. La technique ne l'intéressait pas. Plus rien ne l'intéressait, sinon de savoir si, oui ou non, j'allais l'assassiner. Elle prétendait n'avoir sur cette question aucune prescience. Tout dépendait, disait-elle, de ce qui subsistait encore de mes instincts de meurtre.

Ils m'observaient tous deux avec une appréhension croissante, comme si je m'étais transformé en une créature imprévisible. La situation était pourtant très claire. J'avais prévenu Marconi, je lui avais dit que, s'il essayait de me fausser compagnie, je rassemblerais mes forces pour lui courir après et lui ôter la vie, mais que, s'il se maintenait tranquille, à ma portée, mes velléités de vengeance ne se concrétiseraient sur personne. Et donc pas sur lui.

Pour être franc, je ne savais rien sur ce qui risquait de se produire dans l'immédiat. Je ne m'interrogeais plus là-dessus. J'avais compris que, quoi qu'il arrive, j'aboutirais à Cockroach Street, mais j'ignorais après quel épisode ou quelle absence d'épisode. Je ne savais pas en quel état j'allais abandonner derrière moi Marconi : intact, ou baignant dans son sang, ou pire encore. C'était cela, cette incertitude, sur quoi Jessie Loo s'appuyait pour entretenir des lueurs d'espoir en Marconi. Toutefois, le pessimisme de son compagnon ne faisait que forcir. Marconi ne s'en laissait pas conter. Il en voulait à Jessie Loo de se déclarer à présent impuissante à le sauver. Il était assis par terre, rongé d'animosité et de frayeur, bouleversé par des râles chaotiques, et il l'accablait de reproches.

Et soudain, il prit la parole de façon romanesque, à la manière d'un personnage post-exotique qui s'épanche et monologue. Il reprochait à Jessie Loo de l'avoir recherché en rêve et de l'avoir recueilli alors qu'il purgeait sa deuxième mort au lieu-dit Les Trois-Museaux. Ce n'était pas la peine d'intervenir si tard, se plaignait-il. Il en avait presque terminé de dépérir dans une fosse grillagée, sans espoir d'en être retiré par quiconque, à cent mètres de l'endroit où autrefois un commandant commandait au jour de se lever, le matin, ou de se coucher, le soir, en cognant plusieurs fois par terre avec ses bottes. Il avait trouvé la sérénité. Il était seul et déjà en train de s'éteindre. Le lieu-dit Les Trois-Museaux avait été attaqué par l'armée Rouge quelque temps après le départ de Gabriella Bruna, et lui-même, Gulmuz Korsakov, disait Marconi, avait été oublié lors des opérations de rasage total du site. Les Trois-Museaux avaient été laissés à l'abandon. Gulmuz Korsakov vivait dans le dénuement et dans l'ennui, parmi les ruines de yourtes et les pans de murs et les squelettes noircis des commissaires du peuple et des chamanes, racontait Marconi. Il flairait tout cela plus qu'il ne le voyait. Ses yeux avaient été rongés par l'acide urique. Pendant longtemps, on avait chaque jour déversé sur moi un seau hygiénique, rappelait Marconi à son auditoire. C'était rude et ça me rééduquait assez peu, mais c'était tout de même un contact avec l'extérieur. Cette distraction, je ne l'avais plus, disait Marconi. Je me languissais, j'avais pratiquement perdu la vue, je voyais la lumière sous un jour toujours défavorable, j'allais mourir. Marconi reprochait à Jessie Loo d'avoir troublé son agonie solitaire alors qu'elle allait paisiblement s'achever. Il l'accusait d'avoir manigancé pour lui un complexe transport en téléphérique jusqu'à la Cité, au lieu de le laisser s'éteindre sans s'en rendre compte. Il se plaignait du climat chaud de la Cité, de cette humidité asphyxiante à quoi il n'avait jamais pu s'habituer. Il devenait affreusement injuste. Il lui reprochait la compassion dont elle avait fait preuve, les soins qu'elle lui avait prodigués, ses erreurs sorcières qui lui avaient donné une maladie de plumes incurable, et ce statut de golem essoufflé qu'elle avait obtenu pour lui, afin que son existence se prolonge indéfiniment dans la Cité.

— Et tout ça, geignait-il, pour maintenant me laisser en pâture à cette blatte.

— C'est ton destin, mon Gulmuz, dit Jessie Loo. Ce sont des forces qui nous dépassent. Et puis, j'ai promis à Gabriella Bruna qu'un jour j'assisterai Dondog dans sa vengeance. Je lui ai donné ma parole de chamane pendant un rêve. C'est un pacte d'honneur entre nous, c'est quelque chose qu'on ne peut pas rompre.

— Bah, l'honneur, rauqua Marconi.

— Tu ne peux pas comprendre, mon Gulmuz, dit

Jessie Loo. Tu ne sais pas ce que c'est que l'honneur. Moi, ce qui me lie à Gabriella Bruna, ce n'est pas le souvenir d'un viol. Je suis liée à elle par le souvenir de la révolution mondiale.

— Pff! cracha Marconi. Mais ça n'existe plus, tout ça. Ça a été balayé!

— Tu as raison, dit Jessie Loo, plus rien n'existe, tout le monde est mort. Mais ma promesse reste. C'est pareil pour lui, pour ce Dondog. Sa vengeance reste. Il ne sait plus pourquoi il doit se venger. Ni de qui. Mais ça reste.

— Bon sang! se désola Marconi. Comme si on ne pouvait pas faire obstacle à ce type. Ou l'entraîner dès maintenant vers Cockroach Street.

— Pour Cockroach Street, il faut attendre encore un peu. Je ne peux rien accélérer.

— Mais ta magie, grinça Marconi. Tes pouvoirs illimités...

— Le vent a tourné, mon Gulmuz. Dans la Cité, je ne suis plus rien. J'ai encore des ruses pour échapper à l'extinction ou à la mafia, mais ça ne durera pas toujours.

— Saloperie! pleurnicha Marconi. Il va me sauter dessus et me saigner!

— Tu n'as qu'à considérer que c'est ton schwitt, dit Jessie Loo. On n'échappe pas à son schwitt.

Les êtres aimés disparaissent, la révolution mondiale s'éparpille en poussière comme une bouse sèche, dans l'espace noir on ne rencontre plus les personnes qu'on aime, les golems s'effondrent les uns après les autres, le sens de l'histoire s'inverse, les passions dérivent vers le rien, la signification des mots s'évanouit, les ennemis du peuple et les mafias triomphent à jamais, les rêves trahissent la réalité, mais la vengeance subsiste, un chicot irréductible de vengeance qui n'a plus aucune justification, qui se limite à un geste de violence sur une cible très douteuse. Et ceci encore, le plus révoltant : on n'échappe pas à son schwitt.

J'exhalai un râle geignard.

— Dites à Korsakov que s'il ne bouge pas, s'il ne tente pas de s'enfuir, je ne le poursuivrai pas, dis-je.

Ils n'entendaient pas ma voix.

— C'est horrible, dit Marconi. Il n'est pas tout à fait éteint. À la moindre occasion, il peut se ranimer et me zigouiller.

— Oui, dit Jessie Loo. Il faut patienter, mon Gulmuz. Mais peut-être que ça se passera bien pour toi, en fin de compte. Peut-être qu'il s'éteindra sans t'avoir attaqué.

— Qu'est-ce qu'il fait, en ce moment ? haleta Marconi. Il dort ?

— Non. Avant l'extinction, ce n'est comparable ni à du sommeil ni à de la veille. C'est embrouillé et ça s'étire, et parfois on a une sensation d'attente, paraît-il. Tu vois, mon Gulmuz. Lui aussi, il doit se morfondre.

— Bon sang ! chuchota Marconi.

Son corps crépita, changea légèrement de dimensions, se hérissa de duvet. Au bout de deux secondes, les plumes disparurent. Il s'excusa.

– Ça ne fait rien, dis-je.

En réalité, je n'éprouvais pas les symptômes que Jessie Loo avait décrits. Je ne me morfondais pas. La fatigue m'empêchait d'avoir des sensations aussi subtiles. De la transpiration et du vertige, oui. Ça, oui. Et l'impression que quelque chose allait venir. Ou que j'avais terminé ou raté quelque chose. Ça, oui. Mais rien de net, qu'on aurait pu définir avec des mots.

Il me semblait plutôt que je rêvais.

Une blatte courut pendant quatre secondes au bas du mur et, sans transition, elle s'arrêta. Quand elle fut immobile, elle se confondit avec l'angle noir que le ciment formait avec la nuit. Pendant un quart d'heure, elle et moi, nous restâmes amorphes, n'ébauchant aucun geste l'un vers l'autre, et ensuite, comme il me paraissait impoli de ne pas tenter de communiquer avec elle, j'émergeai de ma torpeur, je la baptisai et je lui parlai.

– Tu es là, Smoky ? dis-je.

Elle ne répondait pas. Je perdis un peu de ma belle assurance. Je lui demandai si elle m'en voulait de lui avoir donné le nom d'une chienne de mon enfance, d'une chienne noire. Je mentionnai qu'il s'agissait d'une chienne-louve au poil lustré, extrêmement intelligente pour son âge et toujours gentille et douce envers les

Untermenschen et les enfants. Je ne me rappelais plus aucun autre détail et je me tus. Elle ne rétorquait toujours rien. J'en conclus qu'il était dans son caractère d'écouter placidement en attendant que les événements aillent vers leur fin.

Après une pause d'environ une heure, je me décidai à parler de nouveau. J'avais envie que Smoky m'accorde un peu d'attention. Plutôt que de me lancer dans l'évocation des massacres ethniques de mon enfance ou dans une description du quotidien derrière les miradors, j'organisai ma causerie autour des choix de société : égalitarisme somptueux ou capitalisme, avec ou sans camps. J'étais en train de m'échauffer, comme souvent, à propos des grandes fortunes, lorsque brusquement, plus loin dans l'ombre, au-delà de Smoky, j'aperçus Marconi qui bougeait.

– Ne bouge pas ! hurlai-je.

Smoky avait sursauté. Je la rassurai. Je m'approchai d'elle et je la rassurai.

– Ce n'est pas contre toi que je crie, dis-je. Ce n'est pas à toi que j'en veux. Fais comme si tu n'avais rien entendu.

Profitant de mon inattention, Marconi avait commencé à ramper hors de mon atteinte. Il n'avait pas pu résister à son impatience imbécile d'être sain et sauf. Il dérivait en direction du balcon. Sa hâte était maladroite. Ses mains dérapaient, ses pieds crissaient. Je perçus au cœur du noir cette masse peureusement active.

J'ouvris les yeux.

Il faisait aussi noir que dans ce que je venais de voir.

Jessie Loo était retournée dans la petite pièce récemment ouverte, elle avait déplacé son tambourin, elle était en train de s'asseoir sur le rebord de la baignoire. Dans l'obscurité dense, on distinguait mal les crânes de belettes qui pendaient à sa ceinture, les mâchoires de rates, les sonnailles, son manteau déchiré, ses cheveux gris à présent défaits.

Ce qui allait advenir la dégoûtait. Elle avait échoué à retenir Marconi, elle savait que je m'étais levé, que la poursuite avait commencé, que le couperet sale et irrationnel de la vengeance s'était remis en mouvement. Le destin était en passe de s'accomplir, le destin obéissait à des puissances immondes sur lesquelles elle n'avait aucune influence. Elle s'était enfoncée dans le noir plus épais de la salle de bains afin d'en voir le moins possible, de ce destin. Elle ne tenait pas à assister au carnage probable. Elle avait maintenant la tête penchée sur une épaule, à la manière d'une jeune fille mélancolique, et elle regardait son immense tambourin magique avec indifférence. Elle attendait. Elle attendait que j'en aie terminé avec Marconi pour m'emmener vers Cockroach Street.

Marconi, lui, s'approchait de la porte palière. Dans l'affolement, il coordonnait mal ses gestes. Il progressait petitement. Une nouvelle bouffée de plumes chuinta autour de lui et l'aida à franchir plus vite les cinquante derniers centimètres. J'eus l'impression qu'il avait volé au ras du sol. Il se redressa et tâtonna en direction du verrou. Il tira sur lui la porte puis il se précipita dehors. De temps en temps, il écoutait par-dessus son épaule pour savoir si oui ou non je m'étais déjà élancé sur ses traces.

Je le laissai sortir, puis je m'élançai sur ses traces.

Dans l'escalier, j'eus d'abord des difficultés à m'orienter. Les bruits de la fuite de Marconi se répercutaient en désordre le long des murs. Je me figeai pour décider s'il me fallait descendre ou monter. Les odeurs d'ordures tourbillonnaient, remuées par le passage d'un corps en panique. L'obscurité était comme partout très lourde et très humide, très chaude. Je sentis un courant d'air sur mes joues. Une porte se mit à battre au septième étage. Même en forçant l'allure, Marconi n'aurait pu atteindre si vite une telle hauteur. Ou alors, j'aurais entendu ses rauquements éperdus, sa lutte contre l'asphyxie. Les échos insituables de pas s'interrompirent. Marconi s'était immobilisé, lui aussi, à l'écoute. Il voulait savoir si j'étais sur sa piste. Son silence inquiet avait un des étages inférieurs pour origine, le deuxième ou le troisième. Je me mis à courir dans cette direction. Je parcourus au petit trot trois volées de marches.

Dès que mes semelles eurent commencé à claquer dans la cage d'escalier, Marconi comprit qu'il était découvert. Aussitôt il se démena avec un désespoir furieux. Ses mains griffaient le ciment et le métal du vide-ordures. Il se battait avec un morceau de tôle. Comme il l'avait tenté plusieurs fois pendant la journée et la nuit précédentes, il souhaitait m'échapper en empruntant le conduit vertical. Je le rejoignis rapidement. Il avait arraché le tiroir métallique. Il le jeta sur les marches, sous mes pieds. Il espérait que je trébucherais dessus et me casserais des membres. Je trébuchai, en effet, et il me fallut plusieurs secondes pour me remettre debout. Je palpai mes articulations en m'attendant au pire, mais, par chance, je ne m'étais pas abîmé de segments essentiels. Marconi pendant ce temps se tortillait pour s'introduire dans la bouche du vide-ordures. Il était déjà sur le point de disparaître. Je l'empoignai par une cheville, par un genou, et je le tirai en arrière de toutes mes forces. Il me laissa l'extirper de l'ouverture et même, afin de ne pas se déchiqueter le visage ou le ventre contre les paumelles coupantes du tiroir, il participa à la manœuvre. Nous nous retrouvâmes debout à un demi-pas de distance. Nous avions été affaiblis tous deux par cette série de mouvements que nous avions réalisés avec une sincérité physique extrême, puisqu'il s'agissait d'une question de vie ou de mort, et nous feulions face à face en nous balançant, plus comme deux foudroyés récents que comme deux adversaires. Nous ne disions rien. L'échange mental entre nous était médiocre. Notre détermination martiale encore plus. Pendant un bon moment, nous eûmes du mal à accorder nos respirations incohérentes. La bouche du vide-ordures sifflait à côté de nous. Marconi ne me regardait pas. Il était ébouriffé çà et là de plumes sales et cassées qui ne se rétractaient pas. Il ne s'excusait plus lorsque sur ses bras des plaques de duvet gonflaient ou disparaissaient. Je n'en étais plus à me demander s'il était ou non aveugle et aptère ou non. Cela n'avait plus d'importance.

Puis Marconi s'accroupit. Je fis de même, par lassitude, et aussi dans l'idée de rester à sa hauteur. Il se mit à fouiller dans une de ses poches. Comme il transpirait à gros bouillons, je crus qu'il était en quête d'un mouchoir, d'un bout d'étoffe pour s'essuyer. En fait, non. D'on ne sait où, il avait retiré un couteau de schwitt, et déjà il l'abattait pour me le planter dans une jambe. Je sentis la lame couper difficilement l'étoffe de mon pantalon et s'enfoncer d'un centimètre à l'intérieur de ma cuisse. Le couteau tremblait sans force dans ma chair. On était très loin de ce dont aurait été capable Éliane Hotchkiss dans une situation similaire. Marconi lâcha son arme. Il m'avait raté. Fasciné par son propre engagement dans le combat et par tout ce qu'impliquait ce ratage, il ne faisait plus un geste. Il avait soudain l'air hypnotisé ou méditant. Je le bousculai et, dans la logique du mouvement, je tombai à quatre pattes. Il me fallait récupérer le couteau avant lui. Mes mains exploraient le sol jonché de détritus. Rien de semblable à un poignard ne se présentait sous mes doigts. Des raclures et des mottes de boue pestilentielles, oui, des ustensiles et des champignons pourris, oui, mais pas d'arme. Tandis que je sondais les débris, Marconi haletait à proximité. Il ne proférait rien. Brusquement, il se jeta vers la bouche du vide-ordures et commença à s'y introduire. J'étais ailleurs sur le palier, je fouillais parmi des fragments filamenteux, je remuais des cartons. Les cafards grouillaient. L'initiative de Marconi ne m'inquiétait pas outre mesure. J'étais persuadé qu'il allait se coincer les hanches dans l'ouverture, et qu'ainsi il serait à ma merci. Je continuai donc à trier et à dépêtrer. Or, cette fois, Marconi réussit à se glisser entièrement à l'intérieur du conduit fétide. C'est bien la preuve que nous avions changé de mensurations, lui et moi. Je redoublai d'ardeur dans ma fouille. Dès que j'eus posé la main sur le couteau, je me redressai et me penchai à mon tour dans le tube. La bouche avait complètement avalé Marconi. Elle ne sifflait plus. Contrarié par le corps de Marconi un peu plus bas, le courant d'air avait cessé, mais la puanteur persistait, étourdissante de mort croupie et de miasmes. Cela mis à part, je me tenais au bord d'un chemin comme un autre, ni plus ni moins obscur que le reste des passages de Parkview Lane. Un peu plus obscur, peut-être. Un peu plus répugnant. Je ne sais pas. Un peu plus concentré dans le répugnant, peut-être. J'entendais la reptation non discrète de Marconi. Il se faufilait en direction du rez-de-chaussée. Du haut en bas de

l'immeuble, la canalisation était ébranlée par ses soubresauts et ses coups de coude. Bien qu'ayant rétréci, il
était trop replet pour chuter directement dans le vide.
Son corps frottait, il devait nager vers le bas pour avancer, dans ce gros tuyau obstrué par des viscosités bour-
geonnantes, des horreurs molles. Au lieu de tomber, il
devait s'ouvrir une voie là-dedans. Ces opérations de
déblaiement le retardaient. Sur moi il n'avait pas plus
d'un étage d'avance, à mon avis.

Pour respecter le folklore de la plongée plus que
par nécessité, je gonflai mes poumons et bloquai ma
respiration, puis je me coulai dans la bouche pour
progresser vers Marconi. Il y avait d'abord quelques
décimètres de ciment oblique. Je ne possédais pas la
souplesse d'un poisson d'argent, néanmoins je franchis
sans dommage la jonction entre cette pente assez raide
et la colonne verticale, et, tête en avant, j'entamai
ma descente. Toutes les pourritures de la Cité collaient
sur moi. Elles s'accumulaient contre mes épaules. Je
rampais sans penser à rien. Marconi me précédait. Il
n'avait plus aucun moyen de m'échapper. Il ne pouvait
pas non plus faire volte-face pour m'affronter. C'était
une poursuite facile. Je ne sais pas combien de temps
elle dura. La durée obéissait sans doute encore à des
systèmes de mesure fiable, mais ni Marconi ni moi n'y
avions recours. Quand on y pense, il y avait seulement
deux étages à parcourir.

À un moment, j'eus conscience que Marconi avait atteint le rez-de-chaussée. Le tube ne transmettait plus que ma propre agitation, mes coups de reins, mes griffures. Le courant d'air reprit, il me gifla les paupières. J'étais seul. Marconi venait d'atterrir dans le local de service où autrefois les habitants de Parkview Lane disposaient leurs poubelles et leurs containers. En quittant le tube, Marconi avait fait une chute sur les détritus. Il avait provoqué l'écroulement d'une montagne bruyante, vraisemblablement hideuse. Des boîtes de conserve roulèrent sur du ciment et rebondirent. Presque aussitôt j'émergeai à mon tour. Marconi était en train de se dégager d'un tas infect où il avait été englouti jusqu'à la taille. Il gesticulait comme un ivrogne ou quelqu'un sur qui on a marché. Il n'avait rien trouvé de métallique pour se défendre et il ne songeait pas à lancer sur moi des projectiles. Je sortis le buste du tube en tailladant avec ma lame l'obscurité, les ordures en suspension, puis je dégringolai sans autre forme de procès. Marconi s'enfuit en direction du mur le plus proche. Il s'acharnait à découvrir une ouverture dans la brique, alors qu'il n'y avait rien de ce genre.

Nous fûmes ensuite de nouveau face à face. Le sol avait une viscosité indescriptible. La seule issue était une porte de fer. J'étais placé devant. Nous consacrâmes une ou deux minutes à nous désemplâtrer du plus gros des débris et à nous dégager les narines, la bouche. Nous avions repoussé à plus tard la danse de l'assassin et de l'assassinable. L'un envers l'autre, nous ne faisions preuve d'aucune hostilité, bien au contraire. Je l'aidai à se nettoyer des ordures les plus goudronneuses. Il me désincarcéra une jambe qu'un infâme carton alourdissait. Nous nous époussetions mutuellement sans mot dire. Je savais que je devais me venger sur lui, mais je ne me rappelais plus de quoi, exactement. Si on me l'avait demandé, j'aurais été bien incapable d'établir un lien effectif entre un événement quelconque de ma vie et la nécessité d'égorger Marconi ici, toutes affaires cessantes. Au fond, si je m'apprêtais à le tuer maintenant, c'était surtout parce qu'il avait quitté le 4A en essayant de m'échapper et en crissant sur les moisissures du sol.

– Dis-moi seulement une chose, dis-je.

Je crois que je voulais lui poser une question précise, au départ. Mais elle m'était sortie de l'esprit dès que j'avais ouvert la bouche. C'était peut-être une question sur son nom véritable, ou sur ma grand-mère. J'attendis un moment qu'une idée vienne, mais, comme rien ne perçait, je me contentai d'agiter mon couteau en grognant.

Marconi était trop essoufflé pour me répondre, de toute façon. Marconi ou Gulmuz Korsakov, j'ignorais quelle identité il fallait lui donner, à présent. Nous nous balançâmes encore un moment en vis-à-vis. Nous étions à moins d'un pas l'un de l'autre. Marconi était juché sur un monticule. Il me dominait d'une tête. Il avait cette position en principe avantageuse, mais c'était moi qui barrais le chemin vers la sortie, et j'étais seul à posséder une arme.

On devinait des bestioles un peu partout aux alentours. Elles s'étaient écartées du centre de la rixe et elles guettaient, formant un vaste cercle. On était dans le noir total. Les ombres se ressemblaient, avec ici et là de petites différences. Je reconnus une silhouette familière au premier rang du public.

— Tu es là, Smoky ? dis-je.

Je brandissais le couteau sans m'élancer, sans savoir si je devais parler et quoi dire encore, et, pour finir, il me sembla que Smoky ne devait pas être associée à tout ça, à cet épisode affreux.

— Ne regarde pas, Smoky, dis-je. Ça va être sale. Fais comme si nous n'existions pas. Fais comme si le seul monde qui existait, c'était toi.

XVI. DONDOG

Il y avait du sang partout dans le local. Personne n'ouvrait les yeux pour le vérifier, mais, sous les pieds, quand on changeait de position, on sentait les flaques. Quand on marchait près des débris de Marconi, évidemment. Ailleurs aussi.

Je fus prostré un long moment. Le sommeil m'enveloppait d'un manteau de plomb. Je me drapais dedans en vain. Je n'arrivais pas à m'endormir. La sensation de fatigue était écrasante, mais je ne sombrais pas. Je restais tassé sur moi-même. J'aurais pu être secoué de frissons, mais non. Il paraît que dans certaines circonstances, leur forfait accompli, les assassins vomissent, les vengeurs tremblent. Chaleur étouffante ou pas, ils tremblent. Des spasmes d'horreur les ébranlent. Mais moi, ici, non. Mon corps a plutôt toujours réagi au crime par l'accablement.

Je me mis à aller dans l'obscurité, avec une lenteur de lémure. Je choisissais les passages où l'épaisseur des ordures était moindre. J'aurais pu me maintenir immobile, mais j'étais préoccupé par l'idée que Jessie Loo allait ouvrir la porte, et je ne voulais pas qu'elle croie que tout était éteint dans le local. Je n'avais pas envie d'entendre Jessie Loo refermer la porte et repartir sans moi. Je voulais qu'elle m'aide à rejoindre Cockroach Street. J'avais peur de me perdre tout seul sur le chemin.

Les minutes se succédaient. Jessie Loo tardait. Je suivais lentement la base des murs. Mes extrémités ballaient. J'étais en position de réfléchir, mais rien ne venait. Je ne savais pas quoi dire, à qui dire adieu et comment, et je ne savais pas quoi faire. Je lambinai sur quelques mètres encore, puis je m'arrêtai. Il fallait tout de même agir une dernière fois ou parler.

Je me plaçai en face d'un mur, à tout hasard.

Il y avait près de moi assez de sang et de matière friable pour imprimer des lettres. Je pouvais écrire sur la brique. Laisser des messages ou de la prose. Il me semblait que c'était quelque chose qui se faisait dans une situation pareille. J'avais en tête des résidus d'images qui me guidaient. Personne ne me dérangeait. J'avais tout mon temps pour trouver la bonne formule.

Je traçai d'abord :

BALBAÏAN M'A VENGER

Cela me prit une demi-heure. Les caractères étaient maladroits, mais, si la police s'en mêlait, elle les déchiffrerait. En cas d'enquête, maintenant, elle ne retiendrait pas l'hypothèse du crime gratuit.

J'avais du mal à me tenir debout. Je pris appui sur le mur avec l'épaule. À y repenser, cette inscription n'éclairait rien. Il fallait la compléter. Je fis deux pas, je ramassai une poignée d'encre ignoble, je me redressai de nouveau, j'allai plaquer les mains à hauteur d'yeux. Puis j'écrivis :

DONDOG M'A TUER

Je ne voulais pas qu'à tort on accuse quelqu'un de ma mort ou de celle de quelqu'un d'autre.

Je vacillai longtemps devant ces mots. Pour les faire apparaître, l'effort avait été surhumain. Je me sentais déséquilibré et en état d'hébétude. Confusément, je comprenais que je venais d'accomplir une prouesse absurde. Mon corps se souvenait des phrases que j'avais autrefois collées bout à bout jusqu'à une fin. Il chancelait et il ne se souvenait soudain que de cela. Mon corps se souvenait de cette prose inutile. J'avais mené ma vie jusqu'à son terme, mais je n'arrivais pas à savoir s'il fallait en être satisfait.

Je m'assoupis, je me réveillai.

Satisfait ou non, j'avais mené ma vie jusqu'à son terme. Tout le vécu avait déjà basculé dans le néant, mais de la prose allait survivre. C'était peut-être surtout comme cela qu'il fallait apprécier les choses. Du roman subsistait sur ce mur, et peut-être aussi ailleurs, dans d'autres endroits non moins stratégiques pour la culture humaine et assimilée. J'aurais aimé en savoir plus sur mes livres. J'avais oublié leurs sujets, le nom des chamanes et des lectrices qui les avaient eus entre les mains, les endroits du camp où je les avais cachés.

Je soupirai, je m'assoupis, je me réveillai.

Le mur était très noir. On ne voyait absolument rien, mais, un peu plus loin, il y avait un slogan publicitaire :

QUI N'A PAS LU DONDOG N'EST PAS DIGNE D'ÊTRE UN CHIEN

Je reconnus mon écriture. J'avais dû composer cela pendant un moment d'absence. J'avais dû écrire cela pour amuser Smoky. Or maintenant cette phrase m'apparaissait surtout pétrie de fatuité et elle me répugnait. Les gouttes de honte ruisselèrent jusque dans mes yeux. Dès qu'on perd conscience, le crime et l'orgueil prennent leurs formes les plus laides.

J'essayai de rendre la publicité illisible en écrasant dessus des poignées de boue putréfiée. Ce n'est pas Dondog qui a écrit ça, avais-je envie de crier. Je ne suis pas Dondog, je ne me souviens même pas du nom des autres, comment pourrais-je me souvenir du mien ?

J'avais ouvert la bouche pour hurler, mais, comme tout était silencieux autour de moi, je me contentai de chuchoter un début d'excuses. D'être une blatte, chuchotai-je. N'est pas digne d'être une blatte.

Puis je m'affaissai vers l'arrière.

Jessie Loo ouvrit la porte et avança d'un pas vers l'intérieur. On se rendait compte immédiatement qu'elle ne désirait pas commenter ce qu'elle découvrait dans le local. Quand elle se tournait vers moi, elle ne me regardait pas. Ou alors, elle me toisait sans douceur. Elle me fit signe de me lever et elle jeta sur moi la veste de prisonnier que j'avais laissée sur le canapé du 4A. Je m'affublai aussitôt sans rien dire et me remis debout.

— Dépêche-toi, me brusqua-t-elle. La police est sur tes traces.

— La police ou les schwitts ? demandai-je.

Elle m'avait déjà tourné le dos. Elle ne répondait pas. Il est vrai que, pour moi, c'était un détail mineur.

Je ramassai un couteau et le glissai sous ma veste. Puis je lui emboîtai le pas. Maintenant, quoi qu'il arrive, nous allions nous rendre à Cockroach Street.

XVII. COCKROACH STREET

Dans le bar inondé de voix et de fumée, il y avait trois lampes à pétrole et quatre femmes. La salle était terriblement obscure, mais je dénombrai les femmes aussitôt, à l'instant même où je franchissais le seuil. Pendant ma captivité, j'avais désappris plusieurs principes de base et beaucoup de droits de l'homme, et ma sensibilité s'était émoussée dans tous les domaines, et ensuite mon décès et mon errance dans la Cité n'avaient pas arrangé les choses, mais mon patrimoine génétique avait peu changé, quand on y pense. En tout cas, j'avais conservé cela : l'instinct sexuel. Quelle que fût l'épaisseur des ténèbres, la densité de l'assemblée, j'y décelais immédiatement une présence féminine, même ténue. Je la décelais avec une avidité intérieure où l'émotion et la précision se mêlaient. Il est vrai qu'ensuite je me comportais d'une façon qui eût sans doute déçu mes ancêtres, mes prédécesseurs forts et barbares, car je ne me précipitais sur personne, je ne

violais personne et me maintenais dans une rêverie
inoffensive, sans rien entreprendre ni espérer. Souvent
le ciment dans un regroupement d'hommes ou d'Untermenschen se limite à de la violence et de la mort.
Quand je prenais part à une telle confrérie, savoir
qu'une femme existait à proximité me donnait toujours un peu de courage pour continuer à feindre la
placidité ou même la vie, même quand je me doutais
que cette femme ne jouerait dans mon destin aucun
rôle. En vérité, ce soir-là, remarquer les quatre filles
du bar ne constituait pas une performance. Sous la
mesquine clarté que répandaient les lampes, elles ne se
dissimulaient pas, au contraire des clients qui paraissaient faire corps avec l'ombre compacte, comme des
araignées avec la toile qui les héberge. Je refermai la
porte. Derrière moi soufflaient la nuit, l'humidité
lourde de Cockroach Street et les halètements des policiers qui me suivaient à la trace. Je me dirigeai à tâtons
vers une table vide, conscient d'avoir une apparence de
détenu en maraude ou en fuite. Voilà qu'à mon tour
je m'immergeais dans les ténèbres. Aucune réaction
collective n'avait accueilli mon entrée, ni plaisanteries
agressives ni silence. On se moquait ici des relations
que les visiteurs entretenaient ou non avec l'univers
concentrationnaire. Cela me convenait. Je m'assis.
J'avais tellement sommeil que je ne sentais plus mes
jambes. La plus proche lumière pétillait avec effort à
douze pas de ma tête. Tout ce qui m'entourait était en

sapin crasseux, les bancs, le toit très bas, le sol, et tout empestait. J'avais connu récemment toutes sortes de pestilences, mais elles ne s'étaient pas gravées en moi. Elles ne renvoyaient pas à une expérience mémorisable ou animale normale. Elles ne comptaient plus dans mes systèmes de comparaison, car je ne m'en souvenais pas. Je savais que j'avais traversé la Cité, le 4A, le rez-de-chaussée de Parkview Lane, mais aucun événement n'était plus consultable. Ce qui s'était produit ces derniers temps me paraissait extrêmement flou et éloigné. Ce qui s'était produit ces derniers temps était de l'ordre du songe. Dans Cockroach Street maintenant je renouais avec le réel, avec la réalité organique des populations de la nuit. À première vue, les buveurs qui se vautraient là appartenaient au crime et à la glaise. Les vêtements qu'ils frottaient sur les sièges, les doigts énormes qu'ils appuyaient sur les tables, avaient été en contact avec la saleté et le sang, avec les troupeaux, avec les bêtes qu'ils avaient abattues ou escortées et avec leur bouse. Autant dire qu'autour d'eux le nuage était irrespirable. Je pensai aussitôt aux dortoirs du camp. On y avalait une buée moins grumeleuse, à mon avis. Même au petit matin, quand chaque bagnard avait alimenté l'espace en flatulences, la puanteur n'atteignait pas un tel degré d'horreur. Toutefois, j'avais été relâché depuis si peu de temps que, cette fétidité, je la humai à pleins poumons et sans nausée. Bien au contraire. Je m'étais installé derrière ma table et je respirais l'air de la liberté avec une disposition d'esprit qui s'apparentait à du bien-être. Une nostalgie des grands espaces concentrationnaires et des chantiers m'avait tourmenté toute ma vie et même après, mais, en cette minute, je n'éprouvais pas de regret en me remémorant les mille parfums ignobles des camps. Je bloquais mes sacs pulmonaires par habitude de l'apnée plus que dans un réflexe de dégoût.

Une fille s'approcha de ma table. Elle trébucha sur un corps qui gisait par terre et elle poussa une exclamation qui passa inaperçue dans le brouhaha, une exclamation de lassitude, puis elle enjamba la masse inerte, elle avança vers moi et elle prit place sur mon banc. Je me hâtai d'expirer. C'était une jeune femme plantureuse. Ses joues potelées luisaient : de fatigue, de luxure. Elle était vêtue d'une robe informe, rouge foncé, faite d'ouvertures et de déchirures autant que de tissu. En dehors des reflets de la lampe sur sa peau en sueur, je la voyais à peine. Salut, ma jolie blatte, me dit-elle. Tu sors du camp ? Tu as échappé aux schwitts ? Sans façon, elle se tortilla en ma direction jusqu'à me toucher. Je devinais contre moi sa cuisse et sa hanche brûlantes, comme si aucune étoffe ne m'avait séparé d'elle. Et aux chamanes, tu as échappé aux chamanes ? fit-elle joyeusement. Elle avait introduit une main dans ma manche de veste, une autre rampait vers mon entrejambes. Elle ébaucha sur mon bras gauche une

demi-caresse et elle me demanda ce que je désirais. Elle
avait une haleine chaude, l'haleine férocement gas-
trique de quelqu'un qui vient d'ingurgiter de la viande
d'homme ou du chien. Je ne veux rien, dis-je. C'est
fini. Je veux simplement dormir. Dormir? répéta-t-elle.
Eh bien toi, dis donc! Toi, alors, t'es d'un nature!...
J'écarquillai les yeux sur son visage banal et rond,
presque lunaire, où le sourire s'était figé, et je croisai
ses pupilles noires. Elles étaient indéchiffrables. Dans
les regards de rencontre, j'avais coutume de lire de
la compassion méprisante, ou des abîmes de peur
haineuse quand je devais absolument mettre ma vengeance à exécution. Une indifférence appuyée aussi
était fréquente. Or ici la femme en rouge ne dévoilait
rien de ses sentiments à mon égard. Je ne réussissais
pas à voir si je lui faisais horreur ou non, ou pitié. Elle
continuait à se frotter contre moi. Elle m'informa
qu'elle s'appelait Nora Makhno et que, pour l'instant,
elle était libre de toute attache. Ce que tu demandes,
tu l'auras, ma jolie blatte. Je veux une bière, dis-je. Et
dormir. Je ne tiens plus debout. Il y a des jours que je
vagabonde dans la Cité sans fermer l'œil. Il fallait que
je retrouve trois traîtres... Il fallait que je les... Et c'est
fini, maintenant. J'ai sommeil... Nora Makhno retira
ses mains, me tapota l'épaule et se leva. Elle s'éloigna.
La lumière était trop faible pour que je la distingue
nettement. Je devais faire appel à l'intuition et au flair
plus qu'à la vue pour percevoir encore sa présence ainsi

que celle de ses compagnes. Bien qu'assez vaste, la salle perdait une partie importante de ses dimensions et de sa réalité dès qu'on sortait des cercles que dessinaient les trois flammes à l'intérieur des trois lampes. On pouvait être sûr que la police ne s'aventurerait pas dans un bouge pareil. Jamais avant le matin, de toute manière, dans l'hypothèse qu'ici, hors du monde, dans les entrailles de Cockroach Street, la nuit pût, à un moment donné, laisser place au jour. Ayant écarté la police de mes réflexions, je me mis à lutter pour maintenir ouvertes mes paupières. Elles pesaient des quintaux et même plus. Je me contraignis à examiner Nora Makhno qui au loin s'agitait derrière le comptoir pour me remplir un gobelet de bière. Je la vis répondre à une question qu'une tablée de cinq ou six hommes bruyants lui avait posée. Des esclaffements boursouflèrent l'obscurité puis décrurent. Alors distinctement j'entendis Nora Makhno dire que j'avais assassiné trois personnes, que je m'étais vengé après les camps et que, même si j'avais l'air d'une nullité ambulante, j'étais le genre de type qu'il valait mieux laisser tranquille. Elle prononça d'autres phrases, mais de nouveau le chahut des rieurs rendait inintelligibles les discours. Nora Makhno revint à ma table. Elle avait pris garde, cette fois-ci, à ne pas buter sur le cadavre ou l'ivrogne qui était étendu en travers de sa route. Elle posa la bière devant mes mains, un récipient de grande taille, et, une nouvelle fois, elle s'assit à côté de moi. Grossièrement,

elle se colla à moi et me mordilla, et, en me soufflant
sur la bouche le répugnant souvenir de tout ce qu'elle
avait ingéré depuis le crépuscule, elle me donna son
tarif. Elle m'invitait à lui acheter un peu de tripotage
ainsi qu'une fulgurante jouissance. Sa robe était soudain béante jusqu'aux fesses, et elle se démenait pour
que j'aie envie d'elle avant de m'écrouler sur la banquette pour dormir. Je possédais les deux dollars que
Jessie Loo avait fourrés dans ma veste avant de m'abandonner à Cockroach Street. Je donnai à Nora Makhno
une pièce pour payer ma bière. Écoute, Nora Makhno,
dis-je. Laisse-moi boire ce gobelet. N'attends rien de
moi. Tu es la plus belle fille qui se soit approchée de
moi depuis plus de vingt ans, mais je vais seulement
boire cette bière et me coucher ici un moment. Va
rejoindre les autres. Tu portes un nom magnifique.
J'emporterai ton nom dans ma mémoire pour dormir
avec toi dès que mes yeux se fermeront. Mais de moi
n'attends rien de plus. Elle haussa les épaules, me lança
dans le ventre un coup de coude pas trop brutal, et elle
me postillonna sur les lèvres une imprécation dépitée.
Selon elle, j'étais une blatte loqueteuse et castrée, j'étais
une pauvre blatte impuissante, mes organes étaient
maudits, desséchés et maudits. Mes œufs ne valaient
pas tripette. Puis elle me quitta.

Au même instant, l'épuisement en moi déborda.
Je ne me donnai pas la peine d'accompagner Nora

Makhno du regard. Une seconde se passa pendant
laquelle ma tête ballotta vers ma poitrine. Je sursautai.
Je devais d'urgence boire une gorgée, ou sinon j'allais
me fracasser la figure sur la table. Alors que je tâton-
nais vers la bière, une poigne surgie de je ne sais quel
néant goudronneux se referma sur mon bras et interrompit mon geste. J'avais déjà les paupières délicieuse-
ment closes, je les rouvris avec réticence. Quelqu'un sur
ma droite me considérait de très près et me respirait
dessus, mais, pour changer de Nora Makhno, ce n'était
pas une femme. Je compris aussitôt qu'il y avait du
danger dans l'air. La pince qui me paralysait le poignet
n'était pas de celles dont on peut se libérer avec une
simple prise de close-combat. J'avais à présent tout
contre moi un colosse dont les traits disparaissaient
dans le noir. Je reconnus un couvre-chef de nomade,
une masse de cheveux spectaculairement sales, et je
reniflai des vêtements qui témoignaient d'une longue
promiscuité avec des yacks, avec des chiens, avec des
animaux velus et parfois morts. Puis un rayon issu de
la lampe à pétrole rasa la surface de cette figure, et je
surpris des yeux qui m'examinaient, perçants et fixes,
qui me mesuraient depuis le fond d'une tête malpropre,
ravagée par le soleil des steppes autant que par des milliers de nuits passées à la belle étoile. Dis donc, loqueteux, feula la voix que cette tête émettait. Tu repousses
une demoiselle?... Hein?... Tu refuses les services de
Nora Makhno?... L'homme avait un accent vaguement

allemand et il me cherchait noise. Je calculai au plus vite quelles contorsions je devrais effectuer pour me défendre. Ma main laissée libre pourrait atteindre le couteau fourré à l'intérieur de ma veste, mais dans la fraction d'instant suivant, je serais en mauvaise position pour frapper. Sans élan, de la main gauche, et obligé de piquer là où même un meurtrier aguerri répugne à lancer sa pointe, en pleine bouche, entre les dents. Obligé de darder là, n'ayant pas d'autre choix. Je devrais faire éclater les dents sans casser la lame, ne pas m'arrêter à la langue et aller aussitôt vers le fouillis de l'arrière-bouche pour concrétiser l'attaque. Il faudrait que tout se déroule en un douzième de seconde tout au plus. Voilà où j'en étais dans mon analyse du duel à venir. À cet instant, l'homme poursuivit son discours. Tu sais, loqueteux, quand je suis à côté, pas question que quelqu'un fornique avec Nora Makhno. Ce soir, celui qui la touche pour l'amour est un homme mort. Il me soufflait en plein visage son haleine de colosse. Pour l'amour, t'as compris ? dit-il. Compris, dis-je en fermant les yeux. Même dans cette situation à risque, je ne parvenais pas à empêcher mes paupières de tomber. Je n'avais plus qu'un désir unique, coûte que coûte m'abattre sur la banquette et laisser le sommeil m'engloutir. T'endors pas, dit-il encore. Il resserra sa prise sur mon bras et s'arrangea pour qu'un tendon et un nerf se croisent derrière mon coude. La douleur me réveilla. Regarde d'abord. Regarde par terre un type qui a touché Nora Makhno pour l'amour. Où ça ? demandai-je. Quel type ?… Là, dit-il. Va voir. Déjà il me guidait vers le dessous de la table, en me pesant sur la nuque et en me tordant le bras. Sous ses mains j'étais un animal sans force. J'explique ma docilité par l'état de somnolence épuisée où je me trouvais. Je ne cherchais même pas en direction de mon couteau. J'avais accepté sa supériorité physique. Je lui obéissais avec résignation. Il s'en rendit compte et il me lâcha. Sur ses indications je partis en mission de reconnaissance. L'objectif à observer se situait à environ trois mètres de l'endroit où j'avais été assis jusque-là. Je me mis à progresser à quatre pattes. L'obscurité épaisse du sol m'aurait peut-être permis de filer hors d'atteinte de mon interlocuteur, mais je ne tentai rien de ce genre. J'avais compris que cet être ne me voulait pas de mal. À ce niveau inférieur de l'espace, tout était complètement noir et fétide. La lumière des lampes ne descendait pas si bas. Le parquet poissait. De vieilles coulures d'alcool et des traînées de sang frais me souillèrent aussitôt les paumes. Je les essuyai sur la veste et le pantalon de l'homme qui gisait et qu'on m'avait envoyé voir gésir. Je le palpai furtivement. Il était mort. Sa tête manquait. Je me relevai et vins m'asseoir. Il est mort, dis-je, comme si on avait attendu de moi une information clinique. L'autre ne réagit pas. Je m'étais réinstallé en face de ma bière. Sa tête manque, dis-je. Elle a dû rouler quelque part, dis-je. Mon compagnon

s'était encore rapproché, il dirigeait sur moi ses yeux
ronds que je ne voyais pas, il soufflait sur moi des gaz
pesants, il ne m'agrippait plus comme avant un mauvais coup, s'il me frôlait ce n'était pas pour me sectionner le bras ou m'étrangler. Nos relations se stabilisaient
en une espèce de coexistence pacifique. Oui, dit-il, elle
a dû rouler quelque part. Je me mis à respirer avec
calme, à inspirer avec calme les fumées grasses et les
suies qui remplaçaient l'air. Mes poumons à présent se
gonflaient bruyamment et ils se dégonflaient, comme
étrangers à mon organisme, comme si j'étais déjà
inhumé et immobile au fond de mes rêves. Yeux clos,
doigts engourdis, je refermai les mains sur le gobelet
énorme qui attendait devant moi. Je l'attirai vers ma
bouche, j'avalai deux gorgées de mousse. Ne dors pas,
loqueteux, ça ne sert à rien de dormir, dit-il. Il me
secouait le thorax par l'épaule et, comme il constatait
que je restais mou, il comprima fortement ses pouces
sur les artères de mon cou, puis il relâcha la pression,
puis il recommença. Je savais depuis des lustres que les
moines font cela pour maintenir vive la conscience
d'un agonisant, pour la maintenir vive le plus longtemps possible. Tu es un lama ? demandai-je. Tu es
Schlumm, le lama ? demandai-je. Il continuait à me
secouer le torse avec rudesse. Non, dit-il. Le jour où il
y aura un lama ici, ce sera la fin du monde. Il avait
cessé de me presser sur les carotides. Je t'écoute, dis-je.
Il me confia d'abord son nom, Bronx, Tonny Bronx.

Puis il m'assura que j'avais failli me retrouver émietté sur le fornicateur sans tête. J'avais été à deux doigts de la dispersion terminale. Seul mon refus des caresses de Nora Makhno m'avait sauvé. Si je les avais encouragées, ces caresses, j'étais mort. Heureusement pour toi que tu es une blatte castrée, loqueteux, se réjouit-il. Je ne suis pas, protestai-je. Ensuite, il se tut.

L'alcool avait déjà traversé les parois de mon estomac pour aller rugir ailleurs. Le sommeil déferla de nouveau. Je ne faisais plus de différence entre silence et bruit, ombre et ténèbres, intérieur et extérieur. J'étais accoudé au-dessus de mon gobelet, le crâne entre les poings, essayant de formuler une protestation pour l'adresser à Tonny Bronx. Je demeurai ainsi je ne sais combien de secondes ou d'heures. Et si, objectai-je enfin, et si, au lieu de Nora Makhno?... Puisqu'il y a quatre filles... Quoi? grommela Bronx près de mon oreille. Si quoi, au lieu de Nora Makhno?... Il reprenait mes bouts de phrases en leur donnant une intonation teutonne. Il y a quatre filles dans le bar, expliquai-je. Si, au lieu de Nora Makhno, j'en avais touché une autre?... Si, pour l'amour, j'en avais touché une autre?... Bronx souffla, de nouveau il affala sur mon flanc droit sa masse inquiétante, son suint, ses remugles de boucherie souterraine et de bétail. Il m'immobilisait le bras, une nouvelle fois. T'avise pas, loqueteux! rauqua-t-il. Elles s'appellent toutes Nora

Makhno. Toutes les quatre. Ah, dis-je. J'ignorais.
T'avise surtout pas, loqueteux!... gronda-t-il encore,
puis il me repoussa. Il avait libéré mon bras. Je soupirai, je m'étirai, je replongeai les lèvres dans la bière.
Le liquide était naturellement nauséabond, mais le
mauvais goût était aggravé par la salive des clients, par
les écumes qui encroûtaient le rebord jamais lavé du
récipient. J'avais soulevé les paupières. Au-delà de mes
mains, il n'était pas facile de percer l'ombre. J'avais
les lampes à pétrole pour bouées, mais les flammes
survivaient à grand-peine dans leur cellule de verre
et elles n'éclairaient rien. Parfois j'arrivais à situer des
silhouettes assises dans le noir, parfois non. Des dents
ou des yeux brillaient, ou l'extrémité de cigarettes, ou
çà et là des gouttes de sueur ou des boutons métalliques. Dans la grande salle se tassaient des dizaines de
consommateurs. La plupart restaient cachés à la vue.
Seules Nora Makhno et ses semblables se déplaçaient
de façon repérable, allant d'un groupe à l'autre, nettement visibles, agitées, débraillées, pépiant des plaisanteries à la cantonade. Dans les déchirures des robes,
leurs corps étaient immédiatement accessibles aux
mains peloteuses, aux pattes, aux antennes, aux griffes.
Les quatre filles ainsi allaient et venaient derrière le
comptoir, puis avec des cruchons et des chopes elles
retournaient s'introduire dans la masse dense des mâles
qui riaient avec elles, et dont certains les touchaient
pour l'amour. Moyennant un dollar ils se faisaient

caresser brièvement, dans la ténèbre, jusqu'à l'orgasme.
Je me tournai vers Tonny Bronx. Je lui demandai
pourquoi il admettait ce tripotage mercenaire, ces
palpations et ces succions, certes pas strictement à côté
de lui, mais tout de même à petite distance de lui, à
moins de quinze mètres, à moins de dix, de sept
mètres. Je ne tolère rien, dit-il. Je surveille. Ils n'ont
plus aucune chance, rauqua-t-il. Prends-en de la
graine, loqueteux. T'avise pas. Ceux qui ont touché
Nora Makhno pour l'amour n'ont aucune chance d'en
réchapper. Et, de fait, Tonny Bronx agissait. Dès qu'il
s'éloignait, j'en profitais pour dormir, mais, entre deux
avalanches de sommeil, je me rendais compte que
Bronx mettait en pratique ses grondements. J'en prenais de la graine. Il parcourait la travée centrale du bar,
il se dirigeait vers tel ou tel client de Nora Makhno,
que Nora Makhno fût alors vêtue de vermillon, de carmin, de vert ou de bleu, et, sans perdre une seconde, il
l'empoignait et il lui mordait la cage thoracique jusqu'au cœur. Puis il rejetait la carcasse blessée entre les
jambes des convives, où hors des regards elle gigotait
encore quelques instants. Elle devait gigoter encore un
peu, je pense, frémir. La compagnie ne se montrait
pas concernée. Le destin d'un individu n'ayant pas
su se défendre ne suscitait pas de commentaires. Les
hommes qui avaient assisté à la scène continuaient à
boire et à rire et à s'amuser avec les filles. Tonny Bronx
se rasseyait à côté de moi. Il avait des dollars qu'il

faisait tinter sur la table et, régulièrement, Nora
Makhno renouvelait devant lui les liquides qu'il affec-
tionnait, des mélanges de vins très noirs dont l'odeur
rappelait l'acide picrique. Après avoir posé les pichets
et les gobelets devant lui, Nora Makhno souvent venait
s'installer sur le banc entre Bronx et moi. Qu'elle fût la
fiancée en robe verte, en robe rouge ou en robe bleue,
elle m'ignorait. Elle se lovait contre lui et, dans l'atmosphère goudronneuse, leurs parfums âcres à tous deux
se ravivaient. Les bouffées augmentaient, jaillissaient
plus fort, de plus en plus corsées et épaisses. Je les rece-
vais en pleines narines et elles agissaient sur moi, elles
remuaient en moi des scintillations de lumière noire
qui se transformaient en images d'ivresse et de coït.
Nora Makhno et Tonny Bronx se touchaient pour
l'amour. Parfois pendant leurs soubresauts la cuisse ou
un bras de Nora Makhno venaient s'appuyer sur moi,
ou encore des étoffes moites s'enroulaient autour de
mon cou, se plaquaient autour de ma bouche, des
morceaux ruisselants ou spongieux de corps ou de
vêtements. Cela m'empêchait de dormir. Quand elle
quittait Bronx, Nora Makhno faisait le geste de
défroisser ses nippes informes, tantôt rouge vif, tantôt
rouge sombre, ou bleues comme la nuit, ou émeraude,
et elle me regardait avec une physionomie qui changeait selon le cas. Rond et quelconque était le visage
qui accompagnait l'arrivée du rouge clair, ovale et légèrement grêlé le visage avec robe verte, lourdement

simiesque celui qui surmontait la robe carmin, aiguisé et mobile comme celui d'une belette le quatrième, celui de la fille en bleu. La fiancée de Bronx me considérait toujours avec indolence, comme on rêvasse devant un Untermensch déjà rigide ou un seau d'ordures. Elle ne faisait pas preuve d'agressivité à mon égard. Hé, dis-je une fois à l'une des filles. Hé, Nora Makhno !... Je vais m'allonger sur le banc pour dormir. Si la police ou un schwitt demande après moi, dis que je ne suis plus ici, ou encore dis que j'ai été tué par Tonny Bronx. Nora Makhno hocha la tête, ne manifestant ni accord ni désaccord, mais Bronx m'interpella depuis sa ténèbre. Je m'en charge, loqueteux, promit-il. Tu peux dormir sur tes deux oreilles, maintenant. Si les flics arrivent, je te tue. Ce n'est pas ça que, marmonnai-je. Ce n'est pas vraiment ça que. Puis je sombrai dans la nuit.

Du temps se déversa autour de moi pendant un bon moment. Je m'étais mis en quasi-sommeil, blotti sur la couchette puante, le dos meurtri par les planches de la paroi, les membres recroquevillés dans une risible posture d'autodéfense. Les gouttes de condensation me trempaient les omoplates à travers ma veste. Jusqu'à mes narines ondoyaient les flatulences et les haleines. Du temps et de l'eau se déversaient continuellement sur moi. Surtout du temps. Quel que fût mon niveau de lucidité ou ma position par rapport à Bronx, j'avais la sensation de cet écoulement. Quand je me réveillais, la sensation perdait en netteté. J'ouvrais les yeux, et c'était toujours l'obscurité et la pestilence qui m'entouraient, les fumées, les conversations incompréhensibles et rudes. Le lieu ne désemplissait pas. Pourtant, peut-être parce que Bronx veillait amicalement sur ma sieste, personne ne songeait à prendre ma place. Quand de nouveaux amateurs d'alcool et de filles pénétraient dans le bar, ils posaient leur croupe de façon effrayante non loin de moi, mais jamais sur moi proprement dit. Il m'arrivait aussi de me redresser et de m'accouder sur la table pour offrir un appui à ma tête. Mon gobelet avait été débarrassé et je n'avais plus de dollar pour commander une deuxième bière, car quelqu'un m'avait dépouillé de ma veste pendant que je dormais. Pour m'abreuver, il me fallait à présent lécher les fonds de cruchon ou les restes de pichets que m'abandonnait Tonny Bronx. Il est indéniable que Bronx désormais jouait pour moi le rôle d'un bon camarade. Quand nos yeux se croisaient, il m'envoyait un regard de connivence, allant certaines fois jusqu'à desserrer les lèvres pour me parler. Il me rappelait volontiers qu'il ne me livrerait pas vivant aux mains des flics. Ce n'est pas ça que je, marmonnais-je. Pas exactement ça que. Puis je m'écroulais encore dans la nuit, rassuré. Je ne rêvais pas, j'étais trop épuisé pour avoir des rêves. Je m'enfonçais dans une léthargie sans fantaisie, dans des boues noires au fond desquelles toute activité mentale devenait poussive. Cela durait un temps incalculable, puis j'émergeais, soudain sensible à une excitation venue du monde externe. J'avais réagi, par exemple, à des muscs, à des bruits, à des frottements. J'émergeais, et, à proximité, je devinais Nora Makhno qui se démenait sur le corps d'un consommateur. J'entendais des borborygmes de muqueuses, des gargouillis et un brusque ahanement de jouissance mâle, puis Nora Makhno se redressait et rétablissait l'ordre dans sa tenue rouge, ou verte, ou bleue, et, presque aussitôt, Bronx m'enjambait pour chercher querelle au client encore un peu ahuri et humide. Il le tuait en lui mordant le cou ou en lui arrachant d'une seule torsion tous les os du crâne, puis il le jetait sous la table, puis il revenait devant son vin chaud en m'enjambant de nouveau. Nora Makhno, murmurais-je de temps en temps. J'avais l'impression d'avoir déjà entendu ce nom quelque part. Nora Makhno, un nom magnifique. Puis je me rendormais. Au camp, pendant les douze ou quinze mille nuits de ma captivité, j'avais beaucoup rêvé de femmes. Je me remémorais celles qui avaient traversé ma vie, je manipulais mes souvenirs pour faire apparaître en songe de nouvelles personnalités féminines imaginaires. Toutes portaient des noms de guerre superbes. Peut-être Nora Makhno était-elle de leur nombre ? Ma mémoire ne me répondait pas. Je me mis à penser avec tendresse à Nora Makhno. Comme le passé était loin et oublié, j'avais plutôt envie d'imaginer quelque chose qui nous lierait dans le futur, Nora Makhno et moi. Disons dans un futur très proche. Je me mis à penser à Nora Makhno tantôt sur le mode de la tendresse lascive, tantôt en colorant nos rapports d'obscénité affectueuse. Cela dit, je ne négligeais pas l'irascibilité de Tonny Bronx, sa jalousie maladive qui entre nous risquait de faire obstacle. C'est pourquoi je me gardais bien de joindre le geste à la pensée. Car Tonny Bronx ne plaisantait toujours pas avec ceux qui avaient bénéficié des faveurs de sa fiancée. Il plaisantait même de moins en moins, à mon avis. Il les laissait tranquilles pendant la prestation sexuelle, mais aussitôt après il surgissait devant eux et, avec une technique formidablement sûre, il les obligeait à trépasser au plus vite. Certains adversaires, aussi monumentaux que lui, sursautaient au bon moment et se préparaient au combat, ou lançaient une violente attaque préventive, mais leur tentative de résistance n'aboutissait jamais. Alors qu'il s'agissait de gaillards qui avaient le meurtre et la rixe dans la peau depuis l'enfance, ils s'amollissaient au premier choc. Je les voyais être vaincus l'un après l'autre. Le poignard qu'ils brandissaient pour foudroyer Tonny Bronx se retrouvait rabattu sous leur aisselle ou dans leur entrejambes, tandis que Bronx inexorablement poursuivait son premier geste offensif. Une très mince seconde plus tard, Bronx leur dépotait la cervelle, ou il leur creusait un funeste sillon de hanche à hanche, ou il leur ôtait le thorax. Aucun ne réussissait à esquiver à temps ou à parer. Je me surpris à spéculer sur un affrontement au cours duquel Bronx se heurterait à un combattant plus teigneux et plus massif que lui. Si Bronx rencontrait un tel type, il était perdu. Nora Makhno serait alors accessible à mes caresses. Je me mis à ruminer des scènes où Nora Makhno enfin se coulait librement contre moi, et où je la touchais pour l'amour. Je me mis à espérer la mort de Bronx. Parfois celui-ci me réveillait en revenant s'asseoir après un règlement de comptes. Je m'arrêtais de ronfler et je me réinstallais en position affable, le dos collé aux planches qui débordaient de résine, ainsi que d'humidité et de crasse, humaines ou non. Nous engagions alors la conversation comme le font une paire de vieux complices de régiment, ou encore des compagnons de baraquement ou de gang : un dialogue avec de larges silences pacifiques et avec des sujets récurrents, tournant de préférence autour de ce qui se déroulait dans le bar, c'est-à-dire pas grand-chose. Les réservoirs des lampes allaient vers leur fin. La lumière avait baissé encore. Nous ne nous regardions pas en devisant, côte à côte nous scrutions les espaces indevinables ou ténébreux qui nous faisaient face, et nous échangions nos sentiments sur la nuit en cours. Bronx à présent connaissait mon nom, je le lui avais énoncé, mais il l'utilisait assez peu. Il préférait me traiter de loqueteux ou de blatte castrée. Il me laissait aspirer la lie de ses verres. Comme

je n'ai pas eu un grand nombre d'amis dans mon existence, je tiens à louer ici à haute voix le comportement
fraternel de Tonny Bronx à mon égard. Nous nous taisions en sirotant. Nous parlions aussi de nous-mêmes,
quoique sans longs débordements autobiographiques,
avec pudeur.

À un moment, je fis le bilan de mon séjour au bar.
Pendant mon premier sommeil, quelqu'un m'avait
délesté de ma veste et de mon deuxième dollar ;
pendant mon deuxième sommeil, on m'avait dérobé
mon couteau. Eh, oui, dit Bronx. C'est un monde de
voleurs, tu fais trop confiance aux gens, tu laisses tout
traîner, loqueteux. Pas étonnant que. Et puis, tu passes
ton temps à dormir, me reprocha-t-il encore. Tu
devrais avoir récupéré, à la longue. La fille à la robe
bleue passa devant nous et s'arrêta, et elle vint s'installer entre nous deux. Elle ne tarda pas à s'occuper de
Bronx. Elle se contorsionnait nerveusement contre
moi. Cette fille à la robe bleue me plaisait plus que
les autres, avec son faciès de carnassier, ses yeux étirés
vers les tempes, son odeur corporelle différente de celle
des autres, une odeur de sang poivré, de cambouis
imprévu, de sève tropicale, sur quoi les remugles de ses
partenaires sexuels s'accrochaient mal. Nora Makhno,
demandai-je. Combien d'heures reste-t-il avant le
matin ? Elle avait la chair en nage sous l'étoffe, et, si la
lampe la plus proche n'avait pas été mourante, j'aurais

aperçu dans les échancrures de voluptueuses portions crues, intimes et luisantes. En réalité, je ne voyais rien d'elle. Seules me parvenaient maintenant les exhalaisons qu'elle partageait avec Bronx. Quel matin ? dit-elle sans pivoter en ma direction, et d'une voix déformée, car elle était occupée avec sa langue. Tu vois, loqueteux, dit Tonny Bronx. Tu gaspilles ton temps dans la boue des rêves, c'est ce que je m'épuise à te dire. Tu ne sais même plus vers quoi on est en route, vers le soir ou vers le matin. Arrête avec tes remontrances injustes, Bronx, pensai-je. On m'a amené ici pour y mourir, je ne gaspille rien d'essentiel. J'avais tout juste fini de construire ma phrase et je m'apprêtais à la maugréer à voix haute, quand j'avisai une forme mâle qui zigzaguait dans l'ombre, entre les tables. Une des lampes venait de s'éteindre au-dessus du comptoir. La forme s'approchait à grande vitesse. Attention, sifflai-je en direction de Bronx. Un rival, et il n'a pas l'air commode. Tonny Bronx m'avait entendu. T'inquiète pas, loqueteux, dit-il. Il y eut un instant de tension fétide. La rumeur continuait dans la salle, mais un silence particulier se creusa dans notre voisinage immédiat. J'écarquillai les yeux pour recevoir les bribes de lumière qui çà et là traînaient. Une lampe fonctionnait encore près du comptoir. Là-bas, une fille en robe verte remplissait un broc de bière ou de vin. On devinait un peu partout des chapeaux de bouviers, des masques figés sur des rires ou des bavardages. Loin dans l'obscurité, les filles en rouge s'agitaient, la robe carmin et la robe vermillon. Le rival de Bronx s'approcha encore de deux pas. Qu'est-ce que, grogna-t-il d'une voix affreusement grave. Quoi, dit Tonny Bronx. Qu'est-ce que quoi. Tu touches à Nora Makhno, dit l'autre. À contre-lumière de la dernière lampe, avec son chapeau et ses membres cachés dans un long manteau, il ressemblait à un grillon gigantesque. C'est ma fiancée, dit l'autre, tu touches ma fiancée pour l'amour. Je sentis Nora Makhno se dégager en urgence du corps de Tonny Bronx, se vriller contre moi, basculer, me piétiner une jambe, me chevaucher une fraction de seconde, s'écarter. Elle fuyait le cercle de la bagarre. Elle jaillissait hors de ce cercle avec une promptitude extraordinaire. J'étais maintenant seul à côté de Tonny Bronx. Fébrilement, je me mis à chercher le couteau qu'on m'avait volé. Te mêle pas de ça, loqueteux, entendis-je. Rendors-toi. Je cessai de fouiller sur la banquette, je m'immobilisai. Ensuite, les événements se précipitèrent. Tout fut beaucoup plus rapide à voir qu'à dire. Bronx bondit. Il était armé d'une lame et il dépliait son bras de façon vicieuse. Je reconnus mon couteau et j'approuvai la manière de le brandir. Le grillon géant laissa Bronx venir à lui. Sans hésiter il pénétra sa garde et lui démantela le bras, puis, après une pause de trois ou quatre dixièmes de seconde, il introduisit sa tête dans la poitrine de Tonny Bronx. Tout ce qui était dur dans Tonny Bronx s'émietta, tout ce qui était mou dans

Tonny Bronx se répandit en vrac sur l'obscurité. J'entendis des fragments de chute. Désormais, Bronx n'existait plus que sous forme de quelques tronçons saisis de spasmes. Mon couteau s'était égaré je ne sais où parmi les ruines de Tonny Bronx. Le rival s'ébroua. Il était furieux et géant. Il ne prononçait aucune parole. Comme s'il souhaitait contempler son œuvre le plus longtemps possible, il s'éloignait à reculons dans la travée centrale. C'est ainsi qu'il se heurta la nuque dans la lampe à pétrole qui brûlait toujours, mais sans éclairer véritablement la scène. Je ne sais pourquoi, ce choc le surprit et le mit en rage. Il décrocha la lampe et il la jeta sur ce qui restait de Tonny Bronx.

Tout d'abord, on eut l'impression que la flamme s'était éteinte, puis une petite flaque de feu pétilla près d'une épaule de Bronx, puis le plancher s'embrasa. Le feu rendit les choses différentes. On voyait très bien sous les tables des masses qui ressemblaient à des carcasses de viande habillée, et qui appartenaient à la fois à Bronx et aux victimes de Bronx. Le spectacle était lugubre, mais, surtout, l'atmosphère devenait irrespirable. Le sol brûlait, les tabourets et les tables aussi. Au-delà des flammes, je vis Nora Makhno courir et, dans son sillage, la foule des consommateurs fluer et refluer avec des exclamations et ce qui me sembla être encore des rires. Tout flambait, à des hauteurs diverses. La sortie vers Cockroach Street était barrée par un mur hurlant et jaune. Nora Makhno trébuchait en direction de la porte, Nora Makhno butait sur un cadavre, Nora Makhno essayait de démolir le mur du fond avec une chaise, Nora Makhno serrait sur son ventre la caisse de dollars du comptoir. À la lumière de l'incendie, j'avais retrouvé ma veste. Elle avait tout simplement glissé sous la banquette. Cela me rassura. Finalement, le monde ne comptait pas que des voleurs. Je m'allongeai de nouveau sur la banquette, je m'enveloppai dans ma veste pour ne plus rien voir ni entendre. J'aurais aimé faire des projets d'avenir avant de perdre conscience, mais mes pensées étaient pâteuses. Pendant un long moment, mon imagination resta bloquée sur les péripéties d'une union avec Nora Makhno. Je savais que les fiançailles seraient brèves. Je savais que l'union ne durerait pas. J'essayais tout de même d'en distinguer quelques détails. Je ne voyais rien, l'incendie m'entourait. Je ne percevais même plus les couleurs autres que celles du feu. J'imaginais encore de courts bonheurs. J'aurais aimé être sûr que ma Nora Makhno était bien celle en bleu, celle que je préférais, mais déjà les couleurs s'éteignaient, même celles du feu. Je ne réussissais plus à coordonner mon esprit sur la moindre image. Je ne savais plus quoi dire ni voir.

C'est tout pour ma vie.

Biographie comparée de Jorian Murgrave
roman
Denoël, 1985

Un navire de nulle part
roman
Denoël, 1986

Rituel du mépris
roman
Denoël, 1986

Des enfers fabuleux
roman
Denoël, 1988

Lisbonne, dernière marge
roman
Éditions de Minuit, 1990

Alto solo
roman
Éditions de Minuit, 1991

Le Nom des singes
roman
Éditions de Minuit, 1994

Le Port intérieur
roman
Éditions de Minuit, 1996

Nuit blanche en Balkhyrie
roman
Gallimard, 1997

Vue sur l'ossuaire
romance
Gallimard, 1998

Le Post-exotisme en dix leçons, leçon onze
Gallimard, 1998

Des anges mineurs
Prix du Livre Inter 2000
Prix Wepler 1999
Seuil, 1999
et « Points », n° P 918

RÉALISATION : PAO ÉDITIONS DU SEUIL

GROUPE CPI

Achevé d'imprimer en septembre 2003 par
BUSSIÈRE CAMEDAN IMPRIMERIES
à Saint-Amand-Montrond (Cher)
N° d'édition : 61710. - N° d'impression : 034166/1.
Dépôt légal : octobre 2003.
Imprimé en France